NANWANG JINGDIAN
YUYAN

难忘经典

寓言

燕垒生　编著

四川辞书出版社

图书在版编目（CIP）数据

难忘经典寓言/燕垒生编著. —2版. —成都：四川
辞书出版社，2018.1
　　ISBN 978-7-5579-0255-1

　　Ⅰ.①难…　Ⅱ.①燕…　Ⅲ.①寓言-作品集-世界
Ⅳ.①I17

中国版本图书馆 CIP 数据核字（2017）第 282148 号

难忘经典寓言

NANWANG JINGDIAN YUYAN

燕垒生　编著

责任编辑 / 钟　欣
复　　审 / 杨正波
终　　审 / 王祝英
封面设计 / 墨创文化
版式设计 / 王　跃
责任印制 / 肖　鹏
出版发行 / 四川辞书出版社
地　　址 / 成都市槐树街 2 号
邮政编码 / 610031
印　　刷 / 四川经纬印务有限公司
版　　次 / 2018 年 1 月第 2 版
印　　次 / 2018 年 1 月第 1 次印刷
开　　本 / 889 mm×1194 mm　1/24
印　　张 / 11.5
书　　号 / ISBN 978-7-5579-0255-1
定　　价 / 39.00 元

前　言

　　寓言是一种独特的艺术形式，它将许多哲理概念和生活经验故事化、形象化，使我们能从中领悟到人生的真谛。数百年来，那些经典而又形象、脍炙人口的寓言故事一直伴随着人们并影响着人们的生活，读着这些寓言，会让我们在人生迷惑的时刻猛醒；在心存疑虑的一瞬豁然开朗；在了悟生活的同时会心一笑……

　　这些经典的寓言故事，历经千锤百炼，毫无褪色，其寓意依旧隽永，语言依旧淳朴，故事依旧生动，值得我们一读再读。所以今天，在我们策划的这套经典读物中，特意将寓言列入其中。经过编者的精心选材和解读，再次将这些令人回味无穷的寓言故事奉献给读者，希望能给读者带来全新的阅读体验。

　　用新颖的观点解读寓言是本书的一大特点。本书精选的60余篇寓言，不仅每篇后面列出了所选理由，还在故事结束之后附有精彩的赏析点评。这些点评不是一味地附和前人的观点，而是从独特的视觉切入，通过作者的深入分析，鞭辟入里，表达出一种独到的见解，使读者耳目一新。同时也让我们了解到，对某种道理的认识和理解不必囿于成见，在不同的时代背景下，对这些经典寓言所折射出的道理是可以从多角度去认识的。

  中国部分的寓言故事多选自古代，语言艰涩难懂，故用白话的形式道出。为了让有兴趣的读者能看到该寓言的"真面目"，我们特设置了"原文回放"栏目，让读者能一览故事的全貌。

  本书赏析的角度虽然独特新颖，但也不能代表众人的观点，纯属一家之言，旨为读者阅读寓言提供一条新的解读思路而已，因此仅供读者参考。此外，由于编者的水平有限，本书在编写过程中难免有一些不妥之处，恳请读者及方家指正。

编　者

目 录 MULU

中国篇

绝望者的愤怒

"郁先生，你瞧瞧我拿的是什么？"工之侨手里拿着一块桐木板，一把推开郁离子的家门。

郁离子放下手上的书，微笑道："是什么东西？"

"凤翎桐！"由于兴奋，工之侨的脸上也像在放光。

"凤翎桐？"郁离子接过桐木板看了看。这块桐木板大概是从哪间房子里拆下来的，因为在露天暴露的时间长了，外皮变成了褐色，刨得也不够光洁，除了质地很密，没有一丝裂纹以外，看不出有什么奇特之处。不过他知道工之侨这个琴痴看中的东西是不会错的，他把桐木板还到工之侨手上，道："凤翎桐到底有什么奇特？"

工之侨紧紧抱着桐木板，道："你知道凤凰吧？凤凰非梧桐不栖，非竹实不食，非醴泉不饮。传说，凤凰栖过的梧桐树，在凤凰栖息之处的枝干内会有凤翎之形，是做琴的极品。只是凤凰稀世难见，栖过的又只是细细的枝干，长成这么粗非得花几十年。就算见过凤凰栖息的树枝，天底下有几个人能等得到它长成琴材？这是可遇不可求的好东西啊！我是刚才走过街头，看到他们在拆房时有块碎瓦敲在上面，竟然发出极其清越的声音，这才发现的，真是好运气，你听——"说着，他伸指敲了敲桐木板，这块毫不起眼的木板竟然发出铮钅从之声。这声音像是一缕游丝，在空气中袅袅不绝，许久才消散。而这声音，似乎也带着桐花的香味和凤翎的异彩。工之侨听着这声音，眼里更是发亮。

看着朋友兴奋的表情，郁离子微笑起来。他道："那你准备把它做成一张琴了？"

工之侨把桐木板抱得更紧了些，道："当然，我一定会将它做成一张流传千古的名琴的。"说完他转身出门，到了大门口，又回过头来道："郁先生，你看着吧。'工之侨'这三个字，当与'古之造琴大匠'共传。"

"你当然会的。"郁离子看着工之侨的背影，喃喃说着。不知为什么，他的眼里总有一丝忧虑。

造琴是一门学问。一般制琴，琴材大多为面桐底梓，桐木为阳材，梓木为阴材，称为阴阳材。因为桐木轻，利于发声，面板选用的多是桐木；而琴底板要起托音之用，桐木虽好，却总是不够坚实，所以一般采用梓木来做。不过梓木与桐木质地不同，发声时两者振动频率不一，一般人听不出来，但如果是第一流的琴师来听，便可听出杂音来。所以一张好琴，实可价值千金。

工之侨造的，是一张纯阳琴。顾名思义，桐为阳材，纯阳琴就是纯桐木制的。纯阳琴因为面底一致，发声比一般琴都要清朗。阴阳材的琴，由于面底材质不一，所以适合晴天弹奏。一旦天下雨，琴身湿度增加，桐木和梓木发声的差异就越发明显，所以试琴总是要在雨天，或者到飞瀑海滩一带，为的就是听出在湿润的地方琴声有无变调。纯阳琴则没有这种弊病，反而是周围越湿润，琴声就越是清越爽朗。

不知不觉，时间已过去了一年。这一天，郁离子正在看书，门外响起了敲叩声。他起身去开门，却见工之侨站在门外。他笑道："怎么？转性子了？居然会敲门进来了。"

工之侨黑瘦苍老了许多，他的怀里抱着一个青布的布囊。他抬起头道："郁先生，请你先看看我的琴吧。"

布囊放在桌上，工之侨小心地从中抽出一张琴来。看到这张琴，郁离子吃了一惊，道："你这是做的仲尼式啊。"

所谓仲尼式，就是以孔子弹过的琴式为蓝本造的。工之侨点了点头，道："郁先生，请试弹。"

郁离子将袖子整了整，左手按在弦上，右手指刚拂上琴丝，腕底似有一缕春风吹过，圆润清越的琴声像是从弦丝上掉落下来一般。郁离子不禁动容道："好琴！清角、绕梁，不过如此。"

　　清角据说是黄帝所用之琴，绕梁则是楚庄王用过的，都是古时名琴。郁离子如此说，已是无上之赞了。可是工之侨却没有显露出喜悦之情，只是道："我也知道。只是，太常却说不好。"

　　郁离子诧然道："不好？这样的琴还能叫不好么？他说哪点不好？金声玉振，当今世上所传的几张名琴，什么惊涛、春雷，也不过如此。"郁离子虽说涵养甚深，此时也有些不平。工之侨的技艺他是知道的，而这张琴更是耗尽了他的心血，可谓他的绝顶之作。惊涛、春雷都是现在还流传于世的名琴，他也听过，但琴音尚略逊此琴。

　　工之侨的脸上仍然带着沮丧，道："太常命国手试看。国手一见，便说此琴新制，不古，所以不好。"

　　郁离子站了起来，道："岂有此理！论琴岂能以古今论。代代都有国手，后代胜过前代，那是常事。"

　　工之侨收起了琴，叹道："可是，太常说不古即不是好琴，那就不是好琴了。"

　　工之侨抱起琴囊，像抱着自己的孩子，怜惜而颓唐。看着工之侨走出门，郁离子心中突然有些刺痛。这个结果，其实他早就料到了。太常中的国手是论琴权威，国手说这琴不好，那纵然工之侨做出一面绝世之琴，也将默默无闻。他想对工之侨说"别往心里去"，可是这句话如鲠在喉，怎么都说不出来。

　　工之侨这一走，又是一年没有音讯。郁离子一直很担心，去了工之侨家几次，都只见大门紧锁，邻居说工之侨出门去了，也不知到了何处，再问就问不到消息了。郁离子没有办法，只有暗自叹息，希望这个朋友别因为想不开而走了绝路。

　　一年以后。这一天郁离子在家看书，忽然听得门外传来敲门声。他拉开门，赫然见工之侨站在门外。郁离子又惊又喜，道："工之侨！你终于回来了！快进来吧。"

一年不见，工之侨又衰老了许多。这一次他空着手，道："郁先生，这个世道，难道就是这样么？"

郁离子莫名其妙，道："怎么了？是不是国手又说你的琴不好？"

"不是。这次国手说我的琴是稀世之琴。"工之侨眼里满是嘲弄，见郁离子要说什么，他又道："你知道我这一年做什么去了？我找了漆工高手，在那琴上画上断纹，又叫人刻上古人的落款，装在匣子里埋进土中，过了一年才拿出来。结果一到街市上，有个贵人看见了，马上大惊失色，出重金问我买下，然后献给朝廷。听说朝廷里也大为震惊，把乐官全都叫了来。他们看了又看，说这是古书未载的名琴，远远胜过惊涛和春雷。"工之侨说到这里，苦笑了一下，道："琴还是这琴。这样胡乱一弄，音质其实差了不少，可是那些国手却大为倾倒。"

郁离子心里也极为难受，不知该说些什么。工之侨终于成功了，可是这样的成功，比失败更可悲吧。他默默地垂下头，也不说话。

"郁先生，我要去宕冥山隐居了。"工之侨忽然说道。郁离子吃了一惊："怎么？好端端地怎么想到隐居？"

工之侨伸出手来，看了看这双能制出绝世名琴，却得不到承认的手，叹道："这世道的可悲，岂独一张琴而已，万事无不如此。如果再沉沦在红尘中，我怕会一直沉沦下去的。今天，我正是来向你告别的。"

工之侨走出门去时，郁离子依稀记得两年前他意气风发的背影。仅仅两年而已，对于工之侨来说，也许已经看破了一生一世吧。他默默地叹了口气，回过头，看着自己的满墙书籍。

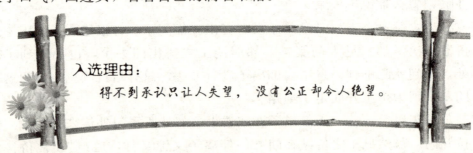

入选理由：
　　得不到承认只让人失望，没有公正却令人绝望。

燕垒生语：

《郁离子》是明代开国功臣刘基的名作。刘基，字伯温，浙江青田人。在民间戏曲、评书演义中，他属于诸葛亮一类能掐会算的半仙之人，但从《郁离子》看来，他并没有那么多的仙风道骨，更多的倒是怀才不遇之余的愤懑。

桐木自古就是制琴良材。东汉蔡邕过吴县，在灶火中听到一块木板着火之声极为清越，取而制琴，名曰"焦尾"，这具"焦尾琴"就是中国有记载的名琴之一。这个寓言中的工之侨得到了一块良桐，制成的琴"金声而玉应"，大概也不下于焦尾琴了。只是当他兴冲冲地献给当时的文联有关领导（太常）时，体制内掌握话语权的权威专家却以"弗古"为由退还，于是工之侨就叫了些人来伪造一番，（说句题外话，从中可以看出明代伪造古董的技术已经相当发达了）在土中埋了一年后，再拿到市场上卖，琴终为"贵人"所得，于是那些权威们马上换了一副嘴脸，都说此琴是稀世之珍了。

元代是个搞种族主义的朝代，蒙古人、色目人、汉人、南人，森严的等级注定了一个人的前途。刘基是浙江人，在四等级中属于最低等级的"南人"。他二十三岁就中了进士，但一直都沉沦于县丞、儒学副提举这一类下层官僚。后来又因为弹劾御史失职，被当政者打击，只得辞职归田。如果是一般人，恐怕就一蹶不振，安于耕读乡里了。但刘基终究不是寻常人，"博通经史，于书无不窥，尤精象纬之学"（《明史·刘基传》），少年时治国平天下的雄心仍然在胸中熊熊燃烧。他有一首《水龙吟》，劈头两句就是"鸡鸣风雨潇潇，侧身天地无刘表"，自比三国时的王粲，一直想要依附某个英雄来做出一番事业，可是时不我待，上天连一个刘表都不给他，他的愤怒就像地底流动的岩浆，只等着一个火山口喷薄而出。上士杀人使笔端，当时朱元璋还没有进入他的视野，他的愤怒只能往笔端上发泄。所以这个故事的结尾，工之侨所制之琴已经为贵人高价收购，乐官们也承认那是"稀世之珍"，而他反而叹曰："悲哉世也！"隐居山中了。

工之侨的悲哀自然只是个寓言，在文字背后流动着的，是沉沦下僚的刘基积聚已久的愤怒和愤怒之后的绝望。他愤怒的不是自己得不到承认，而是这个已经毫无"公正"可言的体制。在这样的体制中，成功不是靠努力，靠的是欺诈，这比自身得不到承认更令他愤怒。联系到刘基那风云变幻，轰轰烈烈的后半生，也

绝望者的愤怒

让我们不由得心惊，当愤怒被压抑得太久之后，爆发出来的威力是何等惊人。

"公正"，这两个字就是在这个故事背后所发出的呐喊。

原文回放

工之侨得良桐焉，斫而为琴，弦而鼓之，金声而玉应，自以为天下之美也，献之太常。使国工视之，曰："弗古。"还之。工之侨以归，谋诸漆工，作断纹焉；又谋诸篆工，作古窾焉；匣而埋诸土，期年出之，抱以适市。贵人过而见之，易之以百金，献诸朝。乐官传视，皆曰："稀世之珍也。"工之侨闻之叹曰："悲哉世也！岂独一琴哉，莫不然矣。而不早图之。其与亡矣！"遂去，入于宕冥之山，不知其所终。

——明·刘基《郁离子·良桐》

旁观者的冷眼

"大师，请问您能刻什么？"

燕王的声音显得十分随和。作为素有礼贤下士之名的燕王，对于这种身怀奇才异能的异国人士，向来十分有礼。

被问的是个卫国人。这人个子矮小，其貌不扬，不过双眼倒是灼灼有光，很有点异相。即使面对一方雄主，卫国人仍然不卑不亢，道："回大王的话，臣能刻母猴。"

"母猴？"燕王被这个奇怪的回答怔住了。刻一个母猴并不算什么奇异的本领，只要会一点雕刻的有谁不会？他不明白这个卫国人不远千里跑到燕国，说身怀绝技，指的就是他会刻母猴么？

"扑哧"一声，那是侍坐在燕王身后的宫女忍不住发出的笑声。那个宫女笑出声后，马上知道自己犯了大错，脸都变得煞白。燕王倒也没有怪罪，也有可能他的心思全在这个奇怪的回答上，根本没有注意身后的笑声。他看着那卫国人，道："大师，刻一个母猴，似乎不算超卓之技啊。"

"仅仅刻一个母猴当然不算。"即使在宫殿之上，卫国人脸上仍然不失倨傲之色，"大王，正如海中的珍珠，米粒大小只能磨粉药用，径寸之珠才是稀世珍宝。"

"大师的意思是——"

"臣会刻母猴，指的是在棘刺的尖上刻出一个母猴。"卫国人抬起头，眼里的光芒似乎更亮，像是怕燕王听错了，他顿了顿，又道："是在棘刺的尖上，就是长在荆棘条上的那种刺的尖上。"

燕国地处北方，文化原本不及齐鲁这一些中原国家。也许是出于内心的自卑感吧，燕王极端地爱好那些纤巧精美的东西。只是以前他所拥有的，无非是一些刻上一句诗的珍珠、画上一幅画的牙筷之类，现在居然有人能够在棘刺尖上刻出母猴来，那真是卓越超绝的技艺。

这句话可把燕王惊呆了。他又惊又喜地道："啊，大师的手段真是高强，简直神乎奇技啊。请大师务必为寡人一展神技。"

虽说卫国人一直很倨傲，但现在却显然有点谄媚了："大王天下英主，臣一生所学，自当效于大王。"

燕王兴奋之下，立即命令给这位卫国来的大师拨下一笔专款，一处清静宅第，好让他安心为自己雕刻。那卫国人一住到宅院里，就吩咐底下人送上东西，整天吃喝玩乐，说是为雕刻做准备。

这样过了几天。这一天，是卫国人向燕王展示成果的时候了。燕王把卫国人传上殿来，却见他小心翼翼地端着一个盒子，将盒子放在燕王案前，道："大王，请看。"

燕王打开盒子，却见里面只有一根普通的棘刺。他怔了怔，道："大师，那母猴在哪里？"

"母猴就在棘刺尖上。"卫国人小声说着，"大王小心，吹气别太用力，要不然这母猴会被吹跑的。"

燕王睁大了眼睛看去，可是在那根尖尖的刺上，看了半天还是什么都看不出来。他也小声道："大师，我怎么看不到？"

卫国人道："大王，这母猴实在太小了，现在这样看，只怕是看不到。假如大王想看的话，必须半年不进后宫，不饮酒食肉。等半年以后，找一个雨过天晴的日子，将这根棘刺拿到阴暗处，这样大王才能看到棘刺上的母猴。"

燕王呆住了。他没想到要看母猴居然还有如此苛刻的条件。半年不进后宫，不饮酒食肉，对于一国之君来说，那是不可能的。于是他道：

"大师，难道没有别的办法了么？"

卫国人叹了口气，摇摇头道："臣之刻功，已入天道，除此以外就没办法了。大王，你要看的话，只有这么办。"

燕王也叹了口气。看来天道本有不足，世上也没有十全十美的事。不管怎么说，燕国有了这么一个绝顶的雕刻大师，足以向诸国炫耀一番了。虽说燕王目前还看不到母猴，但对那卫国人的待遇却越发优厚了。

燕王宫中有个锻工，是为燕王铸造器具的。燕王对那卫国人深信不疑，锻工却大起疑心。这一天，趁着燕王来工房看新做的器具，他找了个机会对燕王说："大王，小臣也做过刻刀一类的东西。凡是小东西，都要用刻刀来刻，而所刻的东西必定要大于刻刀，否则是没办法操作的。棘刺的尖端比小臣所知的最小的刻刀刀锋还要小得多，那卫国人到底怎么做出这些来的？"

燕王听了锻工的话，如梦方醒，道："你说得有道理。只是，有什么办法能分辨那卫国人的话是真是假？他说要半年不入后宫，不饮酒食肉，还要在阴暗处才能看到，难道真要照他的话做一次才能确认么？"

锻工笑了笑，道："其实很简单，不必如此麻烦。大王，只需请那位大师将他刻母猴的刻刀拿出来看看，便知道他究竟能不能了。"

燕王立刻将那卫国人叫来。卫国人还不知道燕王的用意，只道燕王又要赏赐了。到了殿上，燕王道："大师在棘刺尖上刻母猴，真是世上罕有的绝技，不知大师用的是什么工具？"

卫国人根本没有多想，顺口道："臣用的是刻刀。"

燕王的脸上露出一丝微笑，道："既然如此，请大师把那柄刀刃比棘刺还要小的刻刀给我看看吧。"卫国人的脸一下变得惨白。直到此时，他才明白了燕王的真正用意。他支支吾吾地说："那么，小臣立刻回家去拿，请大王稍候。"

结果，卫国人自然什么也拿不出来，只得借了这个幌子逃跑了。

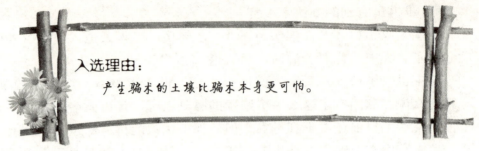

入选理由：

产生骗术的土壤比骗术本身更可怕。

燕垒生语：

中外故事往往有极相近者，薄伽丘《十日谈》中有个隐者之子与绿鹅的故事，袁枚《续子不语》中也有个小和尚与老虎的故事，如出一辙。与之相类，《韩非子》中这个卫人削棘猴的故事与安徒生的《皇帝的新装》也有着相同的气韵。

中国的微雕技术来源已久，浙江湖州的良渚反山 12 号墓出土的玉琮，在两平方厘米的面积中雕刻了一个兽面图案，极为精致，距今已有四千多年的历史了。有这样的技术支持，韩非子说了这个以微雕为题材的寓言故事，自然不奇怪。故事中的燕王喜欢小巧精致的东西，大概到了着迷的程度，所以有个卫国骗子就上门行骗来了，说自己能在棘刺之端雕一个母猴。与《皇帝的新装》中的骗子类似，卫人也说了三个看到母猴的条件，说要半年不入宫，不饮酒吃肉，还要等雨过日出，在阴暗处才能看到。前两个条件虽然苛刻，但如果坚持的话还是可以做到的，这第三个条件却是致命的。两千多年前，既没有显微镜，还要处于阴暗之处，燕王如果真能看到棘刺之端的母猴的话，那他必定是超人了。不过着迷的人显然丧失了理智，燕王居然同意了。可是这燕王显然不是超人克拉克肯特，即使他达到这三个条件，仍然看不到。

《皇帝的新装》中，点破骗局的是一个天真的孩子，在这个故事中则是一个"冶者"。冶者指破骗局的手段是想看一下卫人所用的刻刀。既然卫人说能够在棘刺之端雕出母猴，母猴看不到，刻刀却总能见到的。只是如果立刻要他取出刻刀来，卫人恐怕会另外想出托词，所以燕王先对他下了一个套，问卫人说："既然大师能在棘刺上刻母猴，那么请问用了什么工具？"卫人要么是骗术未达到炉火纯青之境，要么就是没有看出这个圈套，顺口说："用刻刀。"于是燕王马上就说想看看刻刀。到了这时候，卫人的骗术就到了绝境，只能以"回家去取"为借口逃命了。

骗子不是两千多年前的特产，现在似乎有变本加厉之势。从二十多年前的气功热，到十几年前的"水变油"、前些年的"汉芯"，都闹得沸沸扬扬。可悲的是，骗子的骗术并不见得比卫人高明，冷静的"冶者"也并没有绝迹，只是那些被蒙骗的人却似乎比燕王更愚蠢。燕王听了"冶者"的提醒，马上就醒悟过来，还称得上从善如流，可假如受骗者利用手中的权力为骗子推波助澜，那么纵然有"冶者"的冷静提醒也无济于事了。

原文回放：

燕王征巧术之人，卫人请以棘刺之端为母猴。燕王说之，养之以五乘之奉。王曰："吾试观客为棘刺之母猴。"客曰："人主欲观之，必半岁不入宫，不饮酒食肉，雨霁日出，视之晏阴之间，而棘刺之母猴乃可见也。"燕王因养卫人，不能观其母猴。郑有台下之冶者，谓燕王曰："臣为削者也。诸微物必以削削之，而所削必大于削。今棘刺之端，不容削锋，难以治棘刺之端。王试观客之削，能与不能可知也。"王曰："善。"谓卫人曰："客为棘削之？"曰："以削。"王曰："吾欲观见之。"客曰："臣请之舍取之。"因逃。

——《韩非子·外储说左上》

进谗者的诡计

　　行走在外的人，饥餐渴饮，晓行夜宿，别的没什么，最怕的就是寂寞。所以到了晚上，围坐在客栈的火塘边闲聊的人会有很多，天南海北，无所不谈。

　　在这一个客栈里，就有一群人在吹牛聊天。客栈主人经营有方，客栈里收拾得干净利落，围着火塘喝酒聊天，倒也是一件乐事。说着说着，那些人就说起什么东西最凶狠了。海边的人说鲨鱼最凶，据说鲨鱼是落水的老豹子变的，可一旦豹子到海边抓鱼吃，被鲨鱼看到了，一定扑出水面，一口将豹子咬掉半边。久居山林的人则说是老虎最凶，老虎是百兽之王，一声怒吼，什么野兽都不敢做声。也有个走西域的商人说起西方的国家里有种狻猊，那才是万兽之王。有一次西域向皇王进贡一头狻猊，住在一个驿站里。这驿站传说闹鬼，住的人不明不白就会失踪，所以没人敢住。贡使不知情才住进去，狻猊就拴在门口一棵巨大的老树上。半夜里，忽然听得狻猊一声怒喝，接着是一声巨响，人们慌忙起来看，却见那棵巨大的老树拦腰断成两截，断口还留有狻猊的爪印，从中流出血来，众人登时吓得魂不附体。仔细看时，方才知道那树太老了，树心已成了个空洞，而洞里有一条大蛇。以前住在驿站的人，全都是被这条蛇吞掉的，没想到今晚有狻猊拴在树上，蛇还想出来吞狻猊，结果被狻猊一掌，连树带蛇全都击为两段。

　　他们在说，边上一个老汉只在"吧答吧答"地抽着水烟。那个商人说到得意处，道："怎么样，猰貐才是这世上最厉害的猛兽吧，老伯你说是不是？"

老汉放下烟筒，在火塘边磕了磕，道："不论是鲨鱼还是老虎，或者是猰貐，的确都很厉害。不过，我听说有一种猱，以吃老虎为生，恐怕那才是真正厉害的东西，只是谁也没见过。"

"猱？"商人怔了怔。他走南闯北，见多识广，倒也没听说过有这种东西。他想了想，笑道："老伯，你是胡诌吧，要是有一种能吃老虎的野兽，那不知是多大的巨兽了，不至于会没人见到。"

老汉摇了摇头，道："猱不大，也就是跟猢狲差不多，模样也跟猢狲很像，有人说那也是猢狲的一种。"

他一说，旁边的人都笑了起来，商人更是笑得前仰后合，道："老伯，您真是没见过世面，猴子都当成是猛兽了。猴子谁没见过，街头演杂耍的常养几个，穿上小衣服小帽，锣一敲，会跳加官的那种，一只狗就能咬死七八个，还猛兽呢。"

老汉正色道："龙生九子，个个不同。猱虽然是猢狲的一种，可那不是一般的猢狲，身上的毛金光灿灿，脑后有一撮白毛，身高倒只有三四尺光景。"

商人道："三四尺！七尺男儿，就顶两个猱了。可是打虎的英雄，自古而今，算得上的有几个？卞庄子一个，伍子胥一个，李存孝一个，宋朝宣和年间的武松武二郎一个，就这四个人了。张飞身长丈二，也没能打老虎，三四尺的猴子就能吃老虎？"

老汉道："秤砣虽小，能压千斤。猱虽小，也不是等闲之物。这东西聪明，知道老虎的弱点。你们知道老虎的弱点在哪儿？"

这句话倒把旁人问倒了。商人摇了摇头，道："我只听说过狼是铜头铁背麻秆腰，只消打狼的腰，这狼再凶也没辙。老虎么，我真不知道。"

"老虎的命门，就在头顶心。"老汉拍了拍自己的头顶，"老虎是黑虎玄坛赵公明元帅的坐骑。武财神赵公明手执金鞭，性如烈火，骑在虎背上，老虎要是犯了性子，金鞭就当头打上来。你说赵公明元帅的金鞭那有多重，上打灵霄宝殿，下打九重黄泉，老虎原本是金头银背，玛瑙的眼睛精钢铸的尾，爪子也是玉皇大帝的耳挖子变的，多厉害，可也经不住赵公明的金鞭打。打来打去，顶门心就有一个三分大的孔，这地方就一层皮，一碰就破。所以老虎吃人，叫一吼二扑三剪尾，从来不拿头撞人的。山里行走，要是坡上跟老虎碰面，那只有武二郎才打得死。可是若是在那种羊肠小道上碰面，你手里拿根手杖雨伞什么的，老虎见人就躲。因为那地方闪不开，若是老虎扑不中人，被人在头顶心一碰，它也就完了。"

老汉的故事吸引了旁人的注意，有个小伙子道："老大爷，那猱就会拿树枝捅老虎的头顶心么？"老汉夹了块炭点着烟，吸了一口，笑道："猱这东西虽然凶，终究是个畜类，它哪会有这个招。不过猱既然是猢狲的一种，猢狲你们也该知道，性子最灵。人有人言，兽有兽语，猱什么兽语都会。它要吃老虎，不是凶巴巴地硬来，而是到老虎跟前，先甜言蜜语一番。虎头上因为有这么个三分大的小洞，脑袋时常要痒。老虎又没有手指，可以搔爬一番，猱见了老虎，就说：'虎爷，您的头是不是痒了？痒了搔不到可难受，小的给您搔搔吧。'这猱时常爬树，两个爪子小虽小，却尖得很。在老虎头上这么一搔，老虎不痒了，怪舒服的，就叫猱来服侍自己了。"

老汉说到这里，故意卖了个关子，吐出一口烟来。那小伙子性急，道："老大爷，那猱到底怎么吃老虎？"

"老虎舒服了，不是睡着了么？猱这时就撕开老虎的头皮，露出那小洞来，从里面掏出脑子来吃。虎脑可是好东西啊，龙肝凤髓虎脑，那是神仙吃的，皇上大概都没吃过。猱吃了又吃，老虎可不能老睡着，也会醒过来。可老虎醒了，猱也有对付的办法，把手上剩下的脑子递给老虎说：'虎爷，这是小的弄到的一点荤腥，不敢私藏，献给大王尝尝。'老虎头顶不痒了，尝尝脑子，这个味道也当真好，更是相信猱忠心耿耿。一来二去，等虎脑被吃空了，老虎这才觉得痛，才知道是怎么一回事，心想猱竟敢骗我，就要去找猱算账。可猱会爬树啊，老虎是猫的徒弟，猫的十样本领它学会九样，就是没学爬树，一吼二扑三剪尾全没用，又叫又跳了一通，还是死了。"老汉说完，敲掉了烟灰，道："你们说说，猱是不是最凶的野兽？"

没有人反驳。每个人都默默无语，似乎想到了什么。

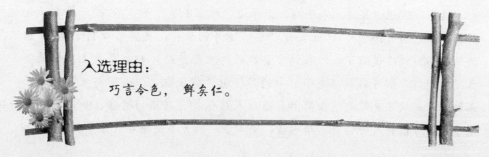

入选理由：

巧言令色，鲜矣仁。

燕垒生语：

以前读金圣叹评点本《水浒》，看到他写了几十个"不亦快哉"，其中一条说是"存得三四癫疮于私处，时呼热汤关门澡之，不亦快哉！"长了癫疮是件难受的事，他居然还要"存"，弄点热水来洗一下就"不亦快哉"，当时还有点不可理解。但想起杜樊川"杜诗韩笔愁来读，似倩麻姑痒处搔"句，成语中也有"心痒难搔"这个词，看来痒时搔爬一下，实在有种难以启齿的快感。所以刘元卿这个故事中的老虎，也未免因搔痒而丧生。

猱是一种猴子，行动敏捷。曹植有诗云："仰手接飞猱"，就是说少年箭术高强，连行动如飞的猱也能应手而落。在旧时笔记中，猱往往被夸张成一种可以撕裂熊虎的异兽，直到还珠楼主的《青城十九侠》第二十九回，也敷衍了一段"神虎斗凶猱"的故事，那里的猱"身长才只四五尺光景，形如猿猴，遍体生着油光水滑、亮晶晶的金色长毛。圆眼蓝睛，精光闪闪。脑后披着一缕莹白如银的长发。一只长臂，掌大如箕，指爪锐利若钩"。周身刀枪不入，几乎和好莱坞影片中的怪兽相类了。

不过在刘元卿这个著名的故事中，猱却没有这种神通。只是因为长着利爪，虎在头痒时就让猱搔个不停，直到挖出个洞来还只以为快活，不以为痛苦。每次

进谗者的诡计

读到"成穴，虎殊快，不觉也"几句，就不寒而栗。简约的文字间也能令人产生遍体生寒的恐怖感，实在为中华文字的博大精深而感慨。读下去，猱取虎脑为食，以其余奉于虎，而虎浑然不觉，还"忠哉猱也"，这副血淋淋的场景更让人毛骨悚然。接下去自然顺理成章，虎脑已穷，再想发威，猱已另攀高枝，虎只能空空吼叫一通了。

这个道理很浅显，人人明白，老子说"信言不美，美言不信"，韩非子说"良药苦于口，忠言拂于耳"，张良说"忠言逆耳利于行，良药苦口利于病"，意思在两三千年前就已说滥了，但在谀言前能保持理智清醒，却寥寥无几。如果换一个立足点想想，倒可以与《老子》中的另一句"将欲取之，必固与之"相映照。所谓权术，说破了也就是这么简单。当别人对你花言巧语的时候，如果那不是一位毫不利己专门利人的传奇英雄的话，小心了，他多半是想要从你身上得到什么。

原文回放：

兽有猱，小而善缘，利爪。虎首痒，辄使猱爬搔之。久而成穴，虎殊快，不觉也。猱徐取其脑啖之，而以其余奉虎，曰："余偶有所获腥，不敢私之，以献左右。"虎曰："忠哉猱也，爱我而忘其口腹。"啖已，又弗觉也。久而虎脑空，痛发。迹猱，猱则已走避高木，虎跳踉大吼，乃死。

——明·刘元卿《贤奕编·警喻》

渺小者的感悟

在地面上，生活着很多动物。有些动物虽然小，却也有着自己的国度，自己的种族。

蚂蚁就是这样。

蚂蚁有很多种，黑蚁，白蚁，或者被称为南美丛林之王的军蚁。而蚂蚁中最好动的，大概要数红蚂蚁。

红蚂蚁个头不大，比一般常见的黑蚁还要小一些，一颗最细小的砂子就抵得上它们的脑袋那么大了。不过这种小动物纪律性很强，家族中分工明细，井井有条。有专门找食的，有专门负责抵御入侵的，也有的专门在巢里喂养小蚂蚁的。它们住在一个小土丘下的巢穴里，每天忙忙碌碌地觅食，和蜻蜓、苍蝇、蚊子搏斗，有时还要抵御那些不同颜色的同族的入侵。虽然平淡，但也不乏情趣，也是一种生活。

只是，红蚂蚁是天生的冒险家。尽管生活在小土丘下面，但它们对土丘外的世界非常感兴趣。虽然这土丘不过一尺来高，但对于蚂蚁来说，这已是他们这个国度的最高峰了。这一天，一只名叫红点的蚂蚁爬到土丘的顶端。它叫这个名字，是因为它的身体虽然是红色，头上却有一个更红的点。

"兄弟们，姐妹们，"它喊着。蚂蚁国里只有一个蚁后和几个公蚁，别的全部是蚁后的子女，所以它们除了一个母亲和几个父亲，就全部是兄弟姐妹了。它努力伸长两根后肢，使得自己高一点，声音也传得更远一点，大声道："大家想开开眼界吗？"

"当然想。"下面红红的一片蚂蚁齐声喊。你知道，蚂蚁是一种极有纪律的昆虫，不用人喊口号，就能保持动作的一致。它们齐声道："你有什么好建议么？"

"现在有一个机会，可以让我们大开眼界。你们知道东海么？"

显然没有人知道。过了半晌，一个小蚂蚁怯生生地问道："东海在哪里？有我们这个土山大么？"

红点不无鄙夷地道："土山，那算什么！大多了，比池塘还大！"

"比池塘还大！"蚂蚁们全都惊呆了。池塘对于它们来说，是一个广袤不可知的所在，它们也常常去冒险。但池塘不比土丘，不但要大得多，危险也要多得多，去那里探险的兄弟姐妹常常有去无回。据说，那里有庞大到不可思议的怪兽，模样也奇形怪状，有一种巨大的尖嘴鸟，身上的毛色有红有黄有白，比它们见过的最大的麻雀还要大！还有一种危险性不如尖嘴鸟大的扁嘴鸟，同样大得不可思议。但那些巨兽在池塘边，就显得如此渺小了。现在听到还有一个比池塘更大的地方，实在已超出它们的想象。

"当然。东海里还有一种鳌，据说它头上顶着蓬莱山，在东海里浮游，随便一跳就可跃入云霄，往下一潜可以抵达黄泉。你们想不想看看它去？"

"想！想！"声音一浪高过一浪。不过你也知道，红蚂蚁太小了，它们的声音你和我都是听不到的。它们叫破了喉咙，我们顶多看到它们的嘴在一张一合而已。

"可是，我们怎么到得了那么远的地方？"

小蚂蚁又提出了异议。小蚂蚁虽然小，不过它却是个爱动脑筋的小蚂蚁。只是红点就等着这个问题，它高声道："我已经想了一个好办法。不是有蜻蜓么？我们喂一些蜻蜓，再找一张最大最大的树叶，让蜻蜓带我们飞过去！"

蚂蚁比我们想象的要聪明得多。它们和人一样，也会饲养家畜，不

过它们养的不是牛羊猪马之类，而是蚜虫。它们把蚜虫蛋搬回来，孵化之后又采了树叶去喂它们，这样每天就能喝到从蚜虫尾巴的蜜管里流出来的蜜露了。蜻蜓虽然要难养一些，道理也是一样的，有些胆大的小蚂蚁就养了一些蜻蜓做交通工具，可以乘坐它飞到平常爬不上去的地方。

这个好办法马上被采纳了。蚂蚁有很多，办起来也容易。大家一起动手，很快找了一张又大又软又牢固的树叶，上面足足可以站上几万个蚂蚁。然后把蜻蜓绑在叶角，就成了一个巨大的飞行器。它们做了好几个，可是蚂蚁毕竟太多了，还有很多没能上去。

"不要紧，我们看到了鳌，回来后会详细跟你们说的。"将要出发的幸运儿这样安慰它们没能成行的兄弟姐妹。红点是这项行动的最高指挥，它当然是要去的，而且就在领头的蜻蜓头上，担任引路者。

飞比爬快得多了。没有花多少时间，果然到了东海边。看到东海后，红蚂蚁们才知道红点没有吹牛，东海确实大，比池塘更不知大了多少。即使是在天上，也望不到东海的边。可是，它们想要看的鳌却迟迟不浮出水面，海再好看，也要看腻的。终于，有些蚂蚁提议回去算了，毕竟见过了东海，已经不虚此行。红点则一个个地说服，说费尽千辛万苦到了这里，如果不看的话实在太可惜了。费尽了口舌，才算安抚下来。可是鳌仍然不出现。就这样等了一个多月，海上仍然看不到鳌的影踪。到了这时候，连红点也失望了，终于决定回家。它们正要回去的时候，突然间身后刮起一阵大风，海上吹起滔天巨浪，一个个浪头足足有万仞之高，海水也像沸腾起来，大地如打雷一般震动。红点又惊又喜，叫道："兄弟们，姐妹们，我们的辛苦没有白费，这一定是鳌要出来了！"

风浪足足起了好几天才算平息。等风平浪静，那个小蚂蚁忽然叫道："看啊，那是什么？"它们向海中望去，只见遥远的海面上隐隐有一座高山，高得插入云天，正慢慢向西而去，下面正是一个比这山更大了百倍的甲壳。

红点高兴得要发狂了，叫道："看啊，多壮观啊，你们看，多么大的鳌！它把山都顶在头上了！"可是它的兄弟姐妹们却没有它那么兴奋，一个个垂头丧气地不说话。好半天，有一只蚂蚁才道："红点，你就叫我们来看这个东西？这有什么好看？"

红点急了，道："怎么不好看？鳌把一座山都顶在头上，如此壮观的景象，你们以前想象得到么？"

"算了吧，"那个蚂蚁说，"原来就是这么回事啊。鳌头顶蓬莱山，在海里游来游去，其实和我们头上顶个米粒，在小土堆上游走，再搬回到巢穴里没什么不同。那也只是鳌的习性而已，我们一样也会，何必奔波了那么远来看它。"

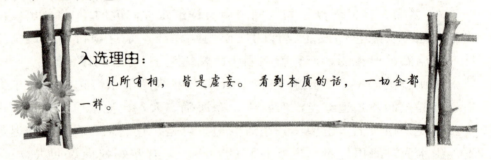

入选理由：

凡所有相，皆是虚妄。看到本质的话，一切全都一样。

燕垒生语：

中国自古相传，天帝派十五只巨鳌驮着海上岱屿、员峤、方壶、瀛洲、蓬莱五座仙山，后来巨人龙伯一连钓走六头，结果岱屿、员峤两山沉于海，海上也只剩了三座仙山了。这则故事出自六朝人伪作的《列子》，然而这种汪洋恣肆的狂野想象却和《庄子》如出一辙，所以《列子》虽不是先秦之作，仍然与《老子》《庄子》并称。故事中所说的巨鳌，正是《列子》中头顶仙山的那几只之一。

仙山居然靠鳌头顶着，那巨鳌之庞大，实在难以想象。于是红蚂蚁很想看到这种奇景，来到东海边观看，一直等了一个多月都不见鳌出来。正当蚂蚁要回家时，长风激浪，波涛如万仞之山，海水也像沸腾了一般，大地如同雷鸣一般轰响。然而在红蚂蚁看来，这番景象与自己头上顶个小米粒，在小土堆上爬动，回到巢穴没什么本质的区别。

英国诗人布莱克有一首名诗《天真的预示》："一粒沙中看到世界，一朵花中看到天堂。将无限把握在掌心，刹那间感受到永恒。"说的是一种天人合一的神秘感悟。身外何其广阔，宇宙何其浩渺，但人的思想却可以无穷无尽。《庄子·逍遥游》说的"小大之辩"，其实也是同样的道理。对于渺小如红蚁者，巨鳌欲出，如同天崩地裂，数日后方才风止雷默，见到海中高可摩天的巨山游向西方，与自己衔粒而行的区别也仅仅是小与大的不同而已。蚂蚁固然永世都不能成为巨鳌，永远不会有翻江倒海、显赫一时的一天，可是换一个角度想想，在自己的天地里逍遥自在，也未必就逊色。就如同我们这些平平常常的市井小民，每天为了三餐一宿奔忙。假如有一天自己成为别人视线的焦点，固然不虚此生，但聚光灯可能永远都不会打到我们身上。既然永远无法成为一个主角，那么甘于做好一个配角也许是现实的选择。

原文回放：

东海有鳌焉，冠蓬莱而浮游于沧海，腾跃而上则干云，没而下潜于重泉。有红蚁者闻而悦之，与群蚁相要乎海畔，欲观鳌焉。月余日，鳌潜未出。群蚁将反，遇长风激浪，崇涛万仞，海水沸，地雷震。群蚁曰："此将鳌之作也。"数日，风止雷默，海中隐如岳，其高概天，或游而西。群蚁曰："彼之冠山，何异我之戴粒？逍遥封壤之巅，归伏乎窟穴也。此乃物我之适，自己而然，我何用数百里劳形而观之乎？"

——前秦·苻朗《苻子》

渺小者的感悟

弱智者的经验

郁离子有个老朋友叫刍旺。刍旺这个人别的都好，就是有点胆小，又好虚荣。不过除了这些小缺点，他还是一个很厚道的人。这一天，郁离子去刍旺家看他。一到他家，却见刍旺有点无精打采，郁离子便问道："刍旺兄，你有什么心事么？"

"是这样的。"刍旺和郁离子是多年的老朋友了，平时就无话不说。而郁离子有学问，刍旺有什么心事也喜欢听郁离子开导。只是这一次他似乎有点不好意思，说话也多少有些扭捏，"是这么一回事，昨天我去集市上买东西，忽然听得身后传来一阵'咯咯'的声音，回头一看，原来是镇上万大户家的公子带着家人出城玩了回来。万公子骑的是一匹白马，周身上下一根杂毛也没有，他骑在马上悠然自得，那个威风啊，我回来想了好半宿都没能睡觉。等天快亮时才睡着，一闭眼就梦见我骑在马上，那个舒服啊。可惜被你一叫叫醒了，不然我还在梦里骑马呢。"

郁离子笑了起来，道："刍旺兄，你从小就是这样，看着别人的东西好，就回家偷偷咽口水。记得小时候我做了个竹蜻蜓，你看着好玩，却不跟我说，一直等我弄破了扔掉，你才拣回家接着玩。"

刍旺脸有点红，道："你别说这些陈谷子烂芝麻好不好，我儿子都大了。说真的，我这一辈子还没有骑过一回马，要是能骑一次，那才叫不虚此生。唉，可是郁兄，你也知道我的家境，我就算买得起马也养不起啊。"

刍甿又叹了口气，想必他也知道，郁离子也不是什么富豪，家里同样没有马，所以他顶多就是开导自己几句。可是郁离子拍拍他的肩道："刍甿兄，别担心，这不过是小事。"

　　"小事？你不知道一匹马有多贵，买回来还要给它盖马厩，喂水草，每天的花费比一个人还多。"

　　郁离子道："你只是为了骑一次马，那还不容易？你不知道镇上的脚行里就有租马的么？租一天也花不了多少钱，你这么想骑马，我陪你去租一匹来让你过过瘾。"

　　刍甿又惊又喜，道："还有这事？我很少去镇里，都不知道有这种事呢，那我们快走吧。"

　　郁离子和刍甿一同到了镇里的脚行。脚行是帮人搬运东西的，当然有马，不过一般要租一匹马的话得花不少押金。郁离子在当地很有名望，不少人都认识他，所以郁离子要租马，那些脚夫二话不说，也不要押金，就把马租给他了。刍甿看来看去，挑中了一匹高头大马，样子十分神骏，看上去比万公子的坐骑更威风。他指着那匹马道："郁兄，我就租这匹吧。"

　　郁离子看了看，道："刍甿兄，这匹马是好马，不过是不是太大了点？你要学骑马，不如先拣匹小一点的试试吧，别从马上摔下来了。"

　　刍甿道："没有的事，我会小心骑的，就是这匹吧。"

　　刍甿除了爱虚荣和胆小以外，脾气也有点倔，所以一旦想到要骑马，就非骑不可。而只要他挑中了哪匹马，那就算九头牛也拉不回来的。郁离子知道他的性格，便不再说什么，付好了租钱，带着刍甿去空地骑马。刍甿虽是第一次骑，大概做梦时骑过很多次了，上了马后居然有模有样，走了几圈就已经相当熟练了。郁离子看着他在那儿遛马，道："刍甿兄，我还有点事，要不我叫个人来看着你吧？"

　　刍甿得偿所愿，骑在马上好不得意。他摆了摆手，道："郁兄，你不必管我了，没见我骑得好好的吗？你去忙你自己的事吧，到时候我自己把马还了就是了。"

郁离子见刍畛骑马已经很熟练，心想也不会出什么事，便放心地去办自己的事去了。刍畛在空地上一圈圈地溜着，越溜越是胆大，心想："我只在这里骑马算什么本事？反正时间还早，骑回家让村里人看看，我刍畛也有不亚于万公子的风度！"万公子骑在马上的潇洒风姿令他神往不已，刍畛实在想让同村的人也看看自己的潇洒。他越想越对，又溜了几圈，觉得自己已经完全没问题了，便抖了抖马缰，向城外走去。

出了城，果然不一样。和风吹拂，阳光灿烂，骑着马在郊外行走，当真有说不出的快活。正当刍畛得意洋洋之时，哪知那匹马见了野地里的青草，一下子撒开了欢，仰头一嘶，飞快地跑了起来。刍畛吓得脸色煞白，只知抱着马鞍大叫，正好前面有个泥塘，马一跃而过，把刍畛摔下马来，头陷入烂泥中足有一尺多深。

郁离子听脚夫说马自己空着鞍跑了回来，刍畛却不见人影，吓了一跳，以为出了什么事，连忙赶到刍畛家。到了他家，却见刍畛直挺挺地躺在床上，正在唉声叹气。郁离子又好气又好笑，道："刍畛兄，到底出什么事了？"刍畛叹了口气，道："郁兄，不用提了。"他扭头对过来给他擦身的儿子说道："儿子啊，别人说命里有不能为之事，我现在才知道，那就是做一个人千万不能骑马。"

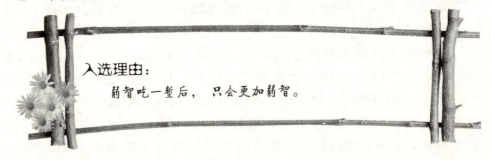

入选理由：

　　弱智吃一堑后，只会更加弱智。

燕垒生语：

这个故事里的刍畛美慕别人骑马威风潇洒，纵然买不起马租一匹来过过瘾也是好的，这不能算他的错。他做了个骑马的梦，就把骑马这件事想得太过轻易，这才是他犯下的第一个错误。还记得小时候学骑自行车，不知摔了多少个跟头，头上磕出几个包才学会；如果要学开车的话，比骑自行车更麻烦，还得经过理论考试和路考，拿到驾照后方才能上路。骑马虽然不像开车那样要考驾照，难度只怕还在骑自行车和开汽车之上。乌盯摔了一大跤，自然可想而知。摔跤自然是痛的，狗吃屎的姿势也不够优美，离骑马的威风潇洒相距十万八千里，乌盯吃了苦头，不想再骑马了，那也是他的选择，不能算他的错误。可是他自己摔了一跤之余，给儿子总结教训时却把骑马归为大戒之一，连儿子也不能骑，那就是大错特错了。

我们常听得有人倚老卖老地说："不听老人言，吃亏在眼前。"这话不能算错，但也不能算对。不听老人言而吃亏的人固然不少，但听了老人言而吃亏的一样大有人在。许多晚辈常常会被长辈教训，说些诸如"我走过的桥比你走过的路还多，我吃过的盐比你吃过的饭还多"的话，晚辈也只能唯唯诺诺，洗耳恭听。如果那位长辈是位睿智长者，那么听到的自然是金玉良言。可是假如那个长辈正如乌盯一般，那你最好还是表示一下礼貌，敬而远之吧。犯下弱智错误的人从教训中得到的经验，多半是不足为训的。我们更需要的是一个清醒的头脑，能够判断哪一句话是对，哪一句话是错。即使长辈再三令五申说骑马是人生大戒，也万万尝试不得的，但马究竟能不能骑，还是要自己试试看。

原文回放：

乌盯之市，见市子之骑而都也，慕之，顾无所得马，归而愫形于色。一夕，乃梦骑，乐甚，寤而与其友言之。其友怜而与俱适市，傲马与之，骑以如陌。马见青而风，嘶而驰，駾然而骧，蹩然而若兔，乌盯抱鞍而号，旋于马腹之下，马跃而过之，头入于泥尺有咫。其友驰救之免。归乃谓其子曰："知命者有大戒，惟慎无乘马而已。"

——明·刘基《郁离子·梦骑》

弱智者的经验

25

忘形者的徒劳

　　楚国，地处今天的湖南湖北一带。这地方的人自古有相信巫术的传统，所以巫师祭司一类人的地位非常高，全是贵族。有一个祭司是楚国祭司中的首脑人物，家里也极是富裕，养了不少佣人。不过有钱人大多为富不仁，这个祭司也不例外，对家里的佣人非常刻薄，平时只给他们吃些残羹剩饭，穿的也是不要了的破旧衣服。在他看来，佣人也就是一些工具，能养活就足够了。

　　有一天，国家举行祭祀，祭司是主祭。祭祀总要摆上一大桌酒菜，一本正经的祭祀结束后，就是喝五吆六地大吃大喝了。巫师祭司饱食终日，别的不会，胃口却是一个比一个的大。不过楚国实在富强，祭品也够丰富，纵然一大帮人都在吃，仍然剩下了一壶酒。谁都喝不下去了，倒掉的话又怪可惜的，祭司于是对边上一直侍候的佣人们说道："今天国家举行祭祀，你们也辛苦了，这一壶酒就赏给你们吧。"

　　佣人有五六个。五六个人喝一壶酒，壶又不够大，如果平均分的话每个人顶多也就喝上一口，还得抿着嘴喝。佣人们喝酒的机会实在不多，看着这壶酒全都馋涎欲滴，但想到只能尝到一小口，又觉得很是不足。如果加了水的话，大概都能喝得到，不过那样喝下去的尽是水了，只怕酒味更尝不到。想来想去，终于有个人打破了僵局，道："算了，这一壶酒几个人喝太少了，要是归一个人喝就有得多了。不如这样办，我们来猜拳吧，谁最后胜了，酒就全部归他喝。"

虽然没什么钱，这个人平时却极为好赌，特别擅长猜拳。平时与人猜拳，十次有九次都是他赢。话音刚落，有个人已叫了起来："不好不好，猜拳不公道，谁出得早谁出得迟，根本不能公平。不如，我们来比力气！"

说话的是这几个人里块头最大的，平时也干些粗活。干的活粗了，他的脑筋看来也粗，这个建议傻瓜都看得出奥妙。边上一个人立刻反对道："这哪儿行，我们还是来比个头吧。谁最高，酒归谁喝。"

说话的是个高个子。边上那个最矮的立刻跳了起来，道："浓缩的才是精华，我们还是比谁最矮，酒归最矮的喝。"

于是洗碗的要比谁能把碗堆得最高，叠桌布的要比谁能叠出花来。说来说去，建议提出了十七八个，却没有一个提议是大家同意的。吵来吵去，那个最先说话的道："算了，这样吵下去，谁也别想喝了。还是找一个办法，是谁都不会的，这样比起来才最公平。"

这个建议大家倒是都同意。谁都不会，当然公平了。可是他们全都不会的事实在太多了，真要比起来，恐怕也比不出胜负。楚国人很喜欢诗歌，祭司大人自己就是个诗人，可要这几个佣人作诗，还要比谁的诗最好，恐怕没有一个人能判断。于是争吵重新开始，吵了半天，还是那人道："那这样吧，我们来比画蛇。"

"画蛇?"另几个全都怔住了。楚国气候潮湿温暖，蛇虫之属有不少，他们都见过蛇。但说到画画，那真是谁都不会的。虽然不会，可要评判谁画的蛇最像，那却是人人都会的，也可以得到公认。于是这个看似奇怪的提议一提出来，几个人都点头道："不错不错，是个好主意，就来比画蛇吧。"

战国的时候还没有纸，要画什么都得画在布匹或绸缎上。这几个人都是佣人，不可能如此奢侈，他们的画也就是用手指沾点水，在砖地上画而已。那个提建议的人见大家同意了，暗自窃喜。蛇在楚国人看来，那是神物，传说中的伏羲女娲也就是半人半蛇的，所以祭祀中常会挂出这一类的画，祭司自己就会画。虽然这人自己没画过，但祭司在画画时他常站在一边侍候，看得已经很熟了，如果要画的话，肯定比别人画得既快又好。

为了公平起见，几个人围坐成一团，手上都沾好了水，那壶酒则放在桌上，省得有人趁机偷喝。一声令下，大家开始动手，那人果然看得熟了，动手也快，手指一动，别人最快还只画了半条，他已经在地上画好了一条蛇。他笑道："看来还是我画得既快又好，酒就归我喝了。"他拿起酒壶正要喝，却见另外几人最快的也还只画了大半条。他觉得不过瘾，道："我还能给它添上脚。"说完，就给那蛇画上了四条腿。还没画好，另一个人却画完了，一把夺过酒壶道："哈哈，蛇原本就没有脚，你怎么能添上脚。"

结果，一壶酒还是全被这个人喝了。

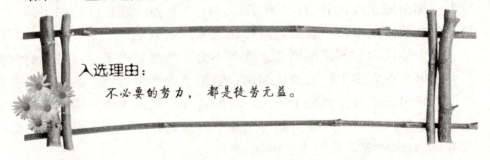

入选理由：

　　不必要的努力，都是徒劳无益。

燕垒生语：

蛇，如果不是畸形的话，当然没有脚。约好了画蛇，却再添上几只脚，自然是一种徒劳。中国人讲究中庸之道，至圣先师便说过："中庸之为德也，其至矣乎。"（《论语·雍也》）所谓中庸，就是不偏不倚，无不及，也不过激，恰到好处。虽然被批判为缺乏进取精神，但不可否认，这确实是一种十分实用的处世哲学。画蛇就画一条蛇吧，假如添上脚的话，即使这脚画得再美再好，却破坏了"画蛇"这个初衷。

可是，不知从什么时候开始，我们总喜欢做这些画蛇添足的事情。有句俗话叫"没有功劳也有苦劳"，似乎只要付出，即使达不到目标也值得赞扬。假如加倍努力而同样完成了，那就更是要得到肯定和褒奖。

清代李密庵有一首《半半歌》，其中有"饮酒半酣正好，花开半吐偏妍。帆张半扇免翻颠，马放半缰稳便"几句，讲的正是恰如其分的好处。"会当凌绝顶，一览众山小"的豪情自然令人向往，但高处不胜寒，反不如半山腰里的滋味更长。知足并不是一种消极，而是一种比不顾现实地高歌猛进更现实的积极。一个人能提一百斤的重量，不如就提个八十斤，保留一部分力量，既达到目标，又不至于损伤自己。如果因为自己有提一百斤的力气，就非要用尽，甚至勉强自己提起一百二十斤的东西来，则是不可取的。选择崎岖险要的捷径登上高峰，也许比从平坦的大道走上去更值得赞誉，但却未必值得效仿。如果要你再攀上同样的山峰的话，那还是一步一个脚印，从大路上走吧。就像那一条蛇，画完了，那就足够，不需要再多添几只脚。

原文回放：

　　楚有祠者，赐其舍人卮酒。舍人相谓曰："数人饮之不足，一人饮之有余，请画地为蛇，先成者饮酒。"一人蛇先成，引酒且饮之，乃左手持卮，右手画蛇曰："吾能为之足。"未成，一人之蛇成，夺其卮曰："蛇固无足，子安能为之足？"遂饮其酒。为蛇足者，终亡其酒。

——《战国策·齐二》

忘形者的徒劳

险境中的宽容

　　河水东流而去，岸边长满了芦苇。已是秋暮，芦花飘雪，河上飞满了白絮。河边一间破旧的木屋里住着一个老翁。老翁无妻无子，孤身一人，不过他总是喜笑颜开，每天在河上捕些鱼，到集市上换点米面，日子虽然清贫，却也这样无声无息地过了。

　　这一天，老翁破天荒地到河边村落的小酒馆里来了。他买了壶酒，要了点煮豆，坐在靠窗的座位上一边呷饮，一边剥着豆子。老翁年纪大了，平时吃饭都不容易，来喝酒是很难得的事。酒保把酒端上来，打趣道："老大爷，今天什么风把您给吹来了？"

　　老翁剥了个豆子，笑眯眯地道："今天是好日子啊，哈哈！"至于为什么是好日子，他不说，酒保也没空问。这小酒馆虽小，来来往往的人可不少，要招呼的客人也多。

　　正喝着，边上有两个客人忽然发生了口角。原来一个在喝酒时，溅了一滴在旁边那人身上。这本是件小事，一滴酒也没什么大不了的，如果洒出酒来的那人说一句抱歉的话，那就没什么事了。不过也许事情太小了，他觉得纵然自己不道歉，那人也不会放在心上，所以什么话都没有说。另一个人心里就很不舒服，自言自语地骂了一句。洒酒的人原本心里有些歉意，可是听到骂声，怒火压倒了歉意，不由反唇相讥。一来二去，越说越僵，两人甚至要挥拳动手了。在酒馆里打架，不管谁赢谁输，店家总是最倒霉的，所以酒保连忙上来解劝。可是那两人血气方刚，都在气头上，旁人的话哪里听得进去，反倒把酒保推到一边，一个操起椅子，一个端起板凳，眼看就要大打出手。

正在这时，老翁咳了一声，道："小伙子，你们等一下再动手吧。不管怎么说，先听我讲一个故事好么？我说完了，你们要打就打吧。"

酒保心中大急，心想这老头子真是失心疯了，这时候居然讲开了故事。不过老翁也不理他，慢悠悠地道："老头子在河边待了几十年了，天天在河上打渔。但因年老力衰，也打不到多少东西，所以衣不遮体，食不果腹那是常事。小伙子，今天老头子能来喝一口，还得托一个蚌和一只鹬的福。"

蚌和鹬，在河边那是常见的东西。不过河蚌不值钱，鹬虽说能卖几个钱，只是这种鸟飞得高，跑得快，又常在河边歇息，想抓住颇为困难。老翁的话引起了旁人的注意，另一个酒客道："老丈，你倒说说怎么托一个蚌和一只鹬的福了？"

老翁呷了口酒，微笑道："河蚌不值钱，平常买去都是喂鸭子的，不过河蚌若是足足有凳面一般大，那就很不寻常了。今天老汉捉到一个河蚌就有这么大，里面还有好几个珠子，虽说值不了太多钱，换点酒喝却也够了。"

凳面大的蚌确实很少见了，问话的酒客惊诧道："那关鹬什么事？"他一问，客人们的注意力全被吸引过来，连那个酒保也忍不住凑上前道："老大爷，你倒说说看。"

老翁又笑了笑，道："不是一直在传说河里有一个蚌精么？"

酒保恍然大悟道："啊，老大爷，原来你把蚌精抓住了！你怎么抓到它的？"

河里出了蚌精，那是岸边人家一直传说的事。说是蚌精，其实也不是什么真正的妖精，说是有一只特别大的河蚌，经常会到岸边张开了壳晒太阳，而壳里则有一颗宝珠。只是这河蚌极为精灵，只要有人靠近，立刻消失不见，所以人们只能远远地看到。后来越传越神，一直传到那蚌精有桌面大，宝珠则有鹅蛋那么大。其实这条河本身是条小河，如果

险境中的宽容

有桌面那么大，足足要有河面的一半多宽了，显然这是谣言。只是谣言传得多了，人们便坚信不疑，所以老翁说到凳面大的河蚌，没人会想到那蚌精身上去。

老翁道："那就要托那只鹬的福了。这河蚌其实每天都在岸边浅水里晒太阳，今天一大早，这河蚌就张开了壳在那边晒了，里面的肉一层层的，厚得都要挂下来。不过蚌老成精，一开一合力气很大，已经能够在水里游动，所以没人捉得到它。"

酒保急道："老大爷，那你到底怎么捉到它的？"老翁哈哈一笑，又剥了个豆子，道："你说巧不巧？这老蚌虽精，却被那只鹬看到了。平常人过去，水波一动，它马上就知觉，立刻合上壳跑了，这回那鹬却是从天上飞下来的，一口啄下去，正啄到了蚌肉上。这一口多疼啊，老蚌一个激灵，一下把两片壳合起来，可巧把那鹬的尖嘴给夹住了。这回好，蚌壳夹住鹬嘴，蚌跑不了，鹬也跑不了。两个在那儿顶牛，鹬就开骂了，它说：'今天不下雨，明天不下雨，后天晒死一只死河蚌。'河蚌听了不服气，就对鹬说：'今天不放你，明天不放你，后天夹死一只死鹬。'两个吵起来没完，正好老头子打鱼路过，看到了当然不客气，来个一窝端，成全了老头子这一顿酒。"说到这里，他又是一笑，看了看那两个发生口角的人，道："其实，它们两个要是各退一步，怎么会被老头子捉到呢？哈哈。"

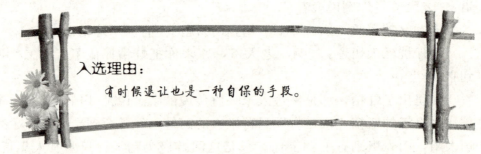

入选理由：

有时候退让也是一种自保的手段。

燕垒生语：

鹬是一种食鱼类的水鸟，蚌则是贝类。本是食物链的两环，但处在下层的也

并不是心甘情愿地无私奉献自己，于是鹬不但不能把蚌肉吃到嘴，反而逃不了，而蚌同样也无法离开，于是两个都成为渔翁的盘中餐了。

据说清代名臣张英收到一封家书，是其在桐城老家的家人与邻居争夺宅基地发生冲突，要他出面干预。张英给家人写了一封回信，里面只有四句诗："千里修书只为墙，让他三尺又何妨。万里长城今犹在，不见当年秦始皇。"家人看到后，将宅基地让出了三尺，邻人见之惭愧，也让出了三尺，于是桐城留下了"六尺巷"这段佳话。这则佚事向来都被认为体现了儒家好让不争之风，这固然没错。然而似乎没有人看到，那四句打油诗中还有另一层意思。秦朝二世即亡，正是由于强迫百姓修筑长城，以至民怨四起。张英在诗中强调的，与其说是些谦让的大道理，不如说他是在告诫家人，争执是一面双刃剑，伤害的是两者。即使把宅基争回来了又如何？现在争回三尺，将来一旦对方得势，恐怕失去的将会是六尺。

也许这样解读有些煞风景。但空洞大道理谁都不愿听，不妨更现实地去理解。古人说过，吃亏就是占便宜。这话听来虽然有些像自嘲，不少人也把它当成自嘲，但仔细想想，其中自有道理。任何争执对于双方来说，同样具有伤害性的。中国号称礼仪之邦，然而很不幸的是，十几二十年前，我们常能看到这种情景：下班高峰时，两个骑自行车的人发生了碰撞，于是两人斗鸡似的互相指责臭骂，边上围上一大群观众；现在虽然经济发展了，却出现更多的升级版，只不过自行车变成了摩托车或汽车，而像斗鸡一样的当事人与兴高采烈观赏的观众一仍旧贯。谁也没想过，只要一方退让一点，就可以以微不足道的损失避免了严重的损害。所以，当发生争吵时，即使你心里一万个不愿，也做一回"伪君子"吧，就把这退让当成一种保护自己的手段好了。

原文回放：

蚌方出曝，而鹬啄其肉，蚌合而箝其喙。鹬曰："今日不雨，明日不雨，即有死蚌！"蚌亦谓鹬曰："今日不出，明日不出，即有死鹬！"两者不肯相舍，渔者得而并禽之。

——《战国策·燕策二》

险境中的宽容

天赋亦当有名师教导

"不好了！不好了！"

一个人满头大汗，气喘吁吁地冲进了飞卫的家门。飞卫将正在擦弓的软布放下，道："怎么了？慢慢说。"

来的人是飞卫的邻居。因为跑得太急，他上气不接下气，连话都说不出来。站在那儿喘息了一会，才道："飞卫先生，不得了啦，有人要来找你比箭。"

飞卫笑了起来，道："那有什么大不了的！哪年没有一两个人过来。来的都是客，老婆子，中午炒两个菜，打壶酒，请这位朋友比完了喝两盅吧。"

邻居急得面红耳赤，道："飞卫先生，这回可与往常不一样，那人是抬着棺材来的，说要跟你生死比试。"

飞卫是远近有名的弓手，据说他的箭术是当初后羿嫡传，弓开箭出，决不空发。这话虽然有点令人难以置信，不过旁人见飞卫出门射猎，每天都早早回来，带回的猎物却比旁人几天辛苦下来还多，显然也不会假。正因为飞卫的箭术如此精湛，名声远播，所以不时有不服气的弓手前来跟他比试。以前飞卫总是笑脸相迎，比试虽然从来都是飞卫赢，但飞卫对他们却从无骄矜之色，还请他们吃喝一顿，临走时还传授几句射箭的诀窍，所以来找飞卫比箭的人大多来时气势汹汹，走时却对他更加服气。不过，这一次居然有人抬着棺材前来挑战，那也太过分了。他的意思，是两人中只能活一个么？飞卫也皱起了眉头，道："怎么会是这样？"

可是，确实是这样。来的人打着一面小旗，上面用籀文写着"箭无虚发"四个字，身后是一辆车，车上正放着一具棺材。这人来到飞卫家门前，高声道："飞卫在家么？快点出来！"

飞卫走出门，躬身施了一礼，微笑道："在下正是飞卫。请问先生尊姓大名？"

来人横了飞卫一眼，道："我的名字过后再说吧。久闻飞卫先生箭术妙绝天下，号称天下第一，在下对此也有些心得，只是对这名号不服气。天下第一，只有一个，请飞卫先生今日做个了断。"

飞卫笑了笑，道："天下第一，原本只是谬传，家师甘蝇先生就远比飞卫高强，先生若要这名号，拿去便是，想必家师也不会在意的。"

来人一怔，他没想到飞卫居然如此谦和。他重重地在棺材上拍了一下，喝道："飞卫，少跟我装糊涂，看我连珠箭的厉害！"话音未落，他一把掀开棺盖，从中取出一张弓和三支箭，开弓便射。这一连串动作快如闪电，旁人见他搭箭，"啊"地惊呼起来，声音刚发出，箭已射出。

这人敢如此狂妄，果然也有他的本领。飞卫仍然微笑着，当那三支如霹雳一般的快箭眼看就要射到他面前时，忽然"叮"地一声，快箭斜斜落去。这时旁人的惊呼才刚发出来，见此情景，忽地又爆发出一阵响雷似的喝彩。原来，在那三支快箭的边上，是三支小箭，自然是飞卫发出的。飞卫究竟如何发箭，竟然没有一个人看到，在转瞬间以小箭将三支箭击落，这等本领，已经不言而喻了。来人的脸登时涨得通红，伸手将弓扔在地上，在旁人哄笑声中转身便走，哪里还有来时的气焰。有人高声道："客官，你这棺材还要不要？"他哪里还敢答话，一溜烟走得无影无踪。

飞卫笑了笑，正待进门，人群中忽然挤出一个年轻人，猛地跪在飞卫跟前，道："师傅，请你教我射箭。"

这年轻人也不过二十来岁，长身猿背，右手的指间尽是厚茧，那是长年练习开弓的结果。飞卫怔了怔，道："请问阁下是……"

"我叫纪昌，"年轻人抬起头，"我想学天下神射。今日得见飞卫先生神技，愿生死相从，只求师傅传授。"

年轻人的眼里带着灼热的渴望。飞卫打量了他一下，心中忽然一动。纪昌这个年轻人的确是学射的不世之材，但他的眼神似乎总带了一点邪气。飞卫想了想，慢慢道："好吧，我就收你。"纪昌没想到飞卫竟然如此轻易就答应了，兴奋不已，便伸手从怀里摸出一袋沉甸甸的东西，想必是些金银。他还没开口，飞卫忽地将手指向纪昌眼中插去。纪昌大吃一惊，本能地闭上眼，可是飞卫的手指并没有碰到他的眼皮，却听飞卫道："想学箭，先要学不眨眼睛。什么时候眼不眨了，再来见我。"

纪昌茫然若失，怔了怔，突然像是领悟到什么，满脸都是兴奋，冲着飞卫家门叩了三个头，转身便走。旁人初见飞卫收了纪昌做徒弟，还大吃一惊，没想到马上就让纪昌回家，心里都想："这一定是飞卫先生的推脱之辞了，这年轻人也真蠢，居然会真信。"要知道旁人拿尖利的东西向自己眼睛扎来，闭眼是本能，没人想过要练这个。

不知不觉，过了两年。飞卫这一天正要出门，一个年轻人忽然迎上来，跪到他跟前道："师傅，我练成了！"

这人正是纪昌。原来纪昌回到家里，立刻着手练了起来。一开始让人拿了个尖东西朝自己眼睛刺来，这种单调无聊的事过了一阵那人便不愿干了。纪昌没办法，忽然看到妻子正在织布，织布机上的梭子正一上一下地动。他灵机一动，躺到织布机下，睁大了眼睛盯着梭子。一开始每一次梭子下来他都要眨一眨，慢慢地就要过一会儿才会眨一下。就这样盯了两年，他的眼睛一睁开，即使有人拿锥尖刺向他的眼皮，他也不会眨了。到了这时，他兴奋得回来重找飞卫。

飞卫看了看他，只是淡淡地道："不错，不过还不急，现在你要学看东西。"

"看东西？"纪昌一怔。只要不是瞎子，每个人天生就会看东西，他

不明白飞卫说的是什么。飞卫又是淡淡一笑，道："我指的看东西，是要你把小的东西看大，把微小的东西看得明显。等你练成了，到时再来跟我说吧。"

纪昌兴冲冲地赶来，只道飞卫该教自己射箭了，没想到仍是这样一句话。他怔了半晌，不再说什么，转身出门回去。回到家里，他找了一根牦牛的毛，将一只虱子系着悬挂在南窗上，开始练看东西。慢慢地，眼睛酸痛起来，可说来也奇怪，十几天过后那只虱子在纪昌眼里开始慢慢变大。就这样，纪昌眼睛一眨不眨地盯了三年，突然有一天，那只虱子在他眼里已如车轮一般，出门再看别的东西，一个个都如同山丘一般。他高兴极了，拿起一把用燕国牛角做成的小弓，搭上用北方出产的蓬竹做成的小箭，开弓向虱子射去。"嗖"的一声，那支箭正射中了虱子正中，拴虱子的牦牛毛却连碰都没碰到。他赶紧再去找飞卫，一心想飞卫这次总该教自己了。到了飞卫家里，他将自己练习的经过一说，飞卫拍了拍他的肩膀，笑道："纪昌，恭喜你，你不是都已经学成了么？"

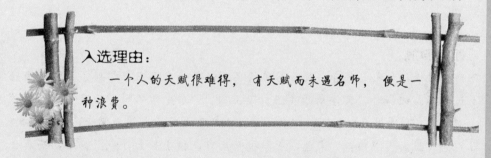

入选理由：
　　一个人的天赋很难得，有天赋而未遇名师，便是一种浪费。

燕垒生语：

《列子》晚出，里面的故事也复杂了许多，大有小说习气。纪昌学射的故事十分著名，绘声绘色，非常生动，也极具武侠味，对后来的文学创作影响很大，以至于从唐宋传奇一直到清人笔记小说里常见的深山遇异人学武的故事里，我们总可以看到《列子》里讲述的这个故事的余韵在流动。

纪昌具备学射的天赋，也有毅力，因此他能够把飞卫所说的一切学成。一般人在织布机下躺两年，盯着梭子看，或者盯着一个挂在窗口的虱子看三年，都是个不能完成的任务，但纪昌做到了。他不仅做到了，甚至还超过了飞卫的估计，所以最后他把成果告诉飞卫的时候，飞卫会高兴得如此夸张。

然而，假如纪昌学射的时候，并没有找到飞卫这个名师，而仅仅是一个寻常的射手，那又该如何？也许，纪昌会按部就班地从拉弓、搭箭、开弓学起，慢慢地学成一个模样，也有可能最终成为一个不错的射手。只是，仅仅限于"不错"而已。美玉也要良工琢，缺少了飞卫的正确引导，纪昌充其量只会成为一个稍好一些的射手吧，想成为神射手，只怕终身无望。

有时候，我们总是过分地强调个人努力的重要性，似乎有志者事竟成，只要有毅力，什么事都会成功。但我们不曾想过，找对了方向的坚持，才能称为毅力；方向错误的坚持，只能称其为固执，只是徒劳而已。在赞赏一个人通过不懈的努力而取得的成功时，引导他步向成功的那个人岂不更值得我们重视？也许这位老师在弟子耀眼的光芒下显得有些暗淡，但正是有了他的引导，才有弟子今日的辉煌。所以中国古代把老师的地位抬得很高，天地君亲师，老师仅仅排在天、地、君主和父母之下，尊师重道，一直是中国人提倡的美德。

原文回放：

甘蝇，古之善射者，彀弓而兽伏鸟下。弟子名飞卫，学射于甘蝇，而巧过其师。纪昌者，又学射于飞卫。飞卫曰："尔先学不瞬，而后可言射矣。"纪昌归，偃卧其妻之机下，以目承牵挺。二年之后，虽锥末倒眦，而不瞬也。以告飞卫。飞卫曰："未也，亚学视而后可，视小如大，视微如著，而后告我。"昌以牦悬虱于牖，南面而望之，旬日之间，浸大也；三年之后，如车轮焉。以睹余物，皆丘山也。乃以燕角之弧，朔蓬之簳射之，贯虱之心，而悬不绝。以告飞卫。飞卫高蹈拊膺曰："汝得之矣！"

——《列子·汤问》

目标只需一个

郁离子走在村中的小道上。这是个坐落在山脚下的小村庄，郁离子有时上山采药，在村落里歇脚，若是村民有病，他就顺便给看看。正走着，被迎面走来的一个人撞了个满怀。

那人叫常羊，是这里远近闻名的猎户。常羊见郁离子被撞得坐在地上，吓得连忙扶起他来，道："郁老伯，你没事吧？都怪我不好。"郁离子给村民看病并不收钱，遇到家境实在贫寒的，连药钱都是郁离子掏，所以村民对郁离子十分感激。要是郁离子真被常羊撞伤了，只怕会被同村的人骂得抬不起头。郁离子见常羊吓得脸都白了，本想说几句也说不出口，只是道："常羊，你怎么走路不看道呢？哎哟！"

常羊打了自己的脑袋两下，道："是，是，郁老伯，都是常羊的错。"

常羊这样自责，郁离子倒忘了被撞的疼痛。好在郁离子年纪虽大，但平常经常走动，筋骨还算强健，没有什么事。他道："常羊，你有什么心事么？"常羊叹了口气。原来，常羊的箭术在方圆百里地可谓一流，没有一个人能比得上他。只是这几天他的心里极是烦躁，有一件事怎么也想不明白。原来前山后山的猎户鉴于以往单人上山总是打不到什么猎物，决定来一次围猎。所谓围猎，就是叫上一大群人，把猎物赶进一个大圈子里，然后再进行猎杀，由于前山和后山猎户所用的箭并不一样，事后可以根据猎物上的箭分配猎物。这样做当然比一个人开弓放箭要有效得多，常羊是前山有名的箭手，旁人当然对他寄予厚望。只是，这次围猎搞得轰轰烈烈，常羊的成绩却差强人意，比后山一个一般的箭手还略差一些。平常比箭，那人一直输给常羊，这次意外落败，常羊极是沮丧。他回家闭门想了几天失败的原因，却总是想不出什么来。今天总算不闷在家里了，可出来时仍在想着心事，结果撞上了郁离子。

听常羊说了他的心事，郁离子捻了捻他的胡须，微笑道："常羊，我倒可以释你心中之疑。"常羊又惊又喜，看了看郁离子，却又半信半疑地道："郁老伯，你难道会射箭？"郁离子的医道很高明，但从来没见他拿过弓箭。

郁离子笑道："老汉当然不会。不过我有个朋友，名叫子朱，他一定能解你的疑惑。"

常羊睁大了眼，道："子朱？屠龙子朱先生？"子朱是当世公认的第一箭手，他的箭术几乎成为一个神话了。传说有一次山中出了一条妖龙，涂炭生灵，请了许多有名的巫师法官前来禳解却仍然无用，结果还是子朱以一箭将妖龙射死，故得名屠龙子朱。常羊虽然在附近有点名声，可是与屠龙子朱相比，实在不足挂齿。以屠龙子朱在箭术上的修炼，要回答他心中的疑惑当然不难。

郁离子道："正是他。"

常羊欣喜若狂，但马上又有点颓唐，道："屠龙子朱先生行踪飘忽不定，我又该到哪里去找他？"

郁离子笑道："找他当然很难。不过要他来找你就容易了。我正是为了治他的老寒腿，这才上山采药，约好了今天在村里见面，过一会他就要来了。"

常羊心中的忧虑一扫而空，道："那好，等屠龙子朱先生来了，郁老伯您和他一块儿过来吃饭，我好向屠龙子朱先生请教。"

屠龙子朱果然没有失信。黄昏时，正当常羊在家煮好了野味，炒了几个清淡小菜，盼长了脖子时，郁离子与屠龙子朱一同过来了。屠龙子朱个子不高，相貌也与寻常乡野老人没什么不同，只是一双眼睛依然如鹰隼般明亮。常羊恭恭敬敬地敬了杯酒，将自己的疑惑说了，道："子朱先生，您说为什么我面对那么多猎物，结果成绩反而不如平时不及我的人？"

屠龙子朱明亮的双眼看了常羊一眼，道："我看看你的弓箭吧。"

常羊从墙上摘下弓和箭囊，交到屠龙子朱手里。屠龙子朱试了试，交还给常羊，从地上拣起一个小石块，道："来，先试试。"

他将石块往院中一扔，不等石块落地，常羊开弓搭箭，一箭射去，"啪"的一声，石块被射得火星直冒，向一边跳去。他扭头看了看屠龙子朱，子朱捻着胡须微笑不语，又拿起一块小石子，道："再射一箭。"

一连十箭，常羊射中了六箭，没射中的几箭离目标也很近。屠龙子朱笑了起来，道："好吧，你把箭拾回来，然后把石子排成一排，你再射十箭看。"

连扔在空中的石子都能射中六箭，现在至少也能射中八九箭了。常羊这样想着，开弓搭箭射去。可说也奇怪，这次居然只有三箭中的，竟有七箭脱开了，虽然离目标也很近。常羊面红耳赤，放下弓，道："子朱先生，常羊学艺不精，让先生见笑了。"

屠龙子朱笑了起来，道："常羊，其实你的箭术已经相当不错，不过，你是得其技尚未得其道。"

"道？"常羊呆了呆。屠龙子朱点了点头，道："你开弓、搭箭、放箭，每一个动作都无懈可击，但你尚不明'射'的真谛。当初楚王有一次在云梦泽打猎，他让山林官把飞禽走兽都赶了出来。结果有一只鸟在楚王面前飞了起来，一头鹿在楚王坐车的左边跑过，右边又跑出一头麋。楚王看了哪个都想射，正要开弓放箭，突然又有一只天鹅从楚王的车旗前飞过，双翅展开，犹如白云。楚王心有所动，又想射天鹅去了，可是等他把箭搭在弓上，却连一个都没射中。当时养由基也在楚王驾前，进言道：'大王，要臣射箭的话，假如在百步以外放一片树叶，我连放十箭，十箭都能射中。可是假如同时放了十片树叶，我同样放十箭，能不能全射中我就不能肯定了。'"

说到这里，屠龙子朱又笑了笑，道："现在你该明白为什么你那次

目标只需一个

围猎成绩不佳的原因了吧？这就是箭术之道。"

入选理由：

目标太多，即便明明有这个能力，也往往难以成功。

燕垒生语：

养由基是春秋时期的神射手，楚王跟他学射，即使达不到养由基的水准，至少也该在一般人以上。而楚王在王家猎场射猎，猎物自然极多。以楚王的实力，不该连一个都射不中。飞鸟要难射一点，鹿和麋却都不是小动物，可是楚王偏生连一个都射不中。如果养由基懂得溜须拍马，遇到这个良机，就该上前为楚王的好生之德表示钦佩，再适时歌功颂德一番。只是养由基不是这种人，他说出了一个至理，那就是定下的目标不该太多。具有理想和目标，自然不是一件坏事，可是假如要做的事太多，成功率反而降低。十箭射一片树叶与十箭射十片树叶，看上去同样放了十箭，但前者养由基有必中的自信，后者却不敢保证。这看似说不通，实际上却包含很深刻的人生哲理。

小时候，我们大概都听长辈说过一个小猴掰玉米的故事。小猴子到玉米田里，掰了两个玉米，到了西瓜地，看到西瓜好，就把玉米扔了摘了个西瓜。回家的路上看到跑过一个小兔子，又把西瓜扔了去追兔子，结果兔子没追到，小猴只得空着手回家。这个充满了说教意味的故事告诉我们做事要专心致志，不能三心二意，与养由基的话别无二致。不过楚王是个诸侯王，也是成年人，养由基当然不能讲个小猴子的故事给他听，只是话中的道理却是一回事。

老年人常常在无法选择而错过机会时，摇着头说："箩里拣花，越拣越花。"只有一朵花可选的话，那不成问题。但要从一个装满花的箩里挑出一朵花来，难度会大得多。这个看似简单的道理往往是我们最容易忽视的，要解决其实也很简单，就是只选定一个目标，专心地去做。俗话说，世上无难事，只怕有心人。只要你做的不是挟泰山以超北海这种超出能力范围的事，那么只要找对方法专心地做下去，肯定能够成功。机会于每个人都是均等的，有些人总是哀叹命运之神不肯眷顾自己，却从不愿找自身的原因。饭要一口一口地吃，路要一步一步地走，我们总会遇到许多个选择，而机会又稍纵即逝。有能力，并不能保证一定会成功，看准时机，就尽快选择一个吧。也许我们选择的并非是最好的一种，可是二鸟在林不如一鸟在手，我们更应该看到，品尝成功的甜美滋味，无论如何都好过吞咽酸涩的失败。

原文回放：

常羊学射于屠龙子朱，屠龙子朱曰："若欲闻射道乎？楚王田于云梦，使虞人起禽而射之。禽发，鹿出于王左，麋交于王右，王引弓欲射，有鹄拂王斿而过，翼若垂云，王注矢于弓，不知其所射。养叔进曰：'臣之射也，置一叶于百步之外而射之，十发而十中；如使置十叶焉，则中不中非臣所能必矣。'"

——明·刘基《郁离子·射道》

目标只需一个

两军相遇智者胜

　　荆地，古代属楚国。这里的人自古就有信仰鬼神的风俗，要找一个不信鬼的，在这里可以说是绝无仅有。因而荆地的小镇上，几乎家家户户都挂着鬼神像。郁离子坐在药铺里，看着供在神龛中的神像出神。他是偶尔路过这里，却被一个以前相识的药铺老板约着坐几天堂。过去药铺里长年驻着一个医生，称为驻堂郎中，方便人们看病抓药。这药铺里原先的坐堂郎中这几天回家走亲戚，老板一时找不到人，正好郁离子过来，就请他暂住几天。

　　正看得有意思，一个半大少年冲了进来，道："郎中，郎中先生在么？"

　　这少年进来得很急，药铺老板连忙站起来，道："陈先生回家去了，眼下是郁先生坐堂，公子可是要抓药么？"

　　"家父生了重病，想请郎中先生出诊。郁先生，请你赶紧随我去吧，就在前面拐角处。"

　　救人如救火，郁离子也站起身，向药铺老板拱拱手，道："那我去去就来。"

　　病人家果然不远，走过一条街，再拐过一个拐角就到了。那户人家家底倒很殷实，门庭高大，门板也是数寸厚的山木。那少年领着郁离子穿过庭院走进内室，一进门，郁离子就不禁皱起眉头。这宅院外面看起来很排场，可是里面黑糊糊的一片，窗子全都关了起来，大概好久都没开过，空气中有一股发霉的味道。居室要通风、向阳，才不至于让人生病，这家主人住在这样的屋子里，不生病才怪。

少年走到床头，低声道："阿爹，郎中先生请来了。"

帐子动了动，里面的人大概坐了起来，有个人低声道："啊，快请他过来吧。"

这声音十分虚弱，让郁离子惊奇的是，他本以为病人是个风烛残年的老人，但听声音这个人的年纪显然并不太大，也就四十来岁。其实也该猜得到，少年不过十六七岁，他的父亲若不是老来得子，也就是四十来岁而已。少年回过头，道："先生，请给我父亲搭一下脉吧。"

从帐中伸出一只手，手也瘦得青筋暴露。郁离子搭了搭脉，他又惊奇地发现脉象其实并不怎么虚弱，一时间不知说什么好。正在沉吟着，那少年有点着急，道："先生，我阿爹生的是什么病啊？"

郁离子斟酌着语句，慢慢道："令尊大人生的是心病啊，是担忧过久，以至于心气郁结。不知令尊大人是因何得病？"

少年怔了怔，嘴唇动了动，似乎想说什么却没说。等了好一会，帐中的病人大概觉得儿子不好说，这才叹了口气，道："先生真是国手。不瞒先生说，我这家里现在闹鬼，闹了好久了，我天天担惊受怕，这才生了这一场大病。"

等郁离子回来，那药铺老板已等得有点急了。待郁离子指点着那少年开了几帖药，又说了该如何煎，少年急急离去后，药铺老板急不可耐地问道："郁先生，那人得了什么病？怎么待了那么久？"

郁离子道："其实也没什么病，不过长期惊悸，以至气血两亏，用些固本培元的滋补药，吃上几帖就会有起色。不过那人的心病却很难医，只怕一辈子都好不了。"

药铺老板大感兴趣，道："什么心病？居然一辈子都好不了？"

郁离子点了点头，道："不错。他是个极为害怕鬼怪的人，平时听到树叶落下，还有游蛇捕鼠的声音，都会觉得鬼来了。我给他搭脉时，只要一有响动，他的脉搏马上就变快。若是真有什么异样的声响，他就

45

把头蒙在被子里，连动都不敢动。这等模样，生病是早晚的事。何况听那人说，他家已经接连好多天都不安宁了。一到晚上，墙外就有鬼叫声。"

药铺老板笑道："这里晚上常有夜猫子飞过，他是听到夜猫子叫了吧？"这老板虽是荆人，却不太相信鬼神，向来对左邻右舍凡出入都要敬鬼敬神的行为觉得好笑。

郁离子道："我也这么说，不过那人斩钉截铁地说绝非是枭鸟发出的声音，一定是鬼叫。鬼叫也一直持续了四五天，天天都有，让家里人出去看，却什么都看不到。如此一来他更是害怕，让人把屋子的窗户统统钉死，里面大白天都要点蜡烛。"

药铺老板叹了口气，道："这不是自寻烦恼么？窗户全钉死，不病也得病了。"

郁离子笑了笑，道："正是。不过原本就算这样病也不至于会发作得这么快，偏生这时又出了件怪事，他刚把窗子钉死，家里就遭贼了，值钱的东西被偷得一干二净。他又急又怕，结果一下子就病倒了。"

药铺老板道："遭贼了？那他不报官么？"

郁离子道："原本他儿子是要去报官，不过，他说邻居劝他还是不要报，那些东西定然是鬼怪偷走的。现在只是失些财物，生一场病，若是报了官，惹恼了鬼怪，那事情就更大了，只怕会有性命之忧，所以还是破财消灾吧。"

药铺老板双掌一拍，道："我明白了，这邻居定然大有问题，居然出这种馊主意。只怕装鬼叫的就是那邻居了。"

郁离子点了点头，道："旁人并不知道他的事，而且旁人要到他家来偷东西，并不很容易。可假如都是邻居做的，那可是轻而易举的事。只是那人真是个冥顽不灵，一口咬定是鬼怪作祟，死都不肯报官。"

药铺老板不由怔住了，半晌才道："原来他这么固执，那只怕没办法了。"

郁离子脸上却露出了一丝狡黠的笑意，道："那倒不一定。"

药铺老板道："郁先生你已想出办法来了？是什么办法？"

郁离子笑了笑，道："先说出来会不灵的，等明天吧，想必就该有结果了。"

第二天黄昏，正当药铺要收摊时，那个少年又来了，向郁离子千恩万谢，但少年告辞走后，郁离子脸上仍然没有宽慰之色。药铺老板看得奇怪，道："郁先生，怎么，你的办法没用？"

郁离子叹了口气，道："用倒是有用……"

他还没说完，药铺老板道："到底你出了个什么主意？总可以跟我说一下吧，让我也学个乖。"

郁离子道："说破了一文不值。下手的定然是那个邻居，既然如此，我跟他的儿子说，只消到邻居家装鬼说事情已毕，东西都在邻家，明日即要还回。若是到时不曾送来，便自己来取。那邻居既然说是鬼怪作祟，便无从反驳。当夜果然将偷去的东西全都送了回来。"

药铺老板又是一怔，笑道："原来是以其人之道还治其人之身。那人原本因信鬼而不报官，这回又因信鬼而报官，果然是妙计。那邻居要么就说鬼怪尽是假的，可这样一来先怪鬼怪盗物也成了假的了。哈哈，不过万一那邻居将东西全都转走了，你不是白用了么？"

郁离子笑道："我看过宅院周围，前几日下雨，四周泥土潮湿，却没有足迹。这也是那人相信鬼怪作祟的依据，不过正是因为这点才确定是邻人在捣鬼。偷走的东西有些甚是笨重，这几天邻居家也没有车辆过来，定然不曾转移，只是暂存内室。如此一宣扬，他已成众矢之的，只得偷偷将东西还回来了。"他说到这儿，却又是深深一叹，道："东西虽然回来了，可是那人对鬼怪之事却更是坚信。记得秦时赵高要谗害蒙恬，正是因为二世惧怕蒙恬。二世已然猜忌，赵高又不让蒙恬分辩。等蒙恬发怒，自然就激怒了二世。事前赵高又怕李斯进谏，就猜测着他的目的率先说给二世听，几次都说中了，于是二世也猜疑李斯了。即使李斯说：'这都是赵高在捣鬼'，二世也不再相信。所以说'谗不自来，因疑而来；间不自入，乘隙而入'。这与那人始终被隐瞒，当真一般无二。"

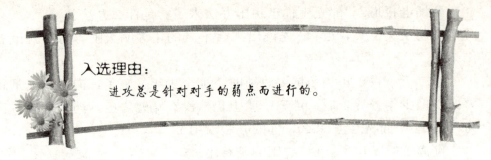

入选理由：

进攻总是针对对手的弱点而进行的。

燕垒生语：

平生不做亏心事，夜半不怕鬼叫门。这是人们壮胆时说的话，可是对于信奉神秘主义的人来说，鬼怪总是令人畏惧的。荆地那个怕鬼的人害怕鬼怪，这也是人之常情。只是他的害怕显然有些病态了，所以小偷就抓住了他这个弱点，先装成鬼叫，把那人吓得不敢动弹，然后把他家里偷盗一空。至于后来出了真正的鬼怪，把偷盗去的东西还给他，那已经是超现实的内容，超出了小偷的预计。然而这样也只是使失主更坚信这是鬼怪作祟，根本没有认为自己是遭窃，所以小偷的偷窃计划仍算成功了。

刘基在这里其实是要告诫我们，理智被蒙蔽后，一切都是错误的。秦时，大将蒙恬因为支持太子扶苏，秦二世胡亥想夺取皇位，自然对他极为忌惮。有了这个基础，赵高想要中伤蒙恬也就有了先决条件。然而赵高仍然没有大意，挑拨了秦二世后，又故意不让蒙恬有分辩的机会，并且担心李斯会进谏，预先对李斯也下了手，使得秦二世不信任李斯。

看散打拳击一类的竞技比赛时，看到拳台上，当一个人挥起一拳将对手打得晕头转向时，只要裁判没有喊停，就一定要趁热打铁，冲上去补一拳，努力将战果扩大化，结果鲜血淋漓的场面屡见不鲜，多少有点少儿不宜。赵高就是一个高明的拳击手，为了取得胜利不择手段，这一套组合拳把蒙恬和李斯这两个重量级拳手打得毫无还手之力，连秦二世这个裁判也被他玩弄于股掌之上。赵高的这一招就如同围棋术语中的"补一手"，行动之前，先把可能失败的缺口弥补掉，这个环节看似不够直接，只是一招闲棋，实际上却是至关重要的一步，在赵高与蒙恬对决的赛台上，李斯这支蒙恬的援军就是被这一步先期废掉。谋定而后动，作好准备，最厉害的手段用在最关键的时候，这就是赵高在这场权力角逐中获得胜利的秘密武器。

俗话说："磨刀不误砍柴工"，文绉绉地说来就是"工欲善其事，必先利其器"。不论做什么，都不要小看前期准备。有时，一个毫不起眼的举措，可能就决定了你的输赢胜负。

原文回放：

荆人有畏鬼者，闻檐叶之落与蛇鼠之行，莫不以为鬼也。盗知之，于是宵窥其垣作鬼音，惴弗敢睨也。若是者四五，然后入其室，空其藏焉。或俪之曰："鬼实取之也。"中心惑而阴然之。无何，其宅果有鬼，縿是物出于盗所，终以为鬼窃而与之，弗信其人盗也。郁离子曰："昔者赵高之谮蒙将军也，因二世之畏而微动之。二世之心疑矣，乃过其请以怒恬，又煽其愤以激帝。知李斯之有谏也，则揣其志而先宣之，反覆无不中。于是君臣之猜不可解，虽谓之曰'高实为之'，弗信也。故曰'谗不自来，因疑而来；间不自人，乘隙而入'。縿其明之先蔽也。"

——明·刘基《郁离子·畏鬼》

正确与谬误

　　战国时，七国并立，群雄纷争，那时要出一趟远门着实不易。在这个痛苦的年代，遍地烽烟，几乎没有一天是和平的。连坐在家里，都不知道早上起来之后能不能活到太阳西沉，更不要说出远门了。

　　不过总有一些胆大包天的人仍然在四处活动。魏国就有这样一个人，他有事要去楚国。工欲善其事，必先利其器，他事先也做好了充分的准备。为了能行动快捷，马车请了高手匠人专门特制，马匹也是请相马名手专程买来的骏马，驾车更是请了有名的赶马师傅，身边也带了大量盘缠。准备停当，选了个良辰吉日，他就出发了。

　　出发那天，他有个朋友赶来送行。不过这朋友住在城北，离得远，起身又晚了一步。送行的朋友急匆匆地赶路，正担心会赶不上送行。正走着，忽然听得有人叫了他一声，抬头一看，正是那人坐在马车上向他打招呼。他连忙迎上去，拱了拱手道："老兄要出门，我来得晚了，倒要你专程过来，实在过意不去。"

　　那人笑了起来，道："反正是顺路。就此一别，你也多多保重啊。""顺路？"他怔住了。这个朋友是要去楚国办事，他听得清清楚楚。难道是自己听错了？他试探着道："对了，你是不是改了路线，要往燕国去了？"

　　楚国在魏国的南面，燕国才在魏国之北。那人要出北门，定然是要去燕国了。哪知那人只是笑了笑，道："我去燕国做什么？我是去楚国办事啊。"

他更觉得诧异，道："可是，楚国是在南面啊……"他一时间几乎要以为是不是燕国被楚国灭掉了。楚强燕弱，楚若要灭燕那也并不太奇怪。只是楚和燕之间隔着不少国家，楚国实力再强，也不可能越过那么多国家去灭掉燕国。一定是听错了。他晃了晃脑袋，让自己清醒下来。一定是昨晚睡得太晚，直到现在还迷迷糊糊的，所以听不清楚。

"楚国在南边不假，不过现在南面有战事，不好走，往北的路好走，所以我转道从北边走。"这句话他听清楚了。虽然只是一句简简单单的话，可是他琢磨了半天，似乎仍然搞不清其中的意思。他试探着再问道："你是说，往北边走，去楚国？"

"是啊。"回答倒是明白无误。这两个字，大概连聋子都不会误解。

"那怎么可能！你怎么想的，南边有战事，你转道向西或向东都可以，怎么往北去转道。"

"那有什么不可以，"那人拍了拍车边的栏杆，"你看看这车。这车的木头用的是上百年的枣木，硬得跟铁一样，怎么开都坏不了，足足可以行驶几万里而不坏。这可是按当初穆王天子的坐车图设计的，连驾车的马，都是上了《相马谱》的名驹，就算不是日行千里，日行八百总是没有问题的。"

看着朋友如此固执，他叹了口气，道："可是，楚国是在我国的南边，你往北边去，怎么能到得了？""那也没关系，我的盘缠带得足，怕什么，大不了多走几天，就当外出游玩吧。"

难道就真的一点都说不通么？他不禁有些恼怒了。可是看着朋友这副自信满满的样子，他仍然沉住气，道："不管怎么说，楚国是在南边，你却往北走，一南一北背道而驰，你往北怎么能有到楚国的一天？"

朋友仍然毫不在意，道："哈哈，你大概还不知道我请的这位师傅是谁吧？他可是当初造父先生一脉相承传下来的嫡派弟子，驾车之术天下无双。当初穆王天子西行，由造父先生驾车，一路不知行进了几千万里，直到昆仑山与西王母饮宴。如今我与穆王天子相差的，不过少了些前呼后拥的部队罢了，车相似，马也不比穆王天子的八骏差，驾车师傅更是了得，我也带足了盘缠，怎么可能到不了？一定能到楚国的。"

他终于绝望了。对于这个朋友，显然什么道理都说不通。他长叹了一声，道："那就盼望你能早日向北抵达楚国吧，再见。"

看着马车出了北门，绝尘而去，他摇了摇头，又叹了一口气。

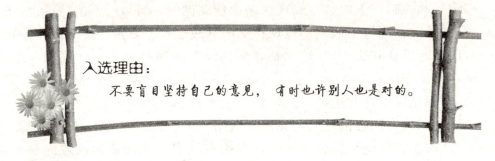

入选理由：

不要盲目坚持自己的意见，有时也许别人也是对的。

燕垒生语：

南辕北辙这个故事，是战国时魏国大夫季梁为劝阻魏王攻打赵国而说的。季梁的用意是说，想要建立霸业，靠战争无济于事，等于想去南边而往北走。

季梁说的是正确的么？假如我们翻开史书，不妨看看季梁之前的春秋五霸是如何成就霸业的。除了一个莫名其妙硬塞进去的宋襄公，齐桓公、晋文公、秦穆公、楚庄王，他们靠的就是手头足以震慑旁人的军事力量。即使是那个宋襄公，虽然有点食古不化，但和混道上的一样，他也知道对不听话的随从非打一顿不可。所以季梁无非是基于儒家的仁义之道而说出这一番话来的。

然而季梁说的又是错误的么？我们同样不能说他错了。春秋五霸的得名，与其说是军事实力，毋宁说是基于他们的人格魅力。齐桓公不记管仲之仇，受曹沫之劫，晋文公的退避三舍，比他们的武力更令人折服。可以这样说，他们所行的仁义并不是一张空头支票，而是一笔无形资产，建立起的是自己的舆论基础，使得军事打击收到事半功倍之效。

如此看来，季梁虽然说了一个好故事，但他的好故事并不全面，只能说在某一个阶段是正确的。师出有名，当没有一个好的舆论基础时四处出兵，只会给人留下一个好战分子的印象，结果使得那些小国家心生惧意，转而投靠别的有实力的国家，那么魏王想要建立霸业自然难上加难，毕竟国际争端不同于在道上混，拔出西瓜刀就能解决一切。

　　那么，仅仅从这个故事本身来看，其中所说明的道理是否一定正确？先秦道家说"此亦一是非，彼亦一是非"，并非说没有是非之分，而是立场不同，看待问题就有不同的标准。从季梁的立场上来说，要去南方而往北走绝对错误。可是假如季梁生活在今天，恐怕他就不会再用这个故事去劝告魏王了。地球是圆的，那个要去南方的人一直向北走，只要他选择的交通工具正确，带的盘缠足够多，并且聘请了高明的驾驶员，那么绕过地球一圈后，他的确会有一天抵达南方的楚国！看吧，事情就是如此奇妙，当我们的立场发生了变化，南辕北辙就并非是个可笑的谬论，而是一个完全可行的事实了。

原文回放：

　　魏王欲攻邯郸，季梁闻之，中道而反，衣焦不申，头尘不去，往见王曰："今者臣来，见人于大行，方北面而持其驾，告臣曰：'我欲之楚。'臣曰：'君之楚，将奚为北面？'曰：'吾马良。'臣曰：'马虽良，此非楚之路也。'曰：'吾用多。'臣曰：'用虽多，此非楚之路也。'曰：'吾御者善。'此数者愈善，而离楚愈远耳。今王动欲成霸王，举欲信于天下。恃王国之大，兵之精锐，而攻邯郸，以广地尊名，王之动愈数，而离王愈远耳，犹至楚而北行也。"

——《战国策·魏策四》

正确与谬误

智慧与武力

　　森林里，老虎是最凶猛的动物，所以被称为万兽之王。不过，即使老虎真是万兽之王，下面那些野兽却并非是一块煮好了等着上桌的鲜肉，它们一样长着四条腿，会跳会跑，所以老虎纵然凶狠，一样会有挨饿的时候。

　　这一天，这只老虎就已饿了一天了。其实这老虎年轻力壮，跑得也快，就是懒了点。平常林子里动物不少，山羊麋鹿野猪什么的总是愣头愣脑地跑来跑去，饿了只消瞅准机会，一下扑住，就能饱餐个一两天了。问题是这老虎在这里待了不少时候，连那些田鼠都知道最近林子里来了个惹不起的主，别人靠山再硬也硬不过这位，所以本着惹不起躲得起的念头，一个个都敬而远之。虽说那里觅食难一些，可是生命属于自己只有一次，再肥美的水草，再鲜嫩的树叶也比不上自己的命重要。不仅是草食动物，连那些食肉动物也纷纷躲开了。要和老虎争食，就算自信力最强的也没这个底。如此一来，这头年轻力壮的老虎居然饿了大半天还没找到一个可以吃的。

　　正打算着是不是换换口味，尝尝青草树叶味道的时候，老虎忽然惊喜交加地发现，前面有一只狐狸。狐狸的肉虽然有些骚臭，但饥饿是最好的开胃药。饿的时候，别说是狐狸肉，就连专放臭屁的黄鼠狼肉也一样鲜美。看来在老虎心目中，这只狐狸无异于是来救自己一命的。捉住后，它要先亲上两口，然而再慢慢品尝狐狸肉的滋味。

这时狐狸也看到了面前有一只老虎。这狐狸是新来的，并不知道在这块没什么竞争对手的地方还有这么一位凶猛的邻居。它吓得腿都软了，转身想跑，但又自认跑不过老虎。俗话说急中生智，狐狸一急，也马上有了一个主意，索性不躲不闪，迎上前道："原来是虎兄在此，还不上前参见！"

虽说猎物中不少是呆头呆脑的，但呆到这种程度，在老虎年轻的生命历程中还是第一次。它怔住了，看了看四周，确认狐狸说的"虎兄"是指自己。难道听错了，它说的是"狐兄"么？可世上绝对没有和自己一般大的狐狸。面前这狐狸双眼灼灼有光，似乎没有青光眼，也没有白内障，到底是什么意思？反正这块肉就在嘴边，老虎也不急了，道："狐狸，你失心疯了不曾？你知道我是谁？"

狐狸哈哈一笑，道："我当然知道你是老虎了。"

"知道我是老虎还如此胆大？"狐狸抹了抹嘴，道："可你知道我是谁么？我是天帝新近任命的万兽之王，专门来这里管辖走兽的。要是你敢吃我，到时天帝发起怒来，你就死无葬身之地，一身皮毛也要烂个精光！"

老虎只是野兽，没受过什么系统教育。凡是没有知识的人，基本上都是神秘主义者，老虎也不例外。它看了看狐狸，心里不由惴惴不安，但仍然不敢相信，道："你是天帝任命的万兽之王？那我怎么不知道？"狐狸做出一副惊奇的样子，道："林子里所有动物都知道了，我也派了那个谁谁前几天就来通知大家，你难道还不知道么？"

狐狸如此镇定，老虎不由半信半疑了。它想了想，前几天自己刚吃过一只鹿，或许它就是来通知自己狐狸当了万兽之王？不过自己吃饭前向来没有与食物对话的习惯，那头鹿一到自己爪下就断喉裂腹，有话也说不出来了。它看了看狐狸，迟疑道："你一只小小的狐狸，说自己是天帝任命的万兽之王，有什么证据？"

狐狸虽然无时无刻不想逃跑，但它知道只消自己一转身，老虎的爪子马上就要拍上来。到了这时候，就要撑到底。它抬起头，喝道："大胆老虎，你还不肯相信我说的话么？那么就跟着我走吧，让你看个清楚，森林里有哪个野兽看见我不屁滚尿流，转身就逃的！"

狐狸虽说吃肉，但顶多也就抓抓田鼠兔子之类，连山羊都不怕它。若是遇到狼和野猪这些猛兽，狐狸就只能转身逃跑。如果碰上的是熊或豹子，那狐狸只怕连尿都会吓出来。这些老虎自然知道，眼前这狐狸却敢说带自己去走走，它倒想见识见识。便道："好啊，我倒要看看有谁怕你！"

狐狸领着老虎向前走去。这一片树林里动物少，不过狐狸却是知道那些动物平常躲在什么地方的。走了一程，一边窜出一只兔子，见了狐狸转身没命地逃了。狐狸转身道："老虎，你见了没有？"

老虎怒道："别当我是傻瓜，兔子当然怕你。要是豹子见了你也跑，那我才信。"

豹子是除了老虎以外，森林里最凶猛的动物了。即使是老虎，轻易也不去招惹这个比自己差不了太多的同宗兄弟。狐狸心想一只兔子也确实没办法让老虎相信，它抹了一把嘴，道："行啊，那就去豹子家。"

豹子离老虎住处远一点。林子够大，吃的也够多，豹子虽说让老虎也有点害怕，到底还是比不上老虎，所以平时总是井水不犯河水，谁也不招惹谁。到了豹子的洞口，狐狸高声叫道："豹子，快出来拜见万兽之王！"

豹子刚吃饱了野猪肉，正躺在洞中睡觉。听得外面狐狸的声音，心中恼怒。狐狸够狡猾，不好抓，肉也不好吃，平时豹子也懒得碰它。没想到这狐狸将它的客气当福气，居然会叫上门来。它从洞里一跃而出，正待大喝一声，将这狐狸扑到爪下做一顿餐后小点心，忽然鼻子里闻到一股腥味。豹子抬头一看，却见一头老虎正站在狐狸背后目光炯炯地盯着自己。它大吃一惊，心想："怪不得这狐狸胆子这么大，原来是勾了这老虎来对付自己。"它一时间没了主意，心想多一事不如少一事，转身便逃。好在老虎虽凶，对自己也有几分忌惮，又没有什么深仇大恨，不至于不依不饶地追上来。若是真追上来，到时再狠斗一场也不迟。它跑了几步，见老虎却没有追上来，这才放心，索性再往前跑去，来个眼不见为净。

豹子一逃，老虎却傻了眼。狐狸转过头，得意地道："老虎，你看到了没有？"

老虎叹了口气，道："是，是，拜见大王，小的下次不敢了。"

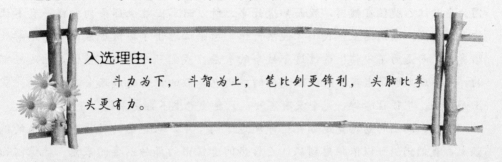

入选理由：

　　斗力为下，斗智为上，笔比剑更锋利，头脑比拳头更有力。

燕垒生语：

战国时期，是一个说客大放异彩的年代，像苏秦张仪这样只凭一张嘴便得到功名利禄的大有人在。假如那些说客生活在今天，运气好的话可能会名列福布斯富豪榜，运气不好的话也至少是个电视直销节目主持人。在这样的社会风气下，自然不管是谁也都能说上几句。

"狐假虎威"这个故事，是楚宣王的大臣江乙说的。当时楚宣王听说北方诸国都很害怕他手下的大将昭奚恤，感到非常奇怪，便问朝中大臣这究竟是怎么回事，结果有个名叫江乙的大臣向他讲了这段故事。

仅仅从《战国策》里这短短的一段记载，我们看不出昭奚恤和江乙的关系究竟是什么。也许是亲戚？或者也该是知交好友？楚国在战国七雄中幅员最为辽阔，实力也最为雄厚，但这地方向来被看成是蛮荒之地，楚王在其他六国国君看来，地位大概相当于一个食人部落的酋长，虽然楚国的国君是最早就称了王的。俗话说伴君如伴虎，当楚宣王表示对北方邻国害怕昭奚恤将军的原因感到迷惑时，正如刻薄的工厂主对羸弱的工人身体表示关怀一样，发出的是隐约的杀机。而江乙表示，北方人害怕的并非昭奚恤这只狐狸，他们怕的是楚宣王这只老虎。在不动声色中，化解了昭奚恤的一次危机，又恰如其分地拍了楚宣王一次马屁，这能不说是对昭奚恤有恩么？

然而，我们再把《战国策》读下去，却分明可以读到"江乙恶昭奚恤"一条。优秀主持人江乙在这里又为楚宣王讲了一个故事，说某人的狗在井中撒尿，被邻居看到后想去告诉某人。那狗于是拦在门口，见邻居过来便狂咬一通，邻居怕咬，便不敢来告状了。江乙说，当楚国攻入魏都大梁时，昭奚恤私吞了魏国的珍宝，因为当时江乙就住在魏国，故而知道此事，所以昭奚恤就像那条狗一样一直不让他见到大王。读到这里，我们才恍然大悟，原来江乙讲了狐假虎威，并非是解救昭奚恤，而是为了中伤！透过这个故事的表层，我们可以看到，狐狸是无足轻重的，只不过欺骗了老虎，所以昭奚恤的威名也是假的，他的威名全是靠欺骗齐宣王而得来。把狐狸除掉，完全没有害处，只会使老虎不再受蒙蔽。

原来，江乙的意思竟是如此！即使过了两千年，从先秦的竹简，到后来的纸张上，我们仍然可以依稀感到从江乙唇齿间透露出的那种刻毒的寒意。就像江乙自己所说的故事一样，狐狸的确欺骗了老虎，而这狡猾的狐狸，正是江乙本人。江乙把昭奚恤说成狐狸的同时，自己也极隐晦地充当了一次狐狸的角色。

原文回放：

虎求百兽而食之，得狐。狐曰："子无敢食我也！天帝使我长百兽，今子食我，是逆天帝命也。子以我为不信，吾为子先行，子随我后，观百兽之见我而敢不走乎！"虎以为然，故遂以之行。兽见之皆走。虎不知兽惧己而走也，以为畏狐也。

——《战国策·楚策一》

欲速则不达

　　宋国有一个农夫，每天在地里辛劳。农夫种庄稼，面朝黄土背朝天，一年四季都没有空。春种秋收，每天都要忙，涝了要排水，旱了要浇水，生了虫要捉，长了杂草要锄掉，等到秋收时还要防备麻雀来偷嘴。这农夫有几亩地，每天一大早到地里干活，非等月亮上来才能歇息。就这样，日子一天天地过去。

　　有一天，这个农夫锄完了一畦草，倚着锄头看着地里的庄稼。庄稼长势不错，今年多半是一个丰收年。他越看越是欢喜，心想："今年有了收成，打上两斤酒，买块肉，再给老婆儿子扯几匹布做身新衣服，好好地过个年吧。"他越想越美，只觉眼前的稻田里已是金黄一片，沉甸甸的麦穗一个个坠下来，打下来的麦子连米仓都装不下了。等运到城里卖掉，一家大小全都换上了新衣服，围着火炉吃上一锅肉菜，喝几口小酒，实在有点乐不可支。

　　正想得欢喜，锄头一歪，他差点摔下来。定睛看去，田里仍是一片绿油油的秧苗，顶多也不过一两寸长。想要结出麦穗，真不知是什么时候的事了。他叹了口气，知道那些新衣服和酒肉还是遥不可及的事，转身回家去了。

　　回到家里，他还在满脑子想着田里的事。一年四季，春播秋收，到了冬天农闲就只能在家里待着了。年年如此，秋后坐吃山空，往往会青黄不接。他记起以前与人闲聊，说南边地气温暖，草木经冬不凋，那里的庄稼一年能种两季，有些地方甚至能种上三季。假如在这里也能种上两季甚至三季，日子岂不好过许多？每年的粮食也就足够吃了，不至于到了冬天米仓见底，连个年都过不好。他想着想着，终于睡去。在梦里，他梦见自己来到田里，一声令下，庄稼齐刷刷地往上长，早上种下去，晚上就已结实，等着打上来了。

第二天一大早，他刚睁开眼，翻身穿好衣服便要下地。日有所思，夜有所梦，说不定这个梦就是个现实呢。可是到了地里一看，庄稼仍然是些短短的秧苗，要长出麦穗仍然不知是哪一天的事。他不由大为失望，这一天的锄头也觉得特别沉重，几乎挥之不动。

就这样，他想了好几天。每天一闭眼，田里的秧苗就长起来，早上一看，却仍和昨天没什么两样。因为老是想着这件事，秧苗长得似乎更慢了，每天都没什么变化，这农夫甚至觉得一天比一天短——尽管他也知道这同样不可能。

这一天早上起来，他眼睛直直的，像是中了什么邪。他妻子见这情景，不禁有点害怕，小声对儿子道：“孩子，你爹这是怎么了？”

儿子年纪还小，每天放牛，也是早出晚归。听母亲这般说，看了看父亲，也小声道：“阿爹有心事吧。”

“种个田有什么心事，今年天时不好么？”农夫的妻子心中忐忑不安起来。可今年明明风调雨顺，该下雨就下雨，雨水也不至于多得淹烂禾苗。家里虽穷，但日子过得也算和美，几个人身强体健，连儿子今年也没生过病。去年的余粮足够吃到今年秋后。她想了又想，怎么想也想不出孩子爹心里担心的是什么。有心要问问，但看这农夫面色不善，只怕问了会自讨没趣。

唉，不管他了。农夫的妻子平时也很忙，张罗着喂鸡喂鸭，还养了一匾蚕，每天采桑就够她从早忙到晚。孩子的爹就算有心事，只要不生病，每天仍然下地，别的就不用多想。

这一天忙忙碌碌地也就过了。等黄昏时，儿子赶着牛回家了，农夫却还没回家。一开始还以为田里事情忙，可等了又等，饭菜也热过好几遍，仍然不见农夫回家，农夫的妻子心里急了起来，对儿子道："快去田里看看你爹，到底出了什么事，这么晚还不回来。"

儿子正要出门，门却"砰"的一下开了，农夫扛着锄头歪歪斜斜地走了进来。他把锄头往门背后一竖，便一屁股坐到长凳上，沙哑着喉咙上气不接下气地道："今天可累死我了。"

看到丈夫累成这样，妻子心疼之极，端上热好的饭菜，道："今天怎么累成这样子？快歇歇吧，先喝口水，慢慢吃。"

农夫喝了水顺顺气，道："前一阵我见禾苗长得太慢，心里急啊。想了这几天，总算想出了一个好办法，以后它们长得快了，一年总能收个三四遍吧。"

妻子并不知道丈夫想出了什么好办法，但听他说一年能收三四遍，实在有点难以置信。趁着丈夫在家吃饭，妻子偷偷对儿子道："快去看看，你爹到底做什么了。"儿子听父亲说能让庄稼一年收三四遍，也很觉得稀奇，于是赶紧跑到田里去看。到了田里一看，不由大吃一惊，原来农夫竟是把所有禾苗拔高了一截，看上去长得快，但现在全都枯死了。

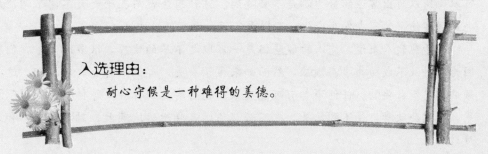

入选理由：

耐心守候是一种难得的美德。

燕垒生语：

"揠苗助长"的故事出自《孟子》。儒家的两大圣人虽然本源一致，表现却大大不同。孔子是个理想主义者，而被尊为亚圣的孟夫子却是个现实主义者，他并没有太多的温良恭俭让，倒更类似那些靠嘴皮子吃饭的说士，是个滔滔不绝的雄辩家。这个故事，就出自他与公孙丑之间的对话。当公孙丑问到什么叫做浩然之气时，孟轲先生说了长长的一段。说到"必有事焉，而勿正，心勿忘，勿助长也"，就讲了这个宋人揠苗助长的故事。

英国早逝的天才诗人济慈的名诗《希腊古瓮曲》中有两句名言："真实即是美丽，美丽即是真实。"（Beauty is truth，truth is beauty）在济慈看来，自然界的一切都是美的，只要没有经过人为的矫揉造作。无独有偶，清末龚自珍的《病梅馆记》也持有同样的观点。龚自珍认为，经过人为修饰的梅桩是病态的，必须打破瓦盆，种在地里让它自由生长，那才是真正的美。言外之意，他们歌颂的都是个性的解放。孟夫子的观点，可以说与他们暗合。在亚圣公看来，要养浩然之气，事前不要有太多的预期，不要三天打鱼两天晒网，也不要脱离实际，急于求成。

这三点都是大实话，并没有什么高深莫测的道理，有的只是实用。俗话说希望越大，失望也就越大，爬得高摔得重，所以不要有太大预期，也就不会有太多失败后的痛苦了。而有恒心，不要半途而废，更是说得不需要再说的简单道理。最后一点"勿助长"则是孟夫子的所得。孔子可以说"见义不为无勇也"，在孔子心目中，好事都必须去做，所以他为了实现自己的政治目标，可以周游列国，纵然四处碰壁，仍然毫无悔恨。但孟子的看法就要圆通得多，在孟子看来，任何事都有其必然，不必着急。不切实际的雄心壮志不可取，不正常的发展速度同样不可取，所以超出常理的努力都是不必要的。这种想法就与孔子大大不同了，应该也是现实使得儒家在发生变化，变得更实际，更有可操作性。

对于现代人来说，先人的智慧仍是一座取之不尽的宝库。很多时候，我们会因为种种做不成功的事而烦恼，然而如果孟子有灵，那他一定会告诉我们，这些烦恼都是不必要的。任何事都有可能失败，也自有其规律在。等待吧，等到了结果，自然会欣喜，等不到结果，也不必悲伤，只要坦然地顺天应时，定会平和地度过此生。

原文回放：

宋人有悯其苗不长而揠之者，芒芒然归，谓其人曰："今日病矣，予助苗长矣！"其子趋而往视之，苗则槁矣。

——《孟子·公孙丑上》

视角与视野

在一口枯井里，住着一只青蛙。

说是枯井，其实也有点水。不过水很浅，顶多只是个水洼。但对于住在里面的青蛙来说，也已足够。渴了，喝两口泥水；饿了，水洼里滋生的蚊虫苍蝇一类小虫足够填饱肚子；累了，在泥水里爬两下，蹦两下运动一番。不想动的时候，就躺在泥水里看着天空。井口圆圆的，天空也是圆圆的一小片，偶有白云飞过。虽说太阳只能在正午时分照进来，但对于一只青蛙来说，这点阳光就已经足够了。要是阳光太强，把身上晒干了，它反而会受不了。

就这样不知过了多少天。有一天，青蛙正躺在泥水里晒着肚皮，忽然觉得身上一下凉了起来。他抬起头一看，吃惊地叫了起来："天啊！天掉下来了！"

井口突然间小了许多，一团黑影遮住了大半个井口，现在那个圆圆的亮光成了一个月牙形。青蛙还要大叫，却听得外面有人瓮声瓮气地道："真对不住，原来井里还有人啊，我以为是空的呢。"

那团黑影慢慢地挪开了，青蛙看到一个长长的影子出现在井口。它的心猛地一跳，哆哆嗦嗦地道："请……请问你是蛇先生么？"

青蛙是很怕蛇的。这青蛙在定居井底以前，也碰到过蛇，那次逃了半天才算逃脱。躲到井里来后，虽然安全了，但它对于这种长长的爬虫仍是心有余悸。如果是蛇的话，那这次真是没地方躲了。

它刚说出，井口那个黑影笑了起来："我可不是蛇。虽然蛇是我的远亲，不过我们是两种东西，我是海龟啊。"

"海龟？"青蛙没见过海龟，也不知道这是什么东西。这时海龟又爬上一点，露出小半个身子，青蛙一下叫起来道："啊，我认出来了，你是甲鱼的亲戚！"海龟点了点头，道："是啊，你见过甲鱼？"青蛙道："我原先住在池塘里，甲鱼是抬头不见低头见的，当然见过。它就住在前面那个池塘，你过去就看到它了。"

海龟道："多谢了，我可走了好长一段路了，正不知该怎么走呢。"

海龟正要走，青蛙连忙叫道："海龟兄，你难得来一次，不妨过来歇歇再走吧。"海龟停下了步子，道："不要紧么？""不要紧。海龟兄是从哪里过来的啊？"海龟道："从东海来。路长得很，走得好累。"

青蛙见过甲鱼。在池塘里，甲鱼游得就慢悠悠的，若是在地上爬，那就更慢了。海龟是它亲戚，大概也是差不多。青蛙笑道："海龟兄，不知东海有多大？"海龟也很累了，一边喘着气，一边道："很大。"

"准没有井里好。"青蛙说道，"你瞧，我住在这里才叫快活。想散心，出了井就可以在井栏边蹦跳一阵，跳累了就回到井里，在泥水里美美地睡上一大觉。这泥水不深不浅，我躺着也刚好露出嘴巴。在泥水里爬上一两圈，泥水也就刚盖到小腿。你瞧瞧，井里的这些个小螃蟹和蝌蚪，它们哪个有我快活？螃蟹只能待在井里，蝌蚪么，更可怜，水里都出不去。这点水全是我的，在这里一样可以跑跑跳跳，真是快乐绝顶啊！你想不想进来看看？"

海龟听青蛙夸这口井如此之好，心有所动，道："好吧。"它向井栏爬去，正要到井里去，谁知一只左脚还没有整个伸进去，右脚就被井口绊住了，哪里进得去。它试了几次，终于放弃了，退了几步，探出头道："算了，我进不来。"

青蛙见海龟没办法进来，也有点失望，道："那你真是无福消受了。要知道，这口井可好了，就算天堂也不过如此。"

海龟笑了笑，道："井里是不是天堂，我不知道。不过，你见过海么？"

青蛙一怔，道："海有池塘大么？"

海龟道："池塘根本不能与海相比。平时说的千里之遥，不足以形容大海的广袤；人们形容山时常说的千仞之高，也根本无法用来形容大海的深度。当初禹王在的时候，天下十年里有九年发洪水，可海里的水也没因此涨起一点。后来到了商汤王在世之时，八年里就有七年大旱，可大海的水也没有因此而降低，海边的山崖距水面仍是那么点高度。不管是旱是涝，大海总是那样子，变也不变。住在大海里，你想去哪里就去哪里，永远游不到边，吃的喝的样样都有，样样取之不竭，那才是天下至乐。"

井里的青蛙听了海龟的一席话，不由惊呆了，茫然若失，什么话都说不出来。

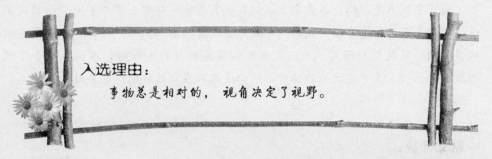

入选理由：

　　事物总是相对的，视角决定了视野。

燕垒生语：

　　我们总是说站得高，看得远。然而看得再远，终究有一个终点，我们看不到无限。当夜郎王向汉使夸耀夜郎国的广袤，我们与汉使一起取笑夜郎王的无知自大时，想到过幅员辽阔的汉帝国疆土与后来那些庞大的帝国相比，仍然显得狭窄么？汉使看不到比汉帝国更广大的土地，而我们却能够见到。井底的青蛙所能见到的只是一片圆圆的天空，东海之龟看到的是一片辽阔的大海，而太空站上的人所见到的大海也只是地球表面的一个蓝色小水洼而已。假如把视角再放得高一些，太阳系、银河系，在宇宙中同样只是微不足道的一个小点。井蛙之见是可笑的，只是东海之龟的见解同样可笑，它在夸耀东海之大时，其实与井蛙夸耀井底没什么不同。

视角与视野

大海没什么可夸耀的，东海之龟值得夸耀几句的，其实是它能见到大海这件事本身。大海的博大，正是通过观察者的眼睛才体现出来的，从某种角度上来说，观察者的视野就已经比大海更广阔。《庄子》外篇中还有一个任公子钓大鱼的小故事。在鱼饵就用了五十头牛的任公子看来，大海并不值得人们五体投地去膜拜，它仅仅是一个鱼塘而已。而即使看到比大海更大得多的东西，那也并不是终极真理，仍然有比这更大千百倍的存在。我们不妨玩一个心智的小游戏，试试你的想象力的极限。想象自己在不断地离开，看到的东西则不断地缩小。从一张桌子，一把椅子开始，我们看到房屋，看到山海，看到了地球，看到了太阳系，看到了银河系，看到了河外星系，直到我们把地球想象成某个庞大无比的土地上的一颗沙砾，一粒尘埃，一个分子或者原子，甚至比那更小——直到想象的尽头。只是想象显然并没有尽头，这个游戏我们可以无限地玩下去，永远都不会停止。

地球当然不是沙砾，不是尘土，但在我们想象中却完全可以等同于一粒尘土。这样想错了么？并没有错，我们只是改变了视角而已。同样一个目标，视角不同，观察到的结果也大相径庭。所以，当我们取笑别人的无知时，不妨多想一下吧，当我们认为别人是井底之蛙的同时，何尝没有人在取笑我们这些井蛙之见。

原文回放：

埳井之蛙……谓东海之鳖曰："吾乐与！出跳梁乎井干之上，入休乎缺甃之崖；赴水则接腋持颐，蹶泥则没足灭跗；还视虾蟹与科斗，莫吾能若也。且夫擅一壑之水，而跨跱埳井之乐，此亦至矣，夫子奚不时来入观乎！"东海之鳖左足未入，而右膝已絷矣。于是逡巡而却，告之海曰："夫千里之远，不足以举其大；千仞之高，不足以极其深。禹之时十年九潦，而水弗为加益；汤之时八年七旱，而崖不为加损。夫不为顷久推移，不以多少进退者，此亦东海之大乐也！"于是埳井之蛙闻之，适适然惊，规规然自失也。

——《庄子·秋水》

不要用错误去弥补错误

长江滚滚东流，在江边有一叶小舟，一个船家正坐在船头，百无聊赖地吹着笛子。短笛无腔，听起来却仍是悦耳，杂在江水声中，清越无比。

远远地走来一个人。离得还远，那人一躬到底，道："船家，请移舟过来，学生想到对岸去。"

这人峨冠带剑，身着长衫，相貌也很是清雅。船家将笛子掖到腰间，抓起长篙一撑，小船轻悠悠地贴着水皮到了岸边。这船家道："先生要过江？"

来人又是深施一礼，道："学生楚国人氏，有要事要渡江，想借船家宝舟一用。"

这楚国人说话文绉绉的，脸上却带着一股傲气。船家笑道："好啊，请上船来吧。"他将长篙一点，小船紧贴在岸边，那楚国人又说了几句感谢之辞，这才跨上船来。楚国本是水乡泽国，但这个楚国人显然没有坐过几回船，上船时也摇摇晃晃。船家见他有点站立不定，伸手一把扶住，道："先生，小心了。"

那个楚国人上得船来，仍是心有余悸，道："船家，坐船都这般危险么？"

船家笑道："水上生涯，岂有不危险的。可相比之下，便是在陆上，难道就不危险么？哈哈，先生坐稳了，船马上就开。"

船家说着，长篙在岸上一块石头上轻轻一点，小船一下向江心疾驰而去。江面上微风簌浪，层层如鱼鳞，从此岸望向彼岸，茫茫一片，完全看不清前方的景物。楚国人坐在船上动也不敢动，几乎是木然地看着小舟贴着水面如飞而行。

长江南北宽有三四里，这样的小船要过江，足足得半天时间。那楚国人看着小船行驶如此之快，但对岸却像根本不曾有丝毫靠近，而渐近江心，浪头也更大了，旋涡一个接着一个，小船从一个旋涡边上滑过，眼看正要被卷入另一个旋涡之中，却又轻轻快快地一掠而过。楚国人看得提心吊胆，大气都不敢出，脸上傲气荡然无存，背后冷汗直冒，一件袍子的脊背处像被雨水浇过一般，都快湿透了。

船家见楚国人如此害怕，一边摇着橹，一边笑道："先生，你还是头一回过江吧？其实你也不用太担心，今天风平浪静，平时风浪大得多，我哪天不得跑一两趟的。有时刮风下雨，那才叫不好走，非把自己绑在船上才行，要不然一个浪头打过来，被打进水里就要尸骨无存了。"

楚国人听了更是害怕，一张脸变得煞白，坐在那儿动都不敢动。这时小船忽地被一个大大的旋涡一带，速度一下更快了，船身倏地侧了过来。这楚国人本来就已吓惨了，此时再也忍不住，猛地站起来叫道："船家……"

船家喝道："快坐下！"他伸手将橹扳得几乎要贴到船面上。楚国人被船家喝了一声，慌忙坐在船底，双手紧紧抓住船沿。这小船在江面上曲曲折折，已从那个大旋涡边绕了过去。

江心这一带浪头最急，过了这里，一下就平缓许多。楚国人见江面平静下来，一颗提在半空中的心才算放下来。船家笑道："先生，坐船就是这样，看着险，其实就是要死里求活。三峡那边有个崆岭滩，好多人到了那地方，都得带一块布。因为那里的江心有块礁石叫'对我来'，船只过处，若是想要避开，十有八九会撞到礁石上撞个粉碎。只有正对着那块礁石驶去，才会擦身而过。那个才叫险，头一次过的人见了，心胆都碎，所以要备下布条，全得蒙着眼睛过去的。先生，今天这种情形和崆岭滩相比，那真是不足挂齿。"

楚国人心口仍在怦怦乱跳，站起身一拱手道："船家，真是多谢你……"

话没说完，船家忽地叫道："小心！"这一带看似平静，其实暗流仍然不少，那楚国人坐着时还感觉不出来，一站起来，只觉脚底虚浮，像是踩在流沙上一般，登时站不稳了。身子一晃，腰间的剑已脱鞘而出，在船沿上一撞，直没入水。

江心掉下个东西去，连水花都溅不起一个。楚国人登时面如死灰，呆若木鸡，船家也叫道："可惜！可惜！"楚国人这柄剑十分华美，一看就知价值不菲，这般坠入江心，实在令人心疼。

楚国人呆立了半晌，道："船家，能麻烦你捞起来么？这剑是大王赐我的，万万不能失落。"

船家叹道："我是没这个本事了。先生若真个非取回不可，只能找'翻江鳅'想想办法。'翻江鳅'是方圆百里之地水性最好之人，要在江心取物，只有他有这个能耐。"

楚国人忽然像是听到了什么，道："船家，若是在江边，你就能取出来了吧？"

船家笑道："在江边，别说是我，连先生您挽起裤腿也能捞起来了，江边顶多也就一两尺深的水。"

楚国人眼中一亮，忽地从袖子里摸出一把小腰刀来，在方才那长剑落水的地方划了个记号。船家看得莫名其妙，道："先生，你要做什么啊？"

"在下自有妙用。"楚国人嘴角浮起一丝笑意，不再说什么。船家见楚国人方才还战战兢兢，马上又傲气十足，便不再说什么。

最险的一程过了，接下来的一段倒是没什么风险。小船靠上了北岸，那楚国人付过了渡资，忽地撩起长衣，将鞋也脱了披在腰带上，然后走下水去。这里的水很浅，刚没过那楚国人的膝盖。那楚国人弯下腰，双手在水里摸着，原本清澈的江水被他在底上一掏，登时泥沙翻涌。

船家本要重回对岸，见此情景，呆了呆，道："先生，您这是要做什么？"

楚国人头也不抬，道："我的剑是从此处坠入水中的。江心水深，此处水浅，从这里就可以下去找了。"他的双手在泥水中摸了半天，衣服都被溅起来的江水打湿了，可仍然什么都没摸到。

船夫已驶出一段了。回头看着那楚国人的一副狼狈相，喃喃道："唉，船是在动的，先生您掉进江里的剑可不会自己动。现在船已经靠岸了，你在这里找，怎么可能找得到？这样子找剑，真是胡闹。"

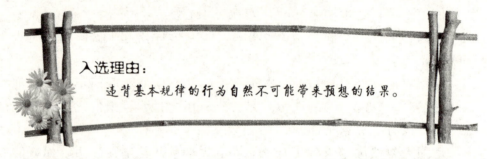

入选理由：

违背基本规律的行为自然不可能带来预想的结果。

燕垒生语：

天下什么药都有，就是没有后悔药可买。当我们做了什么后悔的事后，别人总是会如此来告诫我们。可是，我们不是圣者，也不是机器，不会永不犯错，所以后悔总是难免的。

河水总在流动，当楚人的剑掉落进水里，摆在面前的只有两个选择：一、就此忘记，告诉自己从未拥有这把剑。二、不惜一切，立刻下水捞取。非此即彼，再无第三种选择了。然而楚人显然并不想选择其中之一，他选择的是在船上刻个记号，等船到了浅水处再去打捞。在他看来，从浅水处捞起剑来要容易得多，也就是以最小的代价得到最大的利益。而结果当然是徒劳无功。代价虽小，终究还是付出了，可是利益却丝毫不曾得到。

假如我们忽略这个故事的极度夸张手法，从中又能看到些什么？很多。我们不会到浅水里去捞取掉入深水的宝剑，却会为了一点眼前利益而付出破坏环境、破坏健康的代价，然后再在事后付出更大的代价去弥补。当往日清澈的流水成为一沟污秽不堪的泥浆，而千百年来葱茏的山脉成为濯濯童山时，我们所做的一切又与那个愚蠢的楚人有什么两样？

是的，我们不是圣者，无法不犯错误，但我们至少可以在犯第一个错误之前就考虑一下，不至于犯下第二个。德谟克利特说人不能两次踏入同一条河，因为河水在不断地向前奔流，随之流逝的是我们曾经拥有的机会。三国时的刘备死前对儿子说，莫以善小而不为，莫以恶小而为之。他自己虽然不能做到这两句话，但至少他还有这样的感悟，可悲的是我们往往连这样的感悟都没有，只能在事后哀叹后悔。要知道，事后补救多半是无济于事的措施。

当那把剑落入水中，想在深水中打捞起来已成为不可能的任务时，我们还是选择放弃吧。只要想着，在前面我们依然还有很多选择的机会，只要下一次不犯错误就行了。

所以，当我们犯了一次错时，世上并非没有后悔药。最好的后悔药，就是永远都不要后悔。后悔，就是你犯下的第二个错误。

原文回放：

　　楚人有涉江者，其剑自舟中坠于水，遽契其舟曰："是吾剑之所从坠。"舟止，从其所契者入水求之。舟已行矣，而剑不行；求剑若此，不亦惑乎？

——《吕氏春秋·察今》

不要用错误去弥补错误

不要给敌人机会

市场上，一个健壮精悍的武士正看着四周卖东西的人。这是楚国郢都的集市，楚国人多好勇尚武，集市上卖刀枪剑戟之类武器的也有很多，这武士看了几摊，却总是摇摇头。在他的脸上，总带着一丝忧虑。

不是东西不够好，那些武器都算得上不错。不过，他需要的不仅仅是"不错"，而是要绝好。集市上卖的那些武器，一般用用完全可以将就，但像他那样要与人以死相拼的，就不能将就了。

他必须找到最好的武器。

可是看来看去，却总找不到一把趁手的兵器。《考工记》中说金有六齐，"六分其金而锡居一，谓之钟鼎之齐；五分其金而锡居一，谓之斧斤之齐；四分其金而锡居一，谓之戈戟之齐；三分其金而锡居一，谓之大刃之齐；五分其金而锡居二，谓之削杀矢之齐；金、锡半，谓之鉴燧之齐"。这六齐各有其用，相差细微。其中"戈戟之齐"是铜四分，锡一分，如此则锋刃最利，又不易折断。可是市面上那些武器往往可见铜锡比例不称，明明是一把长戈，用的却是三分其金而锡居一的大刃之金。以此比例只适合铸剑，因为剑要长得多，必须较为坚韧，如果铸成戈戟，不免稍显逊色。只是明白这一点的人很少，只从兵刃色泽看出其中成分的就更少了。这武士是文武全才，自然是知道的。

在市上走了一圈，仍然看不到一把好兵刃，他不由有些失望。正在这时，忽然听得一边有人高叫道："好本事！"眼角忽地有寒光一闪。这道寒光像是一道闪电，一下劈到他的眼底，他猛一抬头，只见前边一棵大树下围着一圈人，从当中不时闪过一缕寒气。这缕寒气似乎已然成形，破空而上，将树梢的树叶也逼了下来。

好一把兵器！他在心底暗暗喝了一声彩。虽然不知到底是什么兵器，但只看这种寒光，就已有凛然之威。他快步走上前，挤开人群向里看去。只见人群中，有个穿着青布衣服的汉子正在舞着一把长兵器，看样子是把长矛。

"好，好本事！"围观的人叫道。对于这些，他倒只是略略一哂。那人把长矛舞得风车斗转，其实这种手法中看不中用，全是花架子，长矛的用法以直刺为王道，讲究平、正、直、强四字。这样舞出花来，与这四字全然不搭界，真上了战阵，头一个被人刺死。不过现在那人是卖武器的，不是士兵，也只有用这种手法才能炫人眼目。

卖矛人舞了个花，忽地将长矛一顿，矛攥重重往地上一插，插在土中足有半尺深。他团团做了个罗圈揖，叫道："各位乡亲，各位父老，在下初临贵地，卖这支家传长矛，不为求财，只为找一个识货之人。要知这长矛本非凡物，乃是当初五霸之首，后来谥曰桓公的齐公子小白所用之物。此矛名曰'夔缠裂风矛'，矛尖铸有夔纹，你知这是何物？原来是当初齐桓公还是公子小白时，与公子纠争位，二人相约比试。管仲原是公子纠亲信，从旁暗助公子纠一箭。这一箭，正中小白带钩，小白心中管仲神箭，生怕他再射，一口咬破舌尖，喷出一口血来，假装中箭倒地，骗得管仲相信。那小白日后乃是五霸之首，何等了得！这口血正喷在矛尖，你道如何？矛身却由此现出夔纹。不过此夔纹有三不看，第一，午日不看。第二，衣冠不整不看。第三，乱臣贼子不看。唯有在雨后初晴，置于阴凉之地，正人君子整顿衣冠，方才能见。此矛既名'夔缠裂风矛'，刺物即穿，便是风也能刺裂，不信，列位看了！"

卖矛人说着，将长矛反手抓在背后，摆了个架势，忽地一矛向上刺去。他出手倒也甚快，随着矛尖一动，头顶一片树叶飘然落下，边上看的人更是震雷似的一阵喝彩。那武士也暗自喝了一声彩，却不是为那卖矛人的手法，而是为这把矛。他看得出，矛上的铸痕甚新，铸出来绝对不超过一个月，那卖矛人说什么是齐桓公为公子时手用之矛，自是胡吹，不过为了自抬身价。可不管怎么说，这矛确实是好矛，锋利无比。他正要去问价，那卖矛人将长矛往树上一靠，从树根处拿起一面盾，高声道："在下这柄夔缠裂风矛不管什么都刺得穿，自是宝物。不过宝物年年有，就看人识不识货。大家再看我这面盾，此盾为当初夏桀所用之物，名谓'龙逢盾'。夏桀暴虐无道，关龙逢本是忠臣，因进谏为夏桀所杀。后来成汤灭夏，鸣条一战，杀得夏军纷纷溃散，成汤之臣伊尹以鸣天镝射夏桀，结果夏桀藏身此盾，躲过一劫。后来此盾为汤王所得，因思关龙逢无辜遭戮，故名此盾为'龙逢盾'。列位请看，这盾上有一点凹坑，便是伊尹鸣天镝所留。"

武士听他越吹越没边，不由失笑。那面盾果然也是好东西，不过看盾上花纹，顶早也是周贞定王时代的东西。虽是古物，也不过是百多年前的古物，决非古到夏桀之时。不过那人是卖东西的，他也不好去挡别人的财路。那人吹不吹牛不关他的事，只要卖的兵器够真就行了。只是，他需要的是无坚不摧的长矛，有这么一面盾牌的话，被那人得到，岂不是又要大费周折么？

卖矛人吆喝了一通，高声道："列位看清了，这龙逢盾可是千载难逢的宝物啊，任你是什么神兵利器，都刺不透，何等坚固！"

卖矛人正说得起劲，却见人群中有个人高声道："先生，既然你说你的矛什么盾都能刺穿，而你的盾什么矛都刺不穿，那么用你的长矛来刺你的盾牌，又该是一个怎样的结果？"

那卖矛人呆住了，回答不上来，边上人却是一阵哄然大笑，纷纷散去。那卖矛人见此情形，恼羞成怒，喝道："你是来砸我的场子么？"

武士也随众人走了。此时，他脸上却有了一种醒悟后的喜悦。

入选理由：

　　凡事尽量不要给自己留下破绽，击败自己的往往是自己本身。

燕垒生语：

　　有一个小故事，说某个小镇上只有一个理发师。某天他口出豪言，说："我为镇上所有不给自己理发的人理发。"别人问他："那你自己的头发归谁理？"这个理发师也与那个卖着长矛与盾牌的人一样回答不上来。

　　这个小故事与韩非子在两千年前所讲的自相矛盾的故事如出一辙，其实都是一个逻辑学上的悖论。所谓悖论，就是指可以同时推导或证明两个互相矛盾的命题的命题或理论体系。矛能刺穿一切盾，盾能抵挡一切矛，这两个定义如同一个硬币的两面，不可能同时出现，因为同时出现必然是矛盾的。同样，理发师故事中"不为自己理发的人"与理发师自己也是一个完全相反的定义，理发师不管为不为自己理发，都违背了"为镇上所有不给自己理发的人理发"这个条件。当这两个互相排斥的前提相遇时，我们就得到了一个奇妙的结果——无法得到结果。

　　奇妙的结果当然只能存在于逻辑学里，现实中，我们必须要有一个结果，所以往往就只能作出妥协，修正这两个前提之一。除了极少数人，人生对于我们普通大众来说不是一条铺满金砖的坦途，而是一场发生在天梯上的战斗，从出生那一天起，我们就投入这场旷日持久、殊死无休的战役中去。疾病，贫困，劳累，这些"敌人"每一天都虎视眈眈，想要突出重围是一件很困难的事。我们严阵以待，应付每一天的战斗，努力让自己不至于坠入深渊，万劫不复。而在这场以一生为代价的搏斗中，我们更要小心谨慎地对待每一件事。战争中，敌人突破的往往是我们所留下的一个微不足道的破绽，可是留下破绽却是我们自身的错误。所以，有时不妨懂得妥协，懂得放弃，不必求全责备，一味要求长矛能刺穿一切盾牌，而盾牌又能抵挡一切长矛。

经典

原文回放：

　　楚人有鬻楯与矛者，誉之曰："吾楯之坚，物莫能陷也。"又誉其矛曰："吾矛之利，于物无不陷也。"或曰："以子之矛陷子之楯何如？"其人弗能应也。夫不可陷之楯与无不陷之矛，不可同世而立。

——《韩非子·难一》

知识以外，仍有知识

　　楚国有个老头儿，他家里世世代代都是靠养猕猴为生。据说他家有一部《驯猴经》，所以不但猴子养得多，而且每个猴子都膘肥体壮的，人见人爱，这个老头儿名声也因此大振，楚国人称呼他"狙公"，意思就是像猴子爸爸一样的人。

　　郁离子与狙公也算是朋友。因为郁离子要采药，有些药却长在人根本到不了的地方。他曾问狙公借了一只小猴，那小猴善解人意，只消比划几个手势就明白了，从山崖上爬下去将那棵极难采到的药草采来。虽说狙公向郁离子要了不菲的租金，但终究是帮了郁离子一个大忙，所以他们也算是朋友。郁离子每次路过狙公住处，总要来看看他，顺便也看看那只曾帮过他大忙的小猴。

　　这一天，郁离子又来到狙公所在的地方。一到狙公家，不由大吃一惊，只见狙公的家里一片狼藉。篱笆倒了，屋顶漏了，墙也塌了。郁离子抢步进去，更是大吃一惊，只见床上躺着一具白骨，看身上残存的衣服，应该就是狙公。狙公家里原本养着很多猴子，这些猴子天天为他干活，摘花采果，洒扫庭除，特别聪明的连做饭也会，狙公在家只需要饭来张口，衣来伸手就行了。现在屋前屋后已看不到一只猴子，原本种着菜的园子也已成为一片荒地。而狙公既已成为白骨，死了总也有一段日子了，郁离子实在想不到他会落得这么个结果。

　　郁离子将狙公的遗体埋了，四周又看了一圈。那些篱笆都是从里向外倒的，显然并不是外面有猛兽冲进来，恐怕是猴子造反的结果。看这情形，定然是猴子们不愿再为狙公干活了，一块儿逃跑的吧。郁离子想着，心里也不知是什么滋味。他也不太喜欢狙公，但狙公总还算是自己的朋友，他死得如此凄惨，总要给他讨个公道。郁离子知道，猴子喜欢吃新鲜蔬果，就弄了些新鲜玉米来，又做了个大笼，找到了猴子们出没的地方，就放了下来。

第二天，他来到放陷阱的地方，一眼就看见里面有一只小猴。这小猴被关在笼子里出不来，正惊慌失措地向外张望。看到郁离子，却不那么害怕了，反而显得十分高兴。郁离子走到笼边，拔出了采药的小刀。看到刀子，小猴眼里登时又露出惊恐的神色。正当郁离子要把小猴捉出来时，他突然听到一个声音道："郁先生，饶了我吧。"

这声音是从小猴嘴里发出来的。郁离子大吃一惊，几乎不敢相信自己的耳朵。他看着这小猴，慢慢道："你会说话？"

小猴忙不迭地点头，模样活像个孩子。郁离子心中微微一疼，但他仍然狠下心来，道："你们为什么要杀了狙公？"

小猴看样子也吃了一惊，道："我们没有杀他啊，我们只是逃了出去。"

"为什么要逃？"

小猴低下头。好半天，才道："郁先生，那一次我跟你去采药，你对我一直很好。可是你知道狙公是怎么对我们的么？"

狙公很会驯猴，虽然他被人戏称为猴子爸爸，不过他对猴子却并不像爸爸一样爱护，倒是极为苛刻。当初郁离子就见狙公每天早上在庭院中分派猕猴工作，让老猴率领小猴子上山去摘取草木的果实。到了晚上猴子回来以后，狙公把猴子采来的东西拿走十分之一。要是猴子不肯给，狙公手上又总拿着一根鞭子，几鞭下去，就把那只不肯就范的猴子打得遍体鳞伤。郁离子见过一次狙公教训猴子，很有点同情那些小猴。但猴子是狙公养的，他劝了狙公几句，狙公当面说会对猴子好一点，但郁离子走后，只怕仍是老样子。听了小猴子的话，郁离子道："那你们做了什么？"

小猴道："也没做什么。只是有一天，大家采到的果子很少，狙公把那些果子全都拿走了，不少猴子只得挨饿。这时有个兄弟忽然站出来对大家说：'山上的果子，是狙公种的吗？'一些大一点的兄弟就说：'当然不是，山上的果子在我们祖辈的时候就有啦。无论是桃子还是萝卜，都是自己长出来的。'那个兄弟又问道：'那么为什么我们要把辛苦采来的好吃的东西都上交给他？没有狙公，难道我们就不能去采吗？我们采到的果实我们自己为什么不能享用？'于是兄弟都说：'不对，不对，谁都能去采的。你看山下住的那么多农民伯伯，不也上山去采果子吗？他们每天采了好多果子以后，都回去和自家人一起吃了。'于是那个兄弟就说了：'那狙公凭什么要叫我们把辛苦采来的果子都交给他？他又凶狠，又贪吃，从来不见他干活，但是他吃得比我们都好，我们每天只能吃一丁点东西，冬天受冻，夏天顶着烈日干活，过得这么辛苦，我们为什么要白白被他奴役，白给他干活呢？'话还没说完，别的兄弟们全都激动起来。它们叫道：'不行，不行，我们以后再也不要过这样的日子！'它们当天晚上趁狙公睡着后，一块儿折断了笼子的栏杆，把栅栏全都拔了，把狙公存着的水果全都搬在身上，一块儿逃走了。这以后，我们就什么都不知道了。"

听了小猴的话，郁离子半晌说不出话。过了许久，他拉开笼子的门，也不说什么，转身向山下走去。

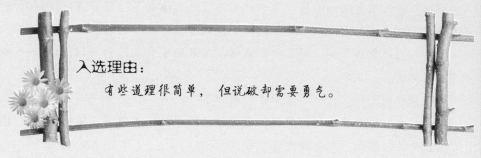

入选理由：

有些道理很简单，但说破却需要勇气。

知识以外，仍有知识

难忘
经典

燕垒生语：

《格林童话》里有个故事，说有个魔鬼，人人都不知道他的名字，因此他具有魔力。可一旦被人知道了他的真实姓名，那他所拥有的一切力量就全完了。这个故事里的魔鬼，与刘基在《郁离子》中所说的那位狙公何其相似乃尔，中西方的智慧，再一次显示出殊途同归。

山上长满了果树，不是某个人种植的，而猴子本身也具备采果子的能力，并不需要别人的帮助。这些非常简单的道理，在小猴子说出来之前，那些猴子没有一个想到。身上的枷锁要解脱总是容易的，心上的枷锁却难以挣脱。动物园里的大象并不需要又粗又大的铁链绑着，因为当它还是一头小象的时候，曾经拼命挣扎过，但从来没有一次成功，所以大象心里就留下一个"只要是绑着的，就无法挣断"的概念，于是等它长大了，明明轻轻一挣就可以断裂的细绳，在大象看来仍然坚不可摧。那些猴子与动物园里的大象一样，被狙公的暴力镇住了，陷入了一个怪圈：采果、献果，否则被打。它们只能看到采到果子后的这两种结果，却看不到第三种，直到一个小猴子说破，这才恍然大悟，原来还能有第三种选择：逃跑。

其实，我们的视野总是受到种种局限，自己也远远没有自认的那样聪明。曾经有人做过这样一个心理实验，空中悬挂一根绳索，桌上则有一把剪刀和一根细棍，对面有一个人，要求你利用工具将绳索的头交到对方手中。当第一个人用细棍费力地将绳索拨到对方面前后，后面的人就无一例外都选择了细棍，没有一个人想到还可以将剪刀当做重锤，利用摆动，就可以轻易地把绳索递过去。第一个人的成功经验是宝贵的，但另一方面却也给后来者造成了心理盲点，使得后继者不再愿意采取不同的方法，而这就造成了萧规曹随，故步自封。假如这时你想得更远一些，突破你的已知，那么就会发现，原来除了你知道的一切，还有一个你完全陌生的世界。

那只勇敢的小猴正是这样做的。它剥开了"已知"这层坚硬的果壳，终于发现了里面还有一个更香更甜的果仁：自由。很简单，但也很难。因为虽然仅仅一步之遥，你要付出的，却是极大的勇气。

原文回放：

　　楚有养狙以为生者，楚人谓之狙公。旦日必部分众狙于庭，使老狙率以之山中，求草木之实，赋什一以自奉，或不给，则加鞭棰焉。群狙皆畏苦之，弗敢违也。一日有小狙谓众狙曰："山之果公所树与？"曰："否也，天生也。"曰："非公不得而取与？"曰："否也，皆得而取也。"曰："然则吾何假于彼，而为之役乎？"言未既，众狙皆悟。其夕相与伺狙公之寝，破栅毁柙取其积，相携而入于林中，不复归。狙公卒馁而死。郁离子曰："世有以术使民而无道揆者，其如狙公乎？惟其昏而来觉也，一理有开之，其术穷矣。"

——明·刘基《郁离子·术使》

别人的错误，让别人买单

秦越人先生，号扁鹊。他是春秋时期最著名的医生，据说有起死回生之能。对于诸国的国君来说，能请到扁鹊先生当御医，等于给自己加了一道保险，所以扁鹊先生虽从无一官半职，却一直是诸国争相延请的上宾。这一段时间，他就被蔡国延请去了。

蔡国国君桓公在大殿召见了扁鹊先生，说了几句话。也许是在乡野里待惯了，年纪也有了一点，扁鹊不像一般朝臣一样诚惶诚恐地站在一边，反倒是目光炯炯地看着蔡桓公。蔡桓公心里大不高兴，不过既然他素有礼贤下士之名，扁鹊也是他请来的，自然不能当场大发雷霆，刚请来就把他赶走，所以便爱理不理地道："秦先生，请先下去安歇吧。"

请来人安歇就是不想再看他，打发他走的意思了。只是扁鹊显然没听出蔡桓公话中之意，道："是。不过，据秦某看来，大公您的皮肤的纹理间有了病灶，假如不及时治疗恐怕会加重。"

蔡桓公觉得扁鹊这话非常可笑，他提高了嗓音，道："岂有此理，我怎么会有病。"

扁鹊分明听出了蔡桓公话语中的不悦。等扁鹊一走，蔡桓公便对左右说道："那些草头郎中总是喜欢危言耸听，把没病的人说成有病，这样就算是他们医治有方了。"左右于是欣喜若狂，道："大公英明，说出来的真是至理名言。"

不知不觉过了十天。扁鹊这十天里住在蔡国医馆，每天给闻名前来

求医的病人治病，倒也得其快哉。这一天，蔡桓公上朝已毕，正待退朝，左右报道："大公，扁鹊先生求见。"

这个不知趣的老头子又要来做什么？只是上一次的不快已经过去了十天，今天蔡桓公心情不错，何况为人君者当有容人的度量。蔡桓公也没说什么，只是道："宣扁鹊先生上殿。"

扁鹊上得殿来，仍然和上一次一样，不多说什么善祷之词，只是行了个礼，道："大公，您的病现在已经到了肌肤，要是不治的话就会更加重了。"

又是这话！蔡桓公十天前的怒气一下子重新回来了。他看了看这个不知趣的老头子，索性理都不理他。扁鹊却不在乎这些，又行了一礼道："大公，病入肌肤，会越来越重的。"

左右终于看不下去了。一个近臣过来小声道："扁鹊先生，下去吧，大公退朝了。"

这一次让蔡桓公越发不高兴。他心中的怒气过了好几天，看了几天的歌舞杂耍，这才慢慢消了。就这样，又过了十天。这一天，左右又来报道："大公，扁鹊先生求见。"

"就说我退朝了。"蔡桓公实在不想再看到这个不识趣的老头子。可是他还没说完，扁鹊却已上了殿，隔得远远的，他就打量着蔡桓公。蔡桓公被他看得发毛，勉强忍住怒火，道："扁鹊先生，你有什么事么？"

"大公，现在您的病已经进入肠胃，要是不治就更加严重了。"

居然还是这种话！蔡桓公的脸登时黑了下来。如果扁鹊不是天下名医，大概他会当场命令卫士将他赶出去。近臣的脸也吓得煞白，忙拖着扁鹊下殿。扁鹊倒是不多说什么，弯腰行了一礼，便走了下去。

这样，又过了十天。有了前两次的经验，这一天蔡桓公干脆没有上朝，一大早就带着仆从外出游玩去了。国君出游，前呼后拥，声势很大。不过蔡桓公既有爱民如子的风范，不让下人扰民，所以市集上倒也没有什么太不一样的。做生意的还在做生意，玩杂耍的也仍在玩杂耍，只是蔡桓公到处，人们都让得远一点而已。

别人的错误，让别人买单

正走着，蔡桓公忽然看见前面有个人影一闪而过。这人影很有点熟悉，只是他一时想不起是谁。他对左右道："看到了么？那是谁？"

一个近臣上前，拱拱手笑道："大公，那就是不识趣的扁鹊啊。"

"是他啊。"蔡桓公心里不禁有点诧异。只是远远一瞥，没听到扁鹊的聒噪，他反而有点好奇了。他道："为什么今天他不上朝来了？"

近臣道："大公明鉴，定是扁鹊危言耸听，见大公身体康健如常，自己也觉得不好意思了吧。"

蔡桓公笑了起来，道："你去问问他，我的病现在又到什么地方了。"

近臣一躬身，道："遵命。"那近臣到了医馆。一进医馆，却见大门紧闭，医馆没开门。近臣心里觉得好笑，道："这名医自己也觉得不好意思了，所以都不敢给人看病。"他敲了敲门，大声道："扁鹊先生在么？"

门开了，扁鹊走了出来。近臣看了看，却见扁鹊正在里面收拾东西，行李什么的都打好了，包裹放在一边。他一怔，道："扁鹊先生，你要走了么？"

扁鹊道："是啊，秦国派人来请我过去。大人可有什么吩咐么？"

他也是在蔡国混不下去了。近臣这样想着，可蔡桓公交代的事还得办。他道："扁鹊先生，大公让我来问你，今天你为什么一见他就走，不说他的病了？"

扁鹊叹了口气，道："第一次见到大公，见他的病在皮肤的纹理间，用药热敷治疗就可以治好。后来看他的病到了肌肤中，虽然麻烦一些，但用针灸也可以医治好。十天前我再见大公，他的病已进入了肠胃，相当麻烦，必须煎服药剂，但总还可以医治。可是方才我远远看了大公一眼，见他的病已进入了骨髓，那就是生死神所管辖的了，老朽已经无能为力，再不敢过问。唉，药医不死病，别人说我能起死回生，其实是那病人尚不及死。真到了病重的时候，我也没有办法。大人，大公的病现在外表还看不出来，但五天后就会发作，到时大公再让我医治，我也束手无策。"

近臣将这话传到蔡桓公耳中，蔡桓公付之一笑，道："这草头郎中，

本事真全在一张嘴上，随他去吧。"他也不挽留扁鹊，给了他一些盘缠，但扁鹊却说无功不受禄，婉言谢绝后离开了蔡国，到秦国去了。

又过了五天，蔡桓公上朝时，突然感到浑身疼痛。这时他才想起扁鹊说过的话，慌忙叫人去请扁鹊，但扁鹊已在秦国，蔡桓公纵有权势，也没办法把他叫过来。这一场病来得猛，过了不久，蔡桓公就因病死去了。

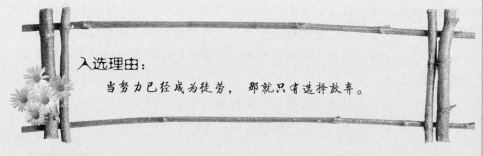

入选理由：

当努力已经成为徒劳，那就只有选择放弃。

燕垒生语：

人食五谷，滋生百病。所以医生这个行当，起源十分古老。在中国数千年的文化中，流传着许多名医的故事。扁鹊、仓公、华佗、张仲景、孙思邈、罗天益、朱丹溪，这些名医都留下了许多不乏荒诞的故事。一直到了清代，吴门名医叶天士和薛生白在医道上相争的故事也流播世间。

这个故事中，扁鹊仅仅通过一个"望"就能看出蔡桓公的病情，不免神奇到有些怪诞。只是韩非说这个故事，并非为了夸张扁鹊医术的神奇，他的重点其实是放在蔡桓公身上的。蔡桓公身染疾病，但初起时全无征兆，所以扁鹊所说的一切在他耳中只是危言耸听，不值得注意。当病情一步步加剧，扁鹊屡次告诫，换来的只是蔡桓公一次次的"不悦"。直到最后，错过了医治的时机，再想寻找扁鹊时，扁鹊已经离开了。

良药苦口利于病，忠言逆耳利于行。讳疾忌医的事，并不鲜见。很多时候，当权者一个错误决策，往往使得百姓苦不堪言。当权者可以用一句"犯了错误，交了学费"来推卸责任，那些不幸的受难者却只能自认倒霉了。胳膊拧不过大腿，又能如何呢？船只有了破洞，将在风浪中颠覆的前夕，船上的老鼠会结伴逃离。

別人的錯誤，讓別人買單

扁鹊就是一只聪明的老鼠，当他知道自己已经无能为力的时候，就趁早逃走。权力是一块黑布，蒙住了当权者的双眼，当机会渐渐错过，那艘曾经不可一世的巨轮将要没顶时，逃避才是最好的选择。而蔡桓公到临死之前，大概也明白了扁鹊的苦心吧，只是为时已晚。更可惜的是，我们的祖先在两千多年前就已经向我们阐明了这个道理，可是接下来的两千多年，同样的事却总在不断发生。纵观历史，大概只有唐太宗李世民才约略看清了这一点。李世民说过，民如水，君如舟。水能载舟，亦能覆舟。他虽然站在了权力的顶峰，但一直没有被绝对的权力蒙蔽双眼，所以在他的努力下，唐朝终于迎来了贞观之治。只是很可惜，有李世民这样见识的帝王并不多见，更多的就是那些一味要把航船往暗礁区驶去，却不肯听从旁人劝告的独夫。

韩非的本意，也许并不是想证明蔡桓公的刚愎自用吧，他给自己指明了一条路，走的却是另一条路。明于人而黯于己，这也许是他注定的悲哀。

原文回放：

扁鹊见蔡桓公，立有间，扁鹊曰："君有疾在腠理，不治将恐深。"桓侯曰："寡人无疾。"扁鹊出。桓侯曰："医之好治不病以为功。"居十日，扁鹊复见曰："君之病在肌肤，不治将益深。"桓侯不应。扁鹊出。桓侯又不悦。居十日，扁鹊复见曰："君之病在肠胃，不治将益深。"桓侯又不应。扁鹊出。桓侯又不悦。居十日，扁鹊望桓侯而还走。桓侯故使人问之，扁鹊曰："疾在腠理，汤熨之所及也；在肌肤，针石之所及也；在肠胃，火齐之所及也；在骨髓，司命之所属，无奈何也！今在骨髓，臣是以无请也。"居五日，桓公体痛；使人索扁鹊，已逃秦矣。桓侯遂死。

——《韩非子·喻老》

未来不可预测

　　"先生，请你给我算一卦吧。"

　　这样的话，在近边塞的这户人家里时常能听到。这户人家不知在这里住了多少年，听说早先也是朝中大臣，后来被发配边关，就在这个穷乡僻壤落户。他们虽非以算卦为生，不过在边关住得久了，闲来无事，平常就钻研占卜术，偶尔给人算上一卦也相当灵验，周围的人就时常请他们为自己算一卦。如此代代相传，这家人虽然也不富裕，善于占卜之名倒传出去了。

　　这一天，主人正在给一个邻居起课，他们家的一个小厮慌慌张张地进来道："老爷。"

　　这小厮也是请来帮他们做事的。这家人虽然不富，不过主人特别爱骑马，家里也养有一匹好马。有空了主人就骑着马外出逛一圈，对这匹马爱若珍宝，平时浑身毛片全都梳理清洗得干干净净，这小厮也是帮他们放牧的。看到这小厮，主人道："怎么了？"

　　小厮双手互相交缠着，吞吞吐吐地道："老爷，我做错事了。"

　　"做错什么了？"

　　小厮抬起头，眼里满是害怕，道："马……今天放牧的时候，那匹马忽然跑掉了，我怎么追都追不上，结果看着它跑出边界，到胡人的地方去了。"

　　"马跑了！"主人一下站起来，"你怎么放的牧！是不是又贪玩了？"

小厮"哇"的一声哭了起来。那个让主人占卜的邻居也吃了一惊，叹道："你啊，怎么这么不当心，那匹马可是好马，真是太可惜了。"

这话像是火上浇油，主人伸出手就要打向那小厮的头顶。小厮也不敢躲，只是眼泪汪汪。正当手掌要拍到小厮身上时，内室里忽然发出一声咳嗽，有个老人道："不要动手。"

那是主人的父亲。主人脾气有点急，他父亲却是个和善的老人，从不打骂下人。他走到小厮身边，拍了拍小厮的脑袋，道："做事时贪玩可不好，下回别这样了。"

主人急道："爹，他把马都丢了！这可怎么是好？"

老人笑了起来，道："马是丢了。不过丢了一匹马而已，你怎么知道那不是一件好事？"

丢了马还是好事？这话谁也不信。不过老太爷这样说，主人也不敢多嘴，只是讪讪地退到一边。

丢了马，现在干农活儿就不方便多了。好在这户人家平常很忠厚，人缘很好，这家的牲口借两天，那家的牲口借两天，几个月也就对付过去了。这一天，主人正在地里锄草，那小厮忽然又跑了过来，叫道："主人，主人！"

因为这小厮丢了马，主人对他很是厌恶。虽然父亲不让自己打他，但他还是不愿搭理这小厮。见这小厮兴高采烈的样子，他没好气地道："又有什么事了？"

"马……马……"

主人怒道："马都被你弄丢了，还有什么马！"

小厮咽了口唾沫，道："马回来了，还带回一匹来！"

主人又惊又喜，道："真的？"

"当然是真的，现在都关在厩里。"

主人也不锄地了，赶紧回家去看。一进家门，就听得嘹亮的马嘶，听声音确是两匹。仔细一看，原先那匹马边上，还有一匹新马，这马比原先那匹更为神骏。他又惊又喜，上前看看马嘴，口还很轻，这是一匹年轻的母马。

于是有不少邻居都来看新鲜了，见主人回来，纷纷围上来贺喜。不仅走失的马回来了，而且还带回一匹马，的确是件大喜事。不过主人还是有些不安，道："不知这马是谁家的，找到了主人的话得还给他们。"

一个邻居笑道："不用担心了，这马是胡人的，后臀上还有胡人的印记呢。"主人看了看马的后臀，果然印了一个胡人的火印。边关与胡人交界，现在虽没战事，但两方素来不相往来。胡人善于养马，胡马比汉地的马一般都要好一些，这匹胡马自己跑过来，胡人当然不会越界来找，正如他们的马逃到胡界去，也只能自认倒霉，没办法去找一样。主人大为欣喜，拱手向邻居道："托福托福。"

内室门口又传来一声咳嗽，却是主人的父亲撑着拐棍出来了。看到老太爷出来，众人又围上去，这个夸说老太爷为人忠厚，家里才有福分，那个说那匹胡马神骏不凡，真是红运当头。老人却只是听着众人的话，等安静了些，才慢慢道："谁知道这是不是件坏事。"

老人的脸上带着一些忧虑。旁人一怔，没想到老太爷说出这样的话来。主人也觉得莫名其妙，道："爹，白得了一匹马，怎么不是好事？"

老人看了看那匹新来的马，却只是叹了口气，又走回内室去了。家里多了一匹马，农活登时轻松了不少。有过一次教训，那小厮也加了十二万分的小心，两匹马养得膘肥体壮，再没出过什么乱子。主人原本就酷爱骑马，现在有了两匹，一有空就轮番骑着马出去闲逛。可是乐极生悲，这一天外出骑上了兴，主人加了一鞭，马登时狂奔起来。主人虽然爱骑马，但马术却不见得如何高明，那匹马稍一加速，他一不小心，就从马上摔了下来。这一跤跌得够惨，摔在地上动弹不得。等马回到家里，家里人发现马回来了主人却没回来，这才担起心来出去找，等抬回来请跌打医生一看，医生摇摇头道："不成了，腿骨已断，已经治不好了。"

主人成了残废，这个飞来横祸像是给了这家人当头一棒。家人全都忧心忡忡，邻居们听到这个噩耗也赶来慰问。正说着，主人的父亲又出来了，这回他倒没什么担忧的神色，只是对邻居们道："其实，大家也不必伤心，谁知道这又不是一件好事？"

摔断了腿怎么会是好事？老太爷这样宽慰儿子，恐怕也没什么用。可事已至此，又有什么办法？只能说些宽心话而已。不知不觉，又过了一年。这一年，据说荧惑当头，扫帚星横过天际，是动刀兵之象。果然，胡人发了战表，大举进攻。官府下来征兵，边塞一带的青壮年全当兵去了。战事胶着，苦不堪言，血腥的大战接二连三，战士们损伤极其惨重。好不容易战争结束，胡人与朝廷签了和约，可当地去当兵的人十之八九都在战场上送了命。不过，那家主人年龄虽够，却因为摔断了腿，是个跛子，得以免服兵役，所以他们父子两人却全都安然无恙。

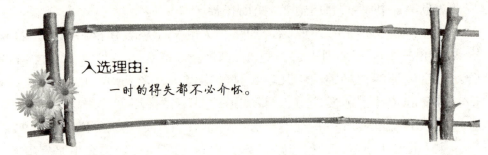

入选理由：

一时的得失都不必介怀。

燕垒生语：

从前一个国王，让手下在戒指上镌刻一句箴言，要求是在幸运时看到会让人警惕，不幸时看到会有希望。手下人请教了智者，刻下"这也会逝去"这几个字。

人总渴望把握自己的命运，所以术数之道在中国绵绵不绝。今天我们仍然可以看到一些给人看相算命的人，至于可靠性如何，那就是信则有，不信则无了。然而，预测将来，却成为中国人心中的一个死结。

"塞翁失马"这个故事流传甚广，但似乎都一味强调好事与坏事并不绝对，有时也能相互转化，却很少有人注意到关键的几个字："善术者"。在这个故事里，塞翁一家擅长的是术数，所以在旁观者看来"焉知祸福"，在塞翁看来却洞若观火。《淮南子》是西汉刘安叫门客编撰的，接近道家思想，而道家经典《老子》中就有"福兮祸之所倚"的话，《淮南子》中这则故事，只是把老子的话阐述得更形象具体一些而已。

未来是什么样的？早在一百多年前，西方人就预测过21世纪将要发生的变化。那些预言稀奇古怪，但十之八九不中。后来法国作家凡尔纳、美国出版人根思巴克都写过描绘未来的小说，中国也有过叶永烈的《小灵通漫游未来》，现在看看，很多都与事实相去甚远。可见即使有科学素养的人所做的预言，往往也与现实有着漫长的距离，更不用说神秘主义的术数了。在这个故事中，塞翁所作的预言虽然全部说中，但仔细看去，那些预言又全都模棱两可。"谁知道它是不是一件好事"，或者"谁知道这件事不是坏事"，从另一个角度来看，与没说一样，而这正是算命人的惯伎。好事与坏事可以相互转换，但事先有谁知道？马丢失了，谁也不知道还会回来，并且能带回另一匹；多了一匹马当然是好事，又没人知道这家人的儿子会摔断腿；而摔断腿后，又谁都不能保证第二年胡人一定会大举入侵，近塞人家的青壮年都要从军战死沙场。读了这个故事，给我们留下的印象是塞翁的预言实在并不像是用术数算出来的，而更类似事后的宽慰与告诫。假如他真能全都通过计算得到这样的结论，那么当那匹丢失的马带着胡人的骏马回来时，就应该举家内迁，避开这个注定要发生战争的所在了。所以，在塞翁看似每每应验的预测中，我们倒可以得到一个结论，未来带有太多的不确定因素，根本无法预测。

我们的命运，对于我们自己来说，是一个未知数。活着的魅力，就在于我们无法预测将来。把握现在吧，得与失都仅仅是暂时的。不论你现在春风得意，还是陷身于不幸的泥淖着，只要想着，这也会逝去。

原文回放：

近塞上之人有善术者，马无故亡而入胡。人皆吊之。其父曰："此何遽不为福乎？"居数月，其马将胡骏马而归。人皆贺之。其父曰："此何遽不能为祸乎？"家富良马，其子好骑，堕而折其髀，人皆吊之。其父曰："此何遽不为福乎？"居一年，胡人大入塞，丁壮者引弦而战，近塞之人，死者十九，此独以跛之故，父子相保。

——《淮南子·人间训》

未来不可预测

现实与想象

　　叶地的官府门前，一大早就有一大群人跪在门口。当先的是一个老妇，旁边跪着的是个年轻人，想必是她儿子。那老妇一边磕头，一边哭道："叶公大人，多谢您公正贤明，小儿才得以摆脱不白之冤啊。"

　　叶是楚国公子沈诸梁的封地。沈诸梁，字子高，是楚国一位颇有贤名的大臣。因为他被楚王分封于叶，所以旁人都称其为叶公。叶公甚是贤明，地方上治理得井井有条，也甚得人民爱戴。他听得外面的喧哗，连忙走出来，道："大娘，请起来。我受大王之命治理此地，为民申冤，那也是我的本分，实在谈不上什么。"

　　老妇磕着头，道："大人，民妇只有这一个儿子，多亏大人这次相助，才能继续靠他养老。家中也没什么东西，受大人救命之恩无以为报，只有这个是先夫手制，请大人不要嫌弃。"

　　她拿出的是一个用粗布包着的小包裹。叶公笑道："百姓之物，我身为地方长官，岂能随意收受。大娘，还是请你拿回去吧。"

　　那老妇道："这也不是什么值钱的东西，先夫做了一辈子木匠，这是他老来花几年时间雕着玩的。放在家中也没什么用，听说大人喜欢龙，就拿来献给大人，还请大人务必收下。"

　　龙？叶公呆了一呆。当时还是先秦，龙不曾被神化为天子化身，只是一种瑞物，旁人要画要雕都没什么问题，许多人都喜欢这种神兽，叶公便是其中一个。他本来不愿接受百姓的礼物，但听得是龙的雕塑，不由起了好奇之心，接过来打开一看，却见粗布包裹的，是一个手掌大的木雕小龙。木头用的似乎是阴沉木，甚是沉重，这雕塑虽然小，但雕得极为精致，夭矫雄奇，双眼圆睁，龙须贴在唇边，而身上的龙鳞一片片也都雕得细致之极。尺寸虽微，但整条龙精神十足，一看就令人爱不释手。

假如那老妇献上的是金银财物，叶公想也不想就会婉言谢绝。但一看到这条龙，却再也不忍放下了。他想了想，道："大娘，尊夫的手艺当真出色。这样吧，东西我收下，但算我买的。"

那老妇死活不肯收钱，只说能让叶公收下，就是她的荣幸。但叶公执意要付钱，推脱了半晌，实在推辞不掉，那老妇只得收下，带着儿子千恩万谢回家了。叶公拿着这木雕小龙，越看越爱，回到居室里放在书案上，还是看个不停。夫人见此情景，笑道："你啊，怎么这么喜欢龙。"

叶公笑道："当然。龙之一物，神异吉祥。你看，我这家里哪样不是龙，哈哈。"

叶公太喜欢龙了，他家中的一切都与龙有关，墙壁上画了龙，门窗上雕着龙，梁栋上蟠着龙，桌椅上刻着龙。连吃饭的碗筷上也有龙，穿的衣服上都画着龙。在他家里，不论走到什么地方，都能看到龙的图案。夫人道："你整天看龙，难道没一天看腻么？连床架子上也雕满了龙，你睡的凉枕都做成龙形，夏天枕着，也不嫌硌得慌。"

叶公哈哈一笑，道："龙哪会看腻的？"

正说着，一个随从来报："大人，巫咸大人奉大王之命前来求见。"

楚国有十二神巫，都是历代相传，巫咸是这十二神巫的首神。因为楚国上下信奉鬼神，巫师被认为与鬼神相通，所以是楚王最为信任的人。巫咸除了做好本职工作以外，还负担着考察各地官吏的职责。叶公听说巫咸来了，连忙出来迎接。寒暄了两句，巫咸对叶公官邸中那些无所不在的龙很有兴趣，道："沈大人如此喜欢龙么？"

叶公道："正是。巫咸大人不喜欢么？"

巫咸笑了起来，道："龙是吉祥之物，哪会不喜欢的。不过像沈大人这般喜欢龙的，也很少见。"

叶公也笑了起来，道："人各有所好，这只是我的一点嗜好罢了。"

在叶地视察了几天，巫咸对叶公的政绩甚是满意。第二天巫咸要去别处了，叶公在官邸设宴为巫咸送行。酒过三巡，巫咸道："沈大人，受您数日款待，巫咸无以为报。在下有些小术，不妨趁着酒兴，让大人一笑。"

十二神巫各有其奇异的本领，叶公向来颇为好奇。但巫师总在郢都，难得看到，听巫咸说要施术，叶公大为高兴，道："好啊，请巫咸大人施度神术。"

巫咸从怀中取出一小块黄绫，伸手一抖，黄绫平铺在案上。他从桌上取下筷子，往酒中一蘸，伸手在黄绫上写去。筷子并不是笔，但在巫咸用来，这支筷子上的酒却像不会干一样。一路写下来，叶公也看不懂他写的是什么。等巫咸写完了，却见他将那块黄绫向空中一抛。

如果是寻常黄绫，定然飘一下就落地了。可是巫咸抛出的黄绫却如飞鸟一般，出了厅堂大门，直直向天空飞去。叶公大为惊奇，直追出去。到了院子仰天一看，只见那块黄绫越飞越高，转眼间便已没入云际。

巫咸也走了出来。叶公此时对巫咸的神术佩服之极，一躬到底，道："巫咸大人，您的神术当真令人大开眼界。"

巫咸笑了起来，道："沈大人，这只是第一步而已。真正要看的，还要稍候片刻。"

他们重新坐下来。几杯酒刚过，忽然起了一阵风，天色也忽地暗了下来。叶公看了看外面的天色，只见阴云密布，厚厚地堆满了天空，竟有压下来之势。他道："要下雨了啊。"

巫咸微笑道："云从龙，风从虎，这是天龙要下来了。为了报答沈大人之德，巫咸发文请天龙下凡，沈大人，你马上便可看到真正的天龙了。"

他本以为叶公会非常欢喜，哪知叶公听了这话，一张脸登时变得煞白，结结巴巴地道："什……什么？真龙？"

他话音刚落，却见一道闪电掠过天际，映得厅堂里一片白。风也一下大了起来，暴雨如注。在风雨中，一个斗大的头颅忽地伸进了窗子。这个头有点像是牛头，上面长满了鳞片，金光耀眼，而另一边的窗子里却有一根长长的尾巴伸了进来，盘在了正堂上。巫咸拱了拱手道："叶公请看，这便是巫咸请来的天龙。"

"咕咚"一声，叶公已摔倒在地，昏厥过去。巫咸大吃一惊，慌忙遣退了天龙，将叶公抬到内室。叶公惊吓过度，好半天才救醒过来。等叶公一醒，巫咸深怀歉意地道："沈大人，我见你如此喜爱龙，只道你会有兴趣看真龙，没想到却吓坏了你。"

叶公仍是心有余悸，躺在床上，上气不接下气地道："我……我喜欢的只是假龙啊。"

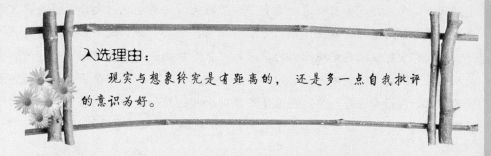

入选理由：

　　现实与想象终究是有距离的，还是多一点自我批评的意识为好。

燕垒生语：

　　子张听说鲁哀公礼贤下士，兴冲冲地去见鲁哀公。谁知过了整整七天，鲁哀公根本不理他，子张大失所望，掉头而去。假如是绿林豪杰，大概会说"青山不改，绿水长流，此仇不报非君子"一类的话，子张是斯文人，临行前讲了这个故事，也算是发泄胸中一口怨气。无疑，子张自比真龙，而把鲁哀公比作了沈诸梁。幸好子张是先秦人，假如是后世以真龙为天子的时代，他说的这个故事就足以让他背上一个大逆之罪。

　　叶公喜爱龙么？那是无疑的，不然也不会雕刻画满龙的图案了。那么为什么当天龙真的来拜访他时，他会掉头就跑？在《西游记》里，天不怕地不怕的孙猴子看见龙王，惯用的口头禅是"带角的蚯蚓，有鳞的泥鳅"。蚯蚓和泥鳅都不是什么耐看的动物，一般来说养宠物也不太会养这两种动物。真龙的模样像是带角的蚯蚓，有鳞的泥鳅，那么多半并不中看，何况头从窗子伸入，尾巴盘在堂上，几乎把一所房子都盖住了，这样的体形实在与"可爱"不沾边，给人的印象大概只能用恐怖来形容，难怪叶公会吓得面如土色，掉头而逃。然而，是否喜爱龙，那是叶公的爱好，与旁人无涉，他不喜欢真的龙，也不是错误。真龙硬要叶公喜欢自己，未免就有些强人所难了。子张说这个故事，首先就把自己摆放在真龙的位置。这种咄咄逼人的强势态度，本身就已不招人喜欢。因为鲁哀公对自己没有应有的礼节，就口出怨言，更显得一厢情愿。

人与人是不同的。己所不欲，勿施于人，那是一种厚道的态度。子张既然不喜欢鲁哀公对自己的失礼，那么他听说鲁哀公礼贤下士，就不远千里，犯霜露、冒尘垢而来，这本身与好龙的叶公又有什么两样？鲁哀公好的是礼贤下士之名，子张所好，也同样是鲁哀公这种名声。希望越大，失望也就越大，所以当他发现鲁哀公并不如他想象的一般，就只能乘兴而来，败兴而归，说个寓言故事骂骂人了。我们时常可以轻易发现他人的缺点，但自身的错误却往往视而不见，所以当两人发生争执时，听到的一面之词都会令我们觉得发言者是个毫无瑕疵、通体透明的完人，所指责的另一方则是遍体污秽的小人。假如我们总能够多想一想自己的不是，将心比心，这样对他人也就多了一份理解，不至于自寻烦恼了。

原文回放：

叶公子高好龙，钩以写龙，凿以写龙，屋室雕文以写龙。于是天龙闻而下之，窥头于牖，施尾于堂。叶公见之，弃而还走，失其魂魄，五色无主。是叶公非好龙也，好夫似龙而非龙者也。

——汉·刘向《新序·杂事第五》

毅力与勤奋

太行山与王屋山这两座高山，占地各有七百余里，高也有万仞。这两山原本在冀州的南面，河阳的北边。在山北住着一户人家，家主是个老翁，今年九十岁了，因为脾气很倔，有点认死理，认识他的人都管他叫愚公。

愚公一家因为住在山北，出门就是大山，极为不便。从山北到山南，要兜一个大圈子，而愚公家时常要去山南买些东西，老是这样就极为不便。愚公每天坐在家门口看着大山，想着心事。有一天，他忽然一拍腿，站了起来，叫拢全家人说："来，今天大家一块儿商量个事。"

愚公家人丁并不旺，一个儿子外加一个孙子，就是祖孙三代了。几个人凑拢来想听听愚公要说什么话，愚公等大家坐下来，指着门口的大山道："你们说，门口有这两座大山，是不是很不方便？"

愚公的儿子皱起眉头，道："是啊。我要去山南，明明也就隔了几里地，却要走几百里才能绕过去，太不方便了。"

愚公道："隔着这两座山，就是一片平原了。我想了好多天，终于想出一个好办法，以后就可以直接到山南去。"

孙子年纪还小，想得也多，道："爷爷，您是想出了飞的办法么？"山很高，爬山而过，比绕山而行更不方便。想直接到山南，只有飞过去了。

97

愚公斥道："飞什么飞，人又不是披毛带羽，怎么能飞？"孙子被爷爷骂了一句，有点讪讪地道："那能有什么法子？"愚公笑了笑，道："可以开一条路啊。""开路？"儿子很吃惊。但他一向遵守孝道，老父说什么就是什么，从来不敢多嘴。愚公很是兴奋，指着那两座大山道："太行王屋二山挡在面前，假如我们把山挖平，从中开出一条路来，可以直抵豫州以南，一直到达汉水南岸。以后出门就是坦途，大家说好不好？"

儿子对父亲没有二话，孙子被骂了一句，更没有说法了，于是提议全票通过。这时愚公的妻子看不下去了，走了过来。愚公的妻子名叫"献疑"，七十年前嫁给愚公时，就是个很有主见的人。成婚后，愚公虽然老是摆出家主的架子，但老妻仍然时不时要和他抬杠。听愚公这样说，就过来道："老头子，你也太异想天开了。"

愚公的脾气是很倔的，被老妻这样说了一句，大不乐意，道："什么叫异想天开了？你怎么知道不行？"

老妻道："老头子，你已风烛残年，还尽出这些主意。前些年你说要把门面那座魁父山削平，可以多出几亩良田，可干到现在，魁父山动也不动。就凭你这把老骨头，又能把太行、王屋怎么样？再说，你挖是挖了，可挖下来的土石该堆到什么地方去？这儿能开的地都已经开成田了，你要一堆，大家都要没得吃。"

这时孙子忽然道："这个好办，我听说渤海边上有座隐土山，就靠着海。只消把挖下来的土石抬上隐土山，从山上往下一倒，就全部倾倒在海里了，不用花什么力气。"

孙子是故意说挖苦话，渤海边的隐土山离这里有千里之遥，只要想想这事也是不可能的。哪知愚公一拍桌子，叫道："孙子这话说得实在！就这么办了，大家马上就干，挖下来的土石抬到隐土山去倒掉。"

主意已定，也只好干起来了。三个人挑着担子开始挖山，挖下来的土石再挑到隐土山去倒掉。愚公家隔壁有一个姓京城的寡妇，家里只有一个七八岁的孤儿，看到他们干活，也蹦蹦跳跳去帮忙。只是说说容易，真要做起来可不容易。从愚公家到渤海实在太远了，挑着一担土石去，今年冬天出发，一直要到明年夏天才能回来。只是愚公既然认准了这个理，就埋着头拼命干下去了。

这一天愚公挑着土石和儿子孙子走在路上，经过了河曲一带。这时有个老头子正在门前晒太阳。这个老头子从小脑袋瓜子就很灵，所以旁人都叫他智叟。智叟看见三个人挑着一担土石走过，他大为吃惊，叫住愚公道："老哥，你们要去哪儿？"

愚公放下担子，道："老弟，我们是要去渤海边的隐土山。"智叟更吃了一惊，道："要去隐土山？那地方可远，你们挑一担土石去做什么？这是什么宝贝么？"愚公道："不是，这是要去倒掉了。"智叟莫名其妙，道："倒掉？你们千里迢迢赶到渤海边，就为了倒一担土？"愚公道："是啊。因为我家门前有太行、王屋两座大山，出门大为不便。我决心将这两山挖平，以后出门就方便了。"

智叟笑得打跌，道："老哥，算了吧，没见过你这么死脑筋的人。凭你风烛残年的力气，连这山的一根草都动不了，还要挖山？还是早点回家安享清福，省省这把力气吧。"

愚公长叹一声道："老弟，你说我死脑筋，我说你才是死脑筋，不会转弯，还比不上我家隔壁的寡妇和她家七八岁的小孩。你也不想想，我是看不到这一天了，可就算我死了，还有儿子在。儿子又生孙子，孙子再生儿子，儿子又有儿子，儿子又有孙子，一代代下去，子子孙孙没有穷尽的。可是这山就这么高这么大，再也不会有什么变化，一代代挖下去，为什么怕挖不平？"

智叟被愚公这一席话噎得无言以对。再说太行王屋二山上有一个握着蛇的山神，他听说愚公要挖平两座大山，一直隐身在边上想看看愚公的笑话。他听到了愚公和智叟的这一番对话，不由惊心，生怕愚公一家真的会世世不息地挖下去，于是赶紧向天帝报告了这件事。天帝被愚公的诚心感动，就命令夸娥氏的两个儿子背上两座山，一座放在朔方的东部，一座放在雍州的南部。从此，冀州的南部，汉水的南面，就没有高山阻隔了。

毅力与勤奋

入选理由：

　　每个人都有自己的长处，锲而不舍终能成功。

燕垒生语：

　　愚公无疑是有毅力的，在天帝的垂怜下，终于移走了两座大山。

　　爱迪生有一句名言："天才就是一分灵感加上九十九分汗水。"这句话时常可以在中小学的校园里看到，作为激励莘莘学子刻苦攻读的动力。小时候，笔者也信之不疑，直到后来有一天，发现爱迪生这句话还有下半句："这一份灵感至关重要，甚至超过九十九分汗水。"

　　灵感是什么？灵感就是天分。天分这个词虽然虚无缥缈，却不能否认。莫扎特五岁能作曲，王安石笔下的方仲永七岁能作诗，这说明天分无疑是存在的。爱迪生强调了灵感，但也没有抹杀汗水的重要，只是我们的教育制度一向片面强调勤奋，却很少考虑天赋特长的作用。这样的结果，往往造就不了莫扎特，泯然众人的方仲永倒出现了一大批。记得在20世纪70年代末，少年大学生的宣传曾甚嚣尘上，可是到了今天，这批有天分的少年却很少做出当初大家期待的成就。

　　尺有所短，寸有所长。我们每一个人都是不同的个体，不存在两个绝对相同的样本。有些人擅长理工，有些人擅长文体，也有些人擅长做生意。世界上不存在两片完全相同的树叶，当然也不会有两个完全相同的人。你的成功之路也许并不适合我，而我有所成就的途径对于他来说也不见得适用。在中小学的基础学习结束后，就应该选择自己最擅长、最可能成功的道路去走。蒲松龄一生应考无数，到老也中不了进士，但他作为业余爱好，收集奇闻逸事写下的《聊斋志异》却成为中国古典文学的瑰宝。蒲松龄完成《聊斋志异》后，将此书献给他最崇拜的清初诗人王士禛，以期得到文名遍天下的王士禛的赞许。王士禛虽很欣赏，但只写了"姑妄言之姑听之，豆棚瓜架雨如丝。料因厌作人间语，爱听秋坟鬼唱诗"这一首绝句。今天，渔洋山人虽然在诗歌史上有其地位，但在中国文学史上，他的地位却远不及蒲松龄了。假如蒲松龄执著于诗词时文，视说部为小道，一定只能以一个名不见正传的清代末流诗人被一些冷僻的诗话提一句。好在，尽管并非蒲留仙先生的本愿，他还是发挥了自己的天分，为我们留下一份珍贵的文学遗产。

自然的光有天分也是不够的，蒲松龄的成功也许可以用这样一个公式来总结：自身的天分＋愚公移山般的毅力。

原文回放：

太行王屋二山，方七百里，高万仞。本在冀州之南，河阳之北。北山愚公者，年且九十，面山而居。惩山北之塞，出入之迂也。聚室而谋曰："吾与汝毕力平险，指通豫南，达于汉阴，可乎？"杂然相许。其妻献疑曰："以君之力，曾不能损魁父之丘，如太行、王屋何？且焉置土石？"杂曰："投诸渤海之尾，隐土之北。"遂率子孙荷担者三夫，叩石垦壤，箕畚运于渤海之尾。邻人京城氏之孀妻，有遗男，始龀，跳往助之。寒暑易节，始一反焉。河曲智叟笑而止之，曰："甚矣，汝之不惠！以残年余力，曾不能毁山之一毛，其如土石何？"北山愚公长息曰："汝心之固，固不可彻，曾不若孀妻弱子！虽我之死，有子存焉；子又生孙，孙又生子；子又有子，子又有孙。子子孙孙，无穷匮也，而山不加增，何苦而不平？"河曲智叟亡以应。操蛇之神闻之，惧其不已也，告之于帝。帝感其诚，命夸娥氏二子负二山，一厝朔东，一厝雍南。自此，冀之南，汉之阴，无陇断焉。

——《列子·汤问》

毅力与勤奋

三思而后行

　　贵州多山多林，但这地方以前没有驴子。因为贵州过去大山林立，交通很是不方便，赶驴子入黔，成本太大。有个喜好多事的人听说有这种事，就用船运载了一头驴进入贵州地方。他本想卖出个好价，可是运是运去了，到了那里才发现驴子在贵州没有什么用处，这笔买卖显然做亏了。想来想去，再用船运回去，运费都已经超过驴子的价，没办法，索性把驴子牵到一座高山下放了。

　　这山里人烟绝迹，尽是茂密的森林。驴子到了这里，倒是得其所哉，什么活也不用干，饿了就吃肥美的嫩草，渴了去江边饮点水，乏了就在草坪上撒个欢，觉得这地方实在有如天堂。不过这驴子却不知道，暗中有一双眼睛早已盯住了自己。

　　那是一头老虎。因为贵州没有驴子，老虎以前也从没见过这种动物。在老虎眼里，这驴子实在是个庞然大物，比它平常见过的野猪野羊都要大得多，样子又如此奇特，不禁心中惴惴不安，心想："这会不会是从天上降下来的神灵？"因为不知驴子的底细，老虎一直躲在树林中偷偷地窥探，看来看去，觉得驴子不像那些动不动就扑上来撕咬的猛兽，于是就慢慢地走出林子来，站在驴子旁边。近是近了，但老虎心里仍然有点害怕，仍是小心翼翼，不知道眼前这个怪物到底是什么东西。驴子也看到了老虎，不过这驴子一直长在村落里，同样从来没见过老虎。在它眼里，老虎不过是一只大一点的猫，没什么好害怕的。既然老虎不上来，它也就不躲开了，井水不犯河水，落得自在。

就这样过了几天。这一天，驴子吃饱了，忽然仰天发出一声鸣叫。驴子的叫声是十分响亮的，三国时的名士王粲生前非常喜欢听驴子的叫声，在他死后的忌辰，他的好友，时任五官中郎将的曹丕带着一群朋友来祭他，在坟前曹丕说起王粲生前爱听驴子叫，在九泉之下大概听不到了，不妨大家学驴叫，让王粲听了高兴高兴，于是一批文士全都伸长了脖子叫起来。可见，驴鸣并不是我们平常想的那样不中听。只是在老虎听来，这种声音实在可怕。它自己在捕食前总要长啸一声，吓得飞禽走兽纷纷奔逃，眼前这巨兽的声音比自己更响，拖得也比自己更长，定然是一种比自己更凶猛的猛兽。现在它叫了起来，只怕是要来捕食自己，吓得赶紧逃跑。

跑了一程，却不见有异样。回头看去，那头奇怪的巨兽优哉游哉地在草地上踱步，根本没有追上来的意思。老虎不禁更为诧异，便不再逃跑，远远地看着。驴子吃饱了要叫两声消消食，自然不会只叫一声就作罢了，又接连长鸣了几声。老虎听得惯了，越看越觉得没什么可怕。和自己不同的是，眼前这头巨兽叫过之后，倒是在地上咬了几口，并没有捉住什么猎物来啃。它壮起胆子，重又回到驴子旁边，远远地看着驴子。不过虽然胆子大了不少，但仍然不敢冲上去和这头怪兽一决胜负。

过了很久，老虎看来看去，实在觉得驴子没什么了不起。这时候它再也忍不住，大起胆子靠到驴子身边。一开始还小心翼翼，碰一碰马上逃开，见驴子没什么生气的表示，就靠得更近了些。左擦一下，右擦一下，偶尔还壮起胆子将驴子轻轻一撞。驴子一开始也只是让开，当老虎靠得越来越近，驴子也开始有点生气。当老虎再一次靠过来时，驴子忽地转过身，猛地一蹄踢出。

这一蹄正踢在老虎的面门上，老虎也被踢得向后一闪。但它反倒高兴起来，因为它终于发现，眼前这头怪兽其实一点都不可怕，也就只有这么一点本领而已。它退了几步，忽地大吼一声。声音也许并没有驴子的鸣叫那么响，但随着吼声，狂风卷起，树叶也纷纷落下。驴子被这一声大吼惊呆了，拼命向后退去。

可是，晚了。随着吼声，老虎一跃而起，一口咬断了驴子的喉咙，吃完了它的肉，这才离去。

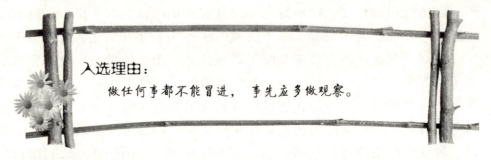

入选理由：

做任何事都不能冒进，事先应多做观察。

燕垒生语：

小时候看动画片《阿凡提》，主题歌幽默有趣："我有一头小毛驴，真淘气，叫他向东偏向西。"毛驴之倔，看来已是定论，所以过去农村让毛驴拉磨，眼睛总要蒙上一块"暗眼"，让它觉得自己正在扬蹄奋进，并不是只绕着一盘磨打转，这样它才能不知疲倦地走下去。

不过，毛驴这种草食动物，也仅仅如此而已。跑得没有马快，力量没有牛大，对于老虎来说，这真是天上掉下来的肉饼。只是贵州以前没有驴子，即使号称"百兽之王"的老虎，乍见之下，仍然对这种奇形怪状的动物感到恐惧。而驴子显然也没见过老虎，老虎是凶猛的动物，位居食物链最上端，自然界中能够居于老虎之上的大概已经没有什么了。贵州没有狮子也没有大象，老虎平时自然也不会遇到能够匹敌自己的对手，所以当老虎第一次看到驴子时，虽然感到害怕，却仍然在林中窥测，并不离去。不过见得多了，等发现驴子的本事无非是一叫二踢，在牙尖爪利，力大无穷的自己面前根本不值一提时，自然就能"断其喉，尽其肉"了。

这是聪明的举措。在知道底细之前，老虎并不知道面前的是种什么动物，也许驴子会伸出利爪，喷出火焰来呢？可是老虎既不贸然扑上，又不因恐惧而躲避，而是看清了对手的本领这才下手。反倒是那驴子，丝毫不在乎这个可能的敌人，对于敌人的试探只能采取那两下无济于事的抵抗，可见，从一开始，胜负就已经注定。

　　生活中，我们也会面临种种挑战。只是我们所遇到的困难更多一些，我们不知道自己究竟是驴子还是老虎，而对手是驴子还是老虎也未可知。这时候，老虎的策略更显得实用了。看清楚情形，再选择进攻、防御或者逃跑，那才是生存之道。我们并不一定就是居强势地位的老虎，但我们就算是驴子，在老虎未看清底细之前，也会有逃跑的机会。

　　驴与虎，本身并不能说明什么。起决定作用的，是我们的头脑。在行动之前，多用一下头脑吧。

原文回放：

　　黔无驴，有好事者船载以入，至则无可用，放之山下。虎见之，庞然大物也，以为神，蔽林间窥之。稍出近之，慭慭然莫相知。他日驴一鸣，虎大骇远遁；以为且噬己也，甚恐。然往来视之，觉无异能者，益习其声。又近出前后，终不敢搏，稍近益狎，荡倚冲冒。驴不胜怒，蹄之。虎因喜，计之曰："技止此耳！"因跳踉大㘎，断其喉，尽其肉，乃去。

——唐·柳宗元《三戒·黔之驴》

三思而后行

居安当有思危心

　　门被敲了两下，这户人家推开门，却见门外站了一个中年人。见屋里有人出来，那人深施一礼，道："在下新来永州，请问贵宅有猫么？"

　　在永州，因为地气温暖，鼠患很多。只是这个人所说的这两句话似乎八竿子打不到一块儿，这家主人被他的话弄得呆住了，道："猫是有，不知先生有何用处？"

　　那中年人有点愁眉不展，道："在下自幼奔波异乡，新近方归桑梓。买了处宅子想要养老，没想到宅中老鼠太多了……"

　　他话还没说完，这家主人就叫道："啊，先生你买的那是子谷园吧？"

　　中午人眉头一扬，道："阁下也知道子谷园么？"

　　主人笑了笑，道："全永州有谁不知道子谷园的。原先那子谷园的主人很出名，因为他生于子年，说老鼠是子年的值年神，所以老鼠是万万打不得的。家里不许养猫不说，狗都不准养，说狗拿耗子多管闲事，所以连这闲事也不让管。要是老鼠出来，让家里的佣人全得绕着道走。这户人家，全城都当成笑话在说的，原来他把房子卖了啊。"

　　中年人皱起眉头，道："是啊，我也是听了牙侩的胡扯，贪了这房子便宜才买下来的。没想到一进门，才发现这些丑类居然如此猖獗，连房梁上都是老鼠屎，家具没有一样是完整的，衣服藏得再好也被咬破几个洞。一到晚上，更是啃咬打闹，声响千奇百怪，闹得人睡不成觉。"

　　主人笑了笑，道："过去它们在子谷园里过得太舒服了。耗子虽小，但也会呼朋引伴。一传十，十传百，别的地方的耗子就全都过去了。"

中年人点了点头，道："是啊。别的好办，其中有个老耗子，都快成精了，大白天都敢出来，凶得紧，借了几头猫都降不住。唉，所以我现在到处借猫呢。"

主人同情地看着他，道："你找到我就对了，我家里这猫，据《衔蝉谱》上说，是有名的金钱雪纹猫，应该能降住那耗子精，就借给你吧。"

中年人千恩万谢。可是等主人将猫抱出来，他不由呆住了。那只猫名字威风，身上便有一个个圆圆如钱的斑点，可是瘦瘦的双眼无神，一副懒洋洋的样子，看样子还不如那老耗子个头大。他怔了怔，苦笑道："恐怕不行啊，那老耗子看起来，不比这猫小了。"

主人笑了，道："放心吧，金钱雪纹猫不是凡种，据说是山中玄豹之种，假如有了野性，寻常的狼都不是它的对手，不用说区区老耗子了。"

听了主人的话，中年人将信将疑，接过那猫来，千恩万谢地走了。

他是刚搬回老家来，准备长住，便买了这宅子。只听说家里老鼠多，没想到多到这种程度，扫个地都能随便扫出一两斗老鼠屎。凡是吃喝的东西，几乎都是吃老鼠吃剩下的。那头老耗子更是胆大包天，大白天都敢出来偷东西，抓又抓不住，直把他气得快疯了。借过几只猫来，没想到那老耗子凶狠之极，猫降不住老鼠，反被老鼠咬得怕。而老鼠有了那老耗子统领，更显狡猾，在家里闹得也更凶了。这回他发了狠，非要借一头极雄健的猫来将那老耗子抓住，可找来找去，虽然找到几只大猫，却并不比一开始借来的那些猫更凶狠一些，他也实在有点失望了。

只是，也没别的办法好想。中年人抱着那头叫什么"金钱雪纹"的猫儿回家，将先前借来的几只猫放在一块儿，关上门，在门缝里看着。却见那金钱雪纹猫被关在屋里，仍然懒洋洋地伏在地上，像是在打盹，另几只猫却四处逡巡，嗅着墙根屋角。

天黑下来了。这时屋中发出了"窸窣"的声音，墙角钻出了几只老鼠。那几只大猫猛地扑了过去，眼看那几只老鼠就要落到它们爪下，从一边忽地窜出一个黑影。这黑影竟然与这几只猫大小差不多，它正是那

居安当有思危心

只老耗子。这老耗子一窜出来，那几只猫登时放过了要抓的小老鼠，向它扑去。这老耗子也不害怕，只是沿着墙角跑动，几个起落，那几只猫竟然全都追不上它，反倒被这老耗子甩开了。

等那几只猫一露出疲态，老耗子忽地露出凶相，竟然要回身去咬猫了。那中年人见此情景，不由吃了一惊。上一次借来的猫没降住老鼠，反而见了老鼠就怕，他只觉得不可思议。现在亲眼看到，这才知道这老鼠凶狠到何等地步。他正待推门冲进去，却见一直伏在地上的那只金钱雪纹猫忽地站立起来，抖擞了身上白纹金斑的毛，一双碧蓝的眼睛圆睁，忽地如闪电一般扑上，白影与黑影只是在空中一闪而过。"啪"的一声，却是那只老耗子摔到地下，四脚朝天地抽搐，那头金钱雪纹猫却又懒洋洋地躺下来。不过这回没有了老耗子，另几只猫已经所向披靡，老鼠纷纷逃窜。

中年人在屋外看得目瞪口呆。第二天，他把那金钱雪纹猫还给那家主人时，抱着这猫几乎还有点诚惶诚恐。主人接过猫，爱抚地摸了摸，这猫却仍然懒洋洋地躺着，还是一副爱理不理的样子。中年人道："我乍一看，只道这猫懒得不愿动，原来一动起来如此凶猛。"

主人笑了，道："猫儿捕鼠，也与人下棋一般。这金钱雪纹猫不是寻常之猫，如果只是寻常的老鼠，当然不在它眼里。就是要那种别的猫伏不住的老耗子才能激起它的斗志。哈哈，这回你可以好好收拾那些鼠辈了吧？"

中年人点了点头，道："多谢了。"他回到家中，将瓦片也拆下来收拾干净，用水灌老鼠洞，又雇了些人到处张网搜捕，结果杀死的老鼠堆得跟山丘一样，扔到偏僻的地方，腐烂的臭味过了好几个月才算散去。从此以后，子谷园不再有鼠患了。

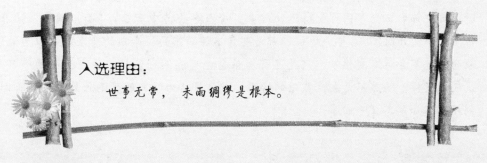

入选理由：

世事无常，未雨绸缪是根本。

燕垒生语：

虽然动物保护主义者连老鼠也要保护，也有人养仓鼠做宠物的，但不管怎么说，最常见的家鼠总是一种可厌的动物。这种小动物咬碎家具，偷吃食物，自古以来没办法招人喜欢，《诗经》中就有《硕鼠》一章，咒骂老鼠吃光了自己的东西。不过站在老鼠的立场上，也会觉得生活很艰难，因为人类很讨厌它们，猫、蛇、鼬、枭一类的天敌又众多，每晚出洞都不知能否活着回来。像永某氏那样热爱老鼠的人少之又少，一旦碰上一个，当真是祖宗积德，要烧高香不迭了。永某氏任其逍遥，这样的生活当真如同天堂一般。只是生于忧患，死于安乐，当永某氏搬走，搬来的另一个主人并不敬畏老鼠，见到如此景象，自然要大惊失色。

老鼠有老鼠的生活观。在老鼠看来，一切都是极为简单的，永某氏在日，有吃有喝，快乐无比。久而久之，老鼠也觉得这样的生活天经地义，顺理成章。然而危机总是埋在表面的平静之下，变故来临，却不作丝毫准备，依然故我，结果逃不了被斩尽杀绝的厄运。

秦朝时期，李斯在做粮官时看到厕上的老鼠吃的是粪便，身上污秽不堪，还要见人就躲，而粮仓里的老鼠吃得肥肥大大，人和狗也不去骚扰它们，一个个全都大模大样，就大发感慨，说："人啊，有能力和没能力就同老鼠一般，全是自己找的。"他立志要做就做一只粮仓里的老鼠。后来，他做了秦相，荣华富贵已极，确实实现了自己的志向，成为大秦帝国粮仓里的一只硕鼠。可是李斯也如永某氏之鼠一般，安乐日子享受惯了，看不到变化，结果被赵高进谗杀掉时，还感慨不能牵着黄狗出上蔡东门打猎了。

李斯的一生，几乎就是永某氏之鼠的变相。当他做了梦寐以求的"粮仓之鼠"

时，日日锦衣玉食，同样变得迟钝起来。唐人李峤诗中有云："山川满目泪沾衣，富贵荣华能几时？"名誉、地位，都是些靠不住的东西，李斯的悲哀就是以为做了粮仓鼠就不会再有变化了。只是连那座粮仓也可能倒塌倾圮，住在里面的一只老鼠还能怎样？既然不是朝生暮死的蜉蝣，就该早些为明天的风雨作好准备，否则，到死都不知是怎么一回事。

原文回放：

　　永有某氏者，畏日，拘忌异甚。以为己生岁直子，鼠，子神也，因爱鼠，不畜猫犬，禁僮勿击鼠。仓廪庖厨，悉以恣鼠不问。由是鼠相告，皆来某氏，饱食而无祸。某氏室无完器，椸无完衣，饮食，大率鼠之余也。昼累累与人兼兼行，夜则窃啮斗暴，其声万状，不可以寝，终不厌。数岁，某氏徙居他州。后人来居，鼠为态如故。其人曰："是阴类恶物也，盗暴尤甚，且何以至是乎哉！"假五六猫，阖门，撤瓦灌穴，购僮罗捕之，杀鼠如丘，弃之隐处，臭数月乃已。呜呼！彼以其饱食无祸为可恒也哉！

——唐·柳宗元《三戒·永某氏之鼠》

扬长避短，善之善者

郁离子正走过一个山嘴时，天色暗下来了。他看了看天，正待再赶一程，远远地听得有人叫道："老丈，天晚了，这回上山可不顺当。不如来住店吧，小店价格公道，又干净，跳蚤蚊子一概没有！"

那是个招呼人住店的小二。郁离子走南闯北，也见得多了，知道这种店别名叫"杀人店"。当然并不是指那是真个杀人越货的黑店，而是说住进这种店里，总要被店主敲上一顿竹杠。他只是笑了笑，高声道："不必了。"

那小二倒是极为殷勤，追了过来，道："老丈，我不是骗你的，这山里猛兽甚多，你遇到个狐狸什么的还有命在，要是碰到狼就只能自求多福。假如遇上只饿虎，那玉皇大帝也保不住你了。老丈，钱财是身外之物，生不带来死不带去，何必为了省两个钱冒这种险？不如来小店住一宿，明早和过岭的客人结伴而行，又舒坦又安全，不好么？"

郁离子脚步也不停，只是微笑道："小二哥，不必了。我要上山采药去，这种药不是趁早上太阳未曾出来时采下，便没有效力的，多谢小二哥的美意了。"

他自顾上山，也没看到那小二全然没了方才的殷勤，眼中尽是怨恨，嘴里喃喃咒道："老杀才，这么悭吝。一上山就碰上老虎，把你嚼得连骨头渣子都不剩。"

小二的咒骂是从喉咙口嘟囔出来的，郁离子当然没听到。他要采的药，必须带着露水新鲜摘下，当场捣成浆汁方有效用。不然太阳一出来，露水干尽，就已没用了。他上得山来，天已经快要黑了，趁着斜晖找了一遍，好不容易才在一株大树下找到一棵。现在那药草上自然全无露水，郁离子准备在山上药草边守一晚，等明天一早就将药采下。他四处看了看，不远处正有一个破庙，倒可以对付一晚。

进了破庙，只见里面一片颓败，地上尽是碎石土块。郁离子摘了些树叶扎成一把扫帚，马马虎虎扫出一块地来，把铺盖卷铺好。本想将门掩上，但庙门只剩了一扇，还有一扇不知到了哪里。他叹了口气，摘了些枯枝堆成一堆，生起一堆火来，向火席地而坐。

这一晚天气还好，月朗风清。虽有寒意，但围着火堆也不难受。郁离子在火堆上把馒头烤热了，边喝水边吃馒头。不知不觉，已到半夜时分。这时郁离子只觉睡意上来了，双眼皮像抹上了胶一般，一旦合拢便再也打不开，他如坐禅的老僧一般，对着火堆不时地摇晃。迷迷糊糊中，耳中忽然听得一声长啸。

是虎啸！这声音一下子把郁离子的睡意不知赶到哪里去了。他站了起来，拣了一根较粗的木棍，警惕地看着门口。原来那小二也没有胡说，山上确有猛虎。可现在要走也已晚了，他心中有些不安，却仍是直直站立。

虎啸一声接着一声，越来越近。郁离子连叫不妙，不自觉地向后退去。可是这破庙颓败破漏，哪里都躲不了，要是离开这里，只怕更不安全。他知道老虎这一类野兽是怕火的，只盼着那火堆能挡住老虎。

正想着，忽然一阵大风卷地而来。这阵风太大了，地面的火堆竟被吹得纷纷散开，火星乱冒，燃着的木棍也在地面滚动。郁离子连叫不妙，伸手拣起几根木棍，但火已经灭了，只剩下些火星。他把先前拣来的枯叶往灰堆里洒了些，正待将火重新吹着，这时耳边忽地传来一声长啸，门口随即出现一只吊睛白额猛虎。

这只猛虎出现得太过突然，郁离子吓了一大跳，人猛地向后一跳，将手中的木棍伸直了，心里却慌乱如麻。一根木棍根本挡不住老虎，更何况郁离子年纪一大把，又不是孔武有力的壮年汉子。他正惴惴不安，却听得老虎一声长啸，猛地向庙里扑来。他奋力将木棍一推，心想不管如何，总要挡一挡，哪知这一挡却挡了个空，那老虎重重地摔倒在地，爬也爬不起来，脑后却插了一支箭。

这是怎么一回事？郁离子正在诧异，却听得门口响起了一个爽朗的声音："老丈，你胆子倒也不小呢。"

门口出现了一个手握钢叉、背着长弓的汉子。他身上穿着兽皮衣服，自然是个猎户。郁离子又惊又喜，道："多谢好汉救命之恩。"

猎户走到老虎身边，从老虎脑后拔下箭来，道："这锦毛畜生伤了好几个人了，我追了它两天才算追上。没想到把它追到这里，老丈居然在这里过夜，让你受惊受怕了，抱歉抱歉。"

郁离子此时才放下心来，却觉双腿发软。他道："好汉，请你歇一歇吧，老朽当真吓得够呛。"

坐下来重新吹着了火，猎户割下几块虎肉来在火上烤熟了，递给郁离子一块道："老丈，你偌大年纪，为何还要冒险上山？"

郁离子道："我是为上山采药而来。好汉，阁下当真英雄无敌，老虎见了你也要跑，唉，我要有好汉这等体魄就好了。"

猎户笑了起来，道："哪里哪里，老虎的力气比起人来，大了一倍都不止。何况老虎爪牙锋利，人又没有，哪能与虎相斗？要是我什么都不带，在山里与虎相遇，跑的自然是我。"

郁离子道："这老虎不是被你追到这里来的么？"

猎户道："这是不假。不过若是赤手空拳和老虎斗，我哪里是老虎的对手。我凭借的，不过是这些猎叉毒药箭而已。"

郁离子叹了口气道："这些猎叉毒药箭老朽也不会用，看来就算给我也只有逃跑的份儿。"

猎户咬了口虎肉，道："那也不一定。我师傅今年七十多了，可是他打死的老虎比我多得多，前两天还刚杀了一只。"

郁离子吃了一惊，道："令师也能打虎？"

"当然能打，不过不像我这样。"猎户笑了，"老虎力量远比人大，人被老虎吃那一点都不奇怪。不过你听到过的老虎吃人的消息多么？倒是老虎的皮常常挂在人的卧室里。能杀虎的，并不全靠猎叉毒药箭，老虎凭借的只是一身蛮力，而人凭借的是智谋。老虎只能用自己的爪牙，人却能使用工具。我师傅年纪虽然不小了，不过他能设计出种种机关来，老虎在他老人家手下，才如小猫一般不值一提呢。要不是师傅腿脚不利落，不能满山跑，这老虎也轮不到我来打。"

郁离子道："那也要先把机关做好啊，总不能带着机关满山跑吧？"

猎户笑道："老丈，你把机关只想成是那些木笼弓刀一类吧。我师傅什么都不用，只要一双手，借着一草一木就能布置机关了。比方说一棵树，弯下来就可以做成弹弓，地上可以挖成陷阱，拣石块可以做成石弹。能做的东西多了，随便一来，就可以置老虎于死地。"

郁离子恍然大悟，若有所思地道："所以人家说力量的作用是一，而智谋的作用是百。老虎的爪牙也就是一个一，而造出的机关却是百，以一敌百，纵然爪牙凶猛尖利，一样不会得胜。"

猎户笑道："老丈，你倒是会说，哈哈。"

郁离子也笑了。看着那死老虎，他叹道："所以有人会被老虎吃掉，其实都是不会用智谋而已。因此天下那些只知用力而不知用智谋，以及只是用自己的力量而不善于借助他人的力量的人，都和老虎一样。故老虎被人捕获并且它的皮被剥下让人坐卧，这又有什么值得奇怪的呢？"

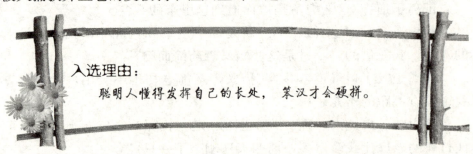

入选理由：
聪明人懂得发挥自己的长处，笨汉才会硬拼。

燕垒生语：

古罗马的暴君尼禄设有斗兽场。说是斗兽，其实是喂兽，就是让人与猛虎雄狮巨熊相斗。人当然不是那些猛兽的对手，所以斗兽往往等于是给猛兽加餐。无独有偶，中国的秦始皇也有相似的虎圈。当他想封魏信陵君的门客朱亥为官，朱亥不受时，就把朱亥引入虎圈。结果朱亥圆睁双眼，目眦尽裂，把老虎也吓得伏倒在地不敢动。虽然技术上有些不同，但东西方暴君的本色还是一样的。

老虎是一种猛兽。过去如果凭一己之力打死老虎，就是了不得的大英雄了。所以旧戏里打虎的英雄特别多，春秋有卞庄打虎、伍子胥打虎，汉有李广射虎，唐有雷万春打虎，最著名的无过于《水浒传》中武松打虎。一直到"文革"中的样板戏，杨子荣也有打虎上山。不过这也从一个侧面证明了"狗咬人不是新闻，人咬狗才是新闻"这个道理，正因为人根本不是老虎的对手，所以某人偶尔打死一只老虎，就被传为英雄了。

然而，老虎虽然远远比人凶猛，可是老虎吃人的事仍然少见，倒是老虎皮总能见于市上。因为老虎纵然凶猛，可是人却可以制造各种工具武器，挖陷坑，下夹子，设虎笼，老虎再凶也往往逃不脱这等天罗地网。所以智谋比蛮力更有力量，两军相遇，胜利的大多是智者而非勇者。人能成为万物之灵，凭借的不是牙爪之利，而是头脑。人能胜过老虎的，也只有头脑而已。假如不动脑子，一味蛮干，纵有蛮力，多半仍然要在与老虎的角逐中成为老虎的加餐。人正是发挥了自身这唯一的长处，才能成为胜利者。

推而广之，任何事都和智斗老虎一般，想要取胜并非只能依靠牙比老虎长，爪子比老虎锋利这些优势。与其做这些徒劳无益的事，不妨把能利用的全部利用起来。西方人有云：谁笑到最后，谁笑得最好。说的就是唯有最终取得胜利才算是真正的胜利。为了成功，我们虽然不能不择手段，但以最少的代价取得最大的回报，却是完全合理合法的。所以，当你要对付一只老虎时，不必为了摆酷而肉搏。手上有什么决定性的武器，刀枪剑戟，斧钺钩叉，镗棍槊棒，只要顺手的就拿起来吧。

扬长避短，善之善者

原文回放：

郁离子曰："虎之力，于人不啻倍也。虎利其爪牙而人无之，又倍其力焉，则人之食于虎也无怪矣。然虎之食人不恒见，而虎之皮人常寝处之，何哉？虎用力，人用智，虎自用其爪牙，而人用物。故力之用一，而智之用百。爪牙之用各一，而物之用百，以一敌百，虽猛不必胜。故人之为虎食者，有智与物而不能用者也，是故天下之用力而不用智，与自用而不用人者，皆虎之类也，其为人获而寝处其皮也，何足怪哉？"

——明·刘基《郁离子·智力》

爱之极，恨之极

不知不觉，又过去很多年了。

郁离子走在街上，看着周围的一切，心里百感交集。这个小镇是他出生的地方，少小离家，在外奔波了许多年，虽然这个故乡的小镇偶尔也曾进入他的梦境，但平常也没空去想。没想到现在还有故地重游的一天，眼前的景物依稀仍如当年，耳中的乡音又与小时听到的无异，郁离子衰老干涸的眼眶里，也不禁湿润了。

许多年了啊。举目望去，那些低矮的人家屋檐上的瓦松与当年一模一样，可其实不知已经换了多少代了。而阶石上为檐溜长年累月打出的凹坑，看上去也没什么不同，却一定又深了许多。街上走的人，口音和幼时听到的一样，但全都是陌生人了。郁离子慢慢走着，心情越来越抑郁。

正走着，耳边忽然响起了一个声音："郁兄！"

郁离子抬起头，却见街对面有一个满脸花白胡子的人正带着点不肯定的神情望着自己。他也望向那人，道："您是……"

那个花白胡子脸上露出一丝喜悦，快步走过来道："真是你啊，郁兄！我是馆竖子，你忘了么？当年与你同窗在先生门下学习的。"

馆竖子！这个名字像是一道火花，在郁离子脑海中闪过。他迎上前，一把抓住了那花白胡子的肩，叫道："真是你啊！哈，真是你!"

馆竖子当初在学堂里是最为顽劣的一个小学生，几乎每天都要迟到。而上课时，不是去池塘里抓青蛙，就是到树上粘知了，也不知被先生责打过几次，可每次打过他仍不思悔改。岁月如梭，几十年过去，当初那个顽劣的少年现在却成了一个沉稳的老人，只有在馆竖子的双眼深处，依稀还有当年那少年的影子在。

"真没想到，居然有生之年还能看到你。"馆竖子遇到旧友，心里也激动之极。他拍拍郁离子的肩道："多久了？好像都有四十年了吧。"馆竖子说着声音竟有些哽咽。

"四十三年了。"郁离子只觉自己的声音也有点虚弱。四十三年，这个听来和"一生"差不多的字眼，现在给了他更多的感触。

"这许多年你做什么了？第一次回来么？"

郁离子点点头，道："孑然一身，浪迹天涯，居无定所。馆兄，你呢？"

馆竖子苦笑了一下，道："不比你好多少。这许多年来，靠开蒙馆度日，教几个小孩读书。"

郁离子怔住了，半晌才笑起来。馆竖子也有点不好意思，道："我也知道自己是误人子弟，不过先生当初教得严，教教《三字经》《百家姓》总不至于误太多事。四十三年未见，走，今天去喝两盅吧。"

郁离子迟疑了一下，馆竖子却已拖起他向前走了。他不再坚持，只是道："好吧，生受你了。"

街道大致和四十三年前差不多，不过挑出屋檐的幌子却大多换了，只有零星几家老字号还在原处。郁离子有点贪婪地看着眼前这一切，在记忆中辨识着当初的样子，越来越觉得伤感。

正走着，馆竖子忽然道："郁兄，还记得这儿么？"

他指着路边一幢宅院。这宅子大门锁着，只是门上有几个破洞，锁上也已锈迹斑斑，满是灰尘。从破洞里看进去，里面的屋子倒还像个样，但草已高得几乎到了人腰部，而那所屋子的窗户也全都七零八落，没几扇完整的。门上，一块匾额已被灰尘蒙得看不清了，但仔细辨认，还能看出"乐育英才"四个字。

看着这宅院，郁离子像有一道电流从头顶闪过，呆呆地看着，喃喃道："是先生的教馆啊。"

馆竖子叹息道："先生一生孤苦，就只有这幢祖传的宅院。十几年前，先生过世，家里再没旁人，宅子也就锁起来了，现在那院子里想必连狐狸野兔都有了吧。"

郁离子望着这幢曾经在里面呆过好几年的宅子，泪流满面。馆竖子也有些伤情，拖着他到了旁边一个酒楼，上了酒，他给郁离子倒满一杯，道："郁兄，走吧，真不该带你来。其实这宅子修修，仍然还能恢复原样的，只是没有人起这个心而已。我倒是起过这个愿，等存够了钱，就把宅子修好。"

郁离子摇了摇头，道："算了吧，梁栋梁栋，一幢房屋要是朽坏了，只要房梁没断就可以修好，可是这屋子的梁栋全都朽烂断折了，一动就要倒塌，碰都碰不得了，真要修，也得有鲁班和王尔这等绝顶的巧匠才可以。当世哪有这等大匠，还能找什么人来修屋子？你任由它去，那么屋脊房椽这些没有断裂崩溃的还能有所依附，将来有能工巧匠来的时候还能修复。要是因为维修而弄坏了，别人反要怪罪修理之人。"

馆竖子怔了怔，道："难道真没办法了？"

郁离子叹道："要修屋子，必须换上新的材料。将那些外面看上去完好而内部被虫吃鼠咬早已溃烂的地方全部去除，又不能把椽子捆起来做柱子，削柱子来做椽子，拆东墙补西墙地修。要换材料，也只有用绝顶的好料，不管是哪里出产的，枫、柟、松、栝、杉、楮、柞、檀，全都可以收集起来，大的做栋梁，小的做木桩斗拱，弯曲的做成横梁，直的做柱子；长的做椽子，短的做短柱。可是现在山上的大树都被砍完了，那些工匠既无规章，又无法度，连手里的斧锯刀凿都不知怎么用，而桂、樟、柟、橱这些贵重木材都被当成柴薪来用，就算有鲁班、王尔这等大匠帮你，也无所展其技，更何况他们都没有了，还能有什么办法啊！我劝你不要再动修缮的念头了，真有这个心，不如推倒重来吧。"

馆竖子呆呆地看着郁离子，说不出话来。隔了半晌，他也长叹一声，道："还是喝酒吧。"

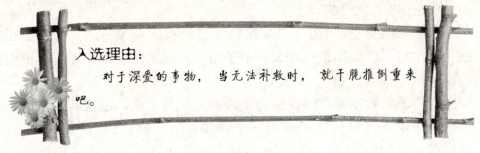

入选理由：

对于深爱的事物，当无法补救时，就干脆推倒重来吧。

燕垒生语：

《郁离子》的作者刘基作为评书、戏曲中的热门人物，如西汉时的张良，东汉时的邓禹，三国时的诸葛亮，唐时的徐茂功，宋时的苗光义，照例分派给他一个能掐会算的军师角色。然而，与我们熟知的刘基不同，历史上的刘基除了是明代的开国功臣以外，还有一个元朝遗民的身份，从他的诗集中可以读到不少早期作品，都是向元廷表忠诚献爱心的。而这个郁离子哭坏宅的故事，更明白地表现了他对元朝的哀叹。

其实这并不奇怪。刘基早年作为元朝体制内的一个小官吏，对这个政府是很有感情的。大而言之是爱国，小而言之是珍惜这只饭碗。而元朝后期的政治腐败，只要有识之士全都看得出来。他就如同一只巢于华屋下的燕子，看到了这幢貌似华美壮观的广厦渐有倾倒之象，却又无能为力，内心的焦急和慌惧自是无以言表。明明自己有能力，也愿意为挽救这屋子出力，可是屋主偏偏无视，并且不断地对自己打压，他的悲痛就只能借郁离子这个人物来发泄了。

我们平常总是说人破罐子破摔，就是指一个人自甘堕落，不求上进。然而破罐子破摔总有一个过程，并非一堕落就开始沉沦了，往往是旁观者的冷嘲热讽堵死了他上进的道路。中年况味浑如酒，写《郁离子》时的刘基，已是中年之后，老年之初。眼看着岁月流逝，时不我予，他心中这杯酒已是一杯带毒的烈酒，再也无法按捺心头的愤怒。终于，他所挚爱的一切，在眼里都开始变形、挥发，留下的都是憎恨。这幢华美的大屋并非不能修好，但现在既无巧匠，又无良材，其实作者背后的真正意思是巧匠和良材并非没有，但是屋主却置若罔闻，任由屋子一年年颓坏下去，用不了多久，就会彻底倒塌了。

难道，真的没有办法了么？

如果从修缮的角度来看，确实是没有办法了。可是，挽救的办法仍是有的，就是干脆把这屋子推倒，重新起造。如果任由其苟延残喘，只怕这幢破屋子还能在世上支撑一阵。为了住在屋檐下的房客不再担惊受怕，索性把这屋子推倒了。在这个故事里，郁离子虽然仅仅是痛哭了一场，但现实中的刘基一定已经打定了这个主意。所以，写完《郁离子》后，刘基就出山辅佐朱元璋，为推倒旧屋，起建新宅努力去了。

原文回放：

郁离子之市，见坏宅而哭之恸。或曰："是犹可葺与？"郁离子曰："有鲁般、王尔则可也，而今亡矣夫，谁与谋之？吾闻宅坏而栋不挠者可葺，今其栋与梁皆朽且折矣，举之则覆，不可触已，不如姑仍之，则蘦桷之未解者犹有所附，以待能者。苟振而摧之，将归咎于葺者，弗可当也。况葺宅必新其材，间其蠹腐，其外完而中溃者悉屏之，不束椽以为楹，不斫柱以为椽。其取材也，惟其良，不问其所产。枫、柟、松、栝、杉、槠、柞、檀，无所不收，大者为栋为梁，小者为杙为栭，曲者为枅，直者为楹，长者为棳，短者为棁，非空中而液身者，无所不用。今医闾之大木竭矣，规矩无恒，工失其度，斧锯刀凿，不知所裁，桂、樟、柟、栌，剪为樵薪，虽有鲁般、王尔不能辄施其巧，而况于无之乎？吾何为而不悲也？"

——明·刘基《郁离子·鲁般》

相信自己

　　墨翟背着一个打满补丁的包裹，走过一个集镇。这集镇紧贴着淄水，过河便是齐国地界，墨翟以天下为己任，这一次正是要去齐国。

　　天还早，集镇上做买卖的人还未散去，吆喝声不断。有个卖馒头的正大声吆喝道："刚出锅的黄面饽饽哟，又香又甜的黄面饽饽，吃一个赛栗子的黄面饽饽！"其实栗子面虽然也呈淡黄色，但比这种黄面馒头要细腻香甜得多了，这种吆喝无非是这卖馒头的生意经。不过这人做买卖倒也实在，这些黄面馒头个头不小，吃一个就顶一餐，墨翟买了一个，坐在街边啃着，一边喝着葫芦里的水。

　　正吃得高兴，边上一个摆算卦摊的人懒洋洋地看着他。算卦要不出名，吃饭都成问题。这个算卦的虽然招牌上写着"文王神课、占无不中"之类的话，可生意显然并不好，走过的人虽多，一个卦摊前半天都不见有人停下来。墨翟买了馒头走过来时，那算卦的还满心希望，只道要发个利事，这个黑衣人是要来算上一卦，没想到墨翟却坐在街边阶石上吃馒头去了。看墨翟吃得欢，完全没有要算卦的意思，这算卦的甚是失望，斜靠在长凳上从竹签上撕下一根竹丝来剔牙。

　　早集快要散了，赶集的人越来越少。墨翟小口小口地吃着，听着他咀嚼的声音，这算卦的更不耐烦。闲着也是闲着，他侧过身子，道："这位先生，看你的样子，可是要去齐国么？请问贵姓？"

　　墨翟是从南边来的，脚上的草鞋也快烂了。他在路边买个馒头当

饭，显然并不是在这市集上办事，那么一定是要渡河了。而河北岸便是齐国地界，所以看出墨翟要去齐国并不稀奇。墨翟咽了口馒头，道："是啊，去齐国有点事，小姓墨。"

算卦的来了劲，道："不错吧？学生名谓苍乌子，乃是文王神课第四十三代嫡派传人。墨先生既然要远行，上路之人，平安为重，我劝你算一卦吧，学生为墨先生解疑排忧。难得有缘，我给你打个八折吧。"

墨翟笑了笑，道："多谢先生好意，不过在下不想算卦。"

那苍乌子碰了个软钉子，道："不要紧啊，今日学生与墨先生初见，就打五折好了。要知道出门在外，趋吉避凶乃是至要，墨先生不要大意。学生自幼苦学文王神课，想当初伏羲圣人演先天八卦，文王圣人演后天八八六十四卦，占无不中，墨先生可不要轻看了。"

据说八卦是上古伏羲画成，一脉传下来，周文王姬发被商纣帝拘于里，牢中无事，将八卦两两相配，演成后天八卦，成《周易》一书，开后来的起课占卜一脉。先秦之时，占卜风行，有掷灵棋的，有钻龟甲的，有烧鸡骨的，不过最多的还是以蓍草的茎算卦。钻乌龟壳烧鸡骨头之类不免弄得乌烟瘴气，掷灵棋也觉简单。蓍草要分个半天，算卦人嘴里还念念有词，自有一套复杂程序，一般人看了就觉得神秘，所以相信的人也更多一些。

墨翟道："自然自然，在下也知道。不过马上就要渡河了，实在没空，回见吧。"

墨翟说着，把最后一口馒头放进嘴里嚼着，将葫芦塞好了系到腰间，站起身来便要走。那苍乌子满腔希望化为乌有，不免有些恼怒，道："墨先生，既然你急着赶路，那也算了。不过学生今日免费送你一卦，今日是壬日，天帝杀黑龙于北方，墨先生你的姓氏有'黑'之意，穿的也是黑衣，万万不可往北去，切记切记。"

墨翟笑了笑，没再说什么，便向北方走去了。到了淄水边，却见渡口空无一人，船家悠然坐在船头。墨翟感到奇怪，高声道："船家，为什么没人坐船了？"

船家抬起头，见是个黑黑瘦瘦的中年人站在渡口。他也高声道："先生要渡河么？"

"是啊，请船家靠岸。"

"这几天不成了，"船家晃了晃手，"齐国封河，对岸正有刀兵，过河就算奸细，逮住了当场砍头。这兵荒马乱，谁还敢过去。"

原来是这样啊。墨翟不禁有些失望，道："那什么时候才能重新通航？"

"天晓得，等着吧。等那支兵马走了，再过河就不打紧。先生要过河，劝你去那边集镇暂住两天，等通航了再上路吧。"

墨翟没办法，只得转回来。等他回到集镇上，天也快晚了，卖黄面馎馎的小贩早已回家，那个苍乌子仍然坐在卦摊前等着主顾。他一眼就看见墨翟过来，又惊又喜，招呼道："墨先生，回来了？"

"是啊，"墨翟没抬头，"封河了，过不去。"

苍乌子更是兴奋，提高了嗓门道："看，我说过不是么，墨先生您不能去北方，果然没错。学生文王神课，那是几代相传，占无不中的。"

墨翟看他说得口沫横飞，不禁想笑，道："若是照先生你的说法，是因为天帝杀黑龙于北方，所以我不能成行的话，先生，现在可不只是我去不了北边，北方的人同样不能到南方来。何况南来北往的人群中，我算是属黑的，还有的人一定属白，他们和我一样也不能成行，这又作何解释？更何况，若是天帝甲乙日在东方杀青龙，丙丁日在南方杀赤龙，庚辛日在西方杀白龙，壬癸日在北方杀黑龙，按照阁下的说法，那就是要禁止天下人外出了。这是违心之论，欺骗天下人而已，阁下之言听不得的。"

苍乌子被墨翟一番话，挤对得张口结舌，再也说不出来。

入选理由：

　　做人首先要相信自己，不必考虑太多。

燕垒生语：

　　墨翟先生是先秦的一位实用主义者。与别的学派巨子侈谈大道不同，墨翟是个做实事的人，所以他会为了楚攻宋而特地去阻止为楚惠王当首席技术官的鲁班，并且用奇妙的防守之技挫败了鲁班的高科技先进武器。他的一切思想都立足于实际，墨翟以天下为己任的信念，加上能挫败鲁班的技术，以至后世的通俗故事干脆把墨家写成一个拥有超越时代的科学技术的组织。正因为行动多于语言，《墨子》一书在先秦四大学派的经典中文学性最低，但也最为实际。

　　是否真有一个墨家门派，那其实无关紧要，光是墨翟先生那种一切从实际出发的智慧就值得我们学习和欣赏了。中国的卜算起源很早，先秦时尤甚，诸侯开战，都要让巫师占卜。墨翟本人并非是个无神论者，《墨子》一书中就有《明鬼》篇。墨翟要北上齐国，占卜人也未必就是没头没脑地自己凑上来说的，更有可能是墨翟在临行前想算个卦，看看一路是否顺利。两千多年前的中国，不像现代那样遍布公路铁路，当时的人要出一趟远门，其中艰苦几乎无法形容，所以古人才一直把"行万里路"作为人生两大目标之一。而卜者也是要靠这吃饭的，没理由见一个陌生人就奉送一卦的道理。

　　那个卜者给他算得的结果虽不如意，墨翟依然上路了。可是，卜者的预言似乎应验了。到了淄水边，墨翟因为渡不了河，只得原路返回。那个卜者又见到了他，也许因为墨翟上次无视他的占卜结果，卜者就说了几句风凉话，自是"不听我的话，吃苦在眼前"一类了，这几句倒可以断定是奉送的。按照一般想法，上次的卜算准确率达百分之百，墨翟应该再花钱卜算一次才对，起码也该为那个卜者做个活广告。然而他没有，他只是说了一通道理，说在河边见到南边之人不能往北，可北边之人也不能往南。若真是因为天帝在北边杀黑龙所致，那么由南至北的人属性是黑色，而由北至南的人属性就该是白色了，为什么一样不能成行？何况若是天帝一时兴起，四面杀四条龙，那岂不是四个方向全不能走，大家只能乖乖待在家里了？就这样，相信鬼神的墨翟以他的实用主义哲学推断出占卜算卦的破绽，使之显得如此可笑。我们不要忘记，墨翟并非不相信天帝在北边杀黑龙这件事，而是不信这件事与北行有什么关联。在实用主义者看来，一切都要从实际出发，否则就不在考虑之列。人首先要信的，并非鬼神，而是自己。

是啊，做任何事，我们最应该相信的不是什么至理名言，而是自己。这样的话，即使失败了，我们也有安慰自己的理由了。

原文回放：

　　子墨子北之齐，遇日者。日者曰："帝以今日杀黑龙于北方，而先生之色黑，不可以北。"子墨子不听，遂北，至淄水不遂，而反焉。日者曰："我谓先生不可以北。"子墨子曰："南方之人不得北，北方之人不得南，其色有黑者，有白者，何故皆不遂也？且帝以甲乙杀青龙于东方，以丙丁杀赤龙于南方，以庚辛杀白龙于西方，以壬癸杀黑龙于北方，若用子之言，则是禁天下之行者也。是围心而虚天下也，子之言不可用。"

——《墨子·贵义》

历史是胜利者写的

一辆高大的马车停了下来，马车上一个衣着华贵的老人忽然指着草丛中道："看看，草里那是什么？"

草很茂密。这里是纪国故地，与齐国相邻的纪国原先也是个繁华不下于齐国的大国。后来被齐国灭了，这里登时衰败下来，连王都也成了狐兔闲游的所在。马车上那个老人，正是当今齐国国君景公。齐景公年纪大了，游兴不减，今天出都闲逛，不知不觉就到了这原属纪国的地方。

近侍到草丛里翻检了一下，过来道："回禀公爷，草丛中是个金壶。"

"金壶？"虽说齐景公贵为一国之君，但拣到一个金壶总是好事。他道："拿过来，我看看。"

金壶做得相当精美，上面还刻有十分细致的花纹，看来这金壶当初的主人也是个高官显爵之人。齐景公将金壶递给身边一个很矮小的老人道："晏婴，你看看这是什么？"

晏婴，据说身高如孩童，是个侏儒，但却是当世有名的贤臣。

他接过金壶来看了看，道："禀公爷，这金壶乃是当初纪侯之物。"他晃了晃，皱起眉头道："里面好像还有东西。"

齐景公接过来，也晃了晃，觉得里面确实有东西，晃动时还发出轻轻的响声。他伸手想去拧开盖子，但这盖子极紧，以他的力气根本拧不开。他伸出头去，叫道："虎贲，过来！"

虎贲是齐景公的贴身卫士。这人膂力过人，武艺精熟。齐景公道：

"虎贲，将这盖子拧开。"虎贲接了过去，左手抓住壶身，右手拧住盖子，用力一扭，壶盖终于开了。齐景公接了过来往里一看，笑道："果然，里面有一卷帛书啊。"

纪国被灭已有不少年了，但这金壶做得坚固，盖子也盖得严实，帛书居然一点也没有坏。倒出来一看，上面却用丹砂写着八个字："食鱼无反，勿乘驽马。"齐景公看着这帛书，一边念叨着："'吃鱼不要翻身，骑马不骑驽马'。有道理，有道理！真和它这么说的那样。吃鱼不要翻身，那是因为讨厌鱼的鱼腥味，骑马不骑驽马，是因为讨厌驽马走不了远路。"

晏婴也看着这八个字，轻声道："公爷，臣下觉得您解错了，这八个字其实不是这个意思。"

齐景公虽然有点昏庸，但他对晏婴却极为信任。旁人说他解错了，他可能会生气，晏婴说他解错了，他倒是恭恭敬敬地道："错了么？那晏先生你以为是什么意思？"

"臣以为，这两句话其实是治国的至理名言。所谓吃鱼不要翻身，那只是一个比喻。鱼是借指天下百姓，吃鱼其实是说驱使百姓。这话的意思，也就是告诫为人君者，在让百姓做事时，一定要体谅到百姓的能力，万万不可用尽民力。"

齐景公咂摸了一下晏婴的话，觉得他这话更有些深意，便道："那下面那句'勿乘驽马'又是什么意思？"

晏婴道："公爷，驽马是什么马？"这个问题齐景公倒是回答得上来。他道："所谓驽马，就是差马，坏马，走不了远路的马。"

晏婴道："不错，公爷说得正是。所谓'勿乘驽马'，指的是骑马不骑驽马，也就是说为人君者，不要把不肖之徒、害群之马留在身边啊。"

齐景公点了点头，道："应该是这个意思，晏先生你说得没错，这两句话真是治国的至理名言。"他看了看手里的金壶，又诧道："对了，晏先生，纪国既然有这样的至理名言，为什么还会亡国？"

晏婴微笑起来，道："公爷，纪国正是有了这样的至理名言才会亡的。"

齐景公吃了一惊，道："晏先生，你不是说这两句话是治国的至理名言么？难道照着做还会亡国？"

晏婴摇了摇头，道："不是这个意思。所谓至理名言，再有道理，终究只是一句话，言与行是两回事。小臣听说过，君子有大道，则一定会悬于通都大衢，让大家都能知道，都能照着做。纪国已经有了这样的至理名言，却装进金壶里封起来，这样做不亡国还要等到什么时候？"

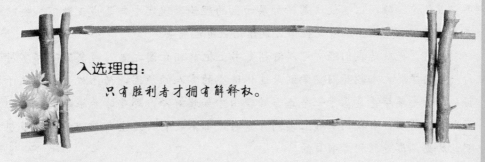

入选理由：

只有胜利者才拥有解释权。

燕垒生语：

春秋时，纪国与齐国相邻。齐哀公时，因为纪国国君告发哀公有不臣之心，以至于齐哀公被杀。纪国国土并不小，与齐国相去无几，但齐襄公八年，齐国灭掉了纪国，将纪国国都改名纪城。齐景公游玩的，就是这个纪城。

亡国之都，当然有不少古董。施利曼发掘特洛伊古城，一口气挖出了七座，得珍宝无数。中国在春秋时期人口还很少，盗墓的人也不算多，所以齐景公居然能在纪城拣到一个金壶，而金壶里则有一句非常有深意的话："吃鱼不要翻身，骑马不骑驽马"。晏子解释了一番，说这是治国的至理名言。齐景公这人颇有点颠顶，史载其"好治宫室，聚狗马，奢侈，厚赋重刑"，并不是什么名君，唯一的好处就是能听晏婴的话，所以此人居然一共在位五十八年。在这个故事中，他虽然对那两句话有自己的理解，但晏子一解释，齐景公也马上转向，认为晏婴说得对。

晏婴说得对么？中国的文字大概是世界上最奇妙的了，而这种比喻性的短句更是随个人理解。晏婴的解释，只是见缝插针地进谏，让齐景公做一个好国君，齐景公倒是毫不怀疑晏婴会有别的什么用意，全盘受用。只是这样一来，颠顶如齐景公者也该有疑问了："既然纪国有那么好的治国方略，为什么仍然被我们灭了？"这个问题倒是很尖锐，可见愚者千虑，必有一得，智商有缺陷的人有时也能说出至理名言。晏婴既然把这两句话判定为治国方略，就务必要承担起解释的重任了，说是因为纪国把这话装在壶里，没有挂在大街上让大家都照着做，所以会亡国。其实纪国是因为仇恨才被齐国灭的。纪国就在齐国边上，国力又远不及齐国，即使纪君把这八个字写得满地满墙都是，齐国打过来时还是要亡。只是纪国已经灭了，纪君墓木已拱，他也只能听任晏婴把自己作为一个反面教材了。虽说不以成败论英雄，但这仅仅是精神层面上的理论，现实中却是成王败寇。失败者失去的不仅仅是国土和身家性命，连话语权也已失去。

而这，也就是我们经常可以看到史书上把前朝亡国之君写成集天下卑劣污浊为一体的怪胎，本朝开国皇帝则是通体透亮的完人的原因，话语权并非独立于权势之外。晏婴毕竟是基于一个正当的理由才如此解释，那些睁着眼睛说瞎话的大有人在。所以，当我们从书上读到什么时，都不要盲目地全都信以为真，多想想吧。历史，那是胜利者书写的。

原文回放：

　　景公游于纪，得金壶，乃发视之，中有丹书，曰："食鱼无反，勿乘驽马。"公曰："善哉，如若言！食鱼无反，则恶其鳋也；勿乘驽马，恶其取道不远也。"晏子对曰："不然。食鱼无反，毋尽民力乎！勿乘驽马，则无置不肖于侧乎！"公曰："纪有书，何以亡也？"晏子对曰："有以亡也。婴闻之，君子有道，悬于间；纪有此言，注之壶，不亡何待乎？"

——《晏子春秋》

理想是一种动力

在一个小树林里，住了几只小麻雀。所谓树林，不如说是树丛，因为只是一些小灌木而已。小麻雀们生活在这里，啄啄沙，吃吃草籽，自得其乐，也不觉得有什么不好。

有一天，几只小麻雀正在草地上争抢一条小毛虫，忽然觉得头顶一阵黑，一只胆小的麻雀叫了起来："糟了糟了！天掉下来了！"

它刚叫出声，却听得一个声音笑了起来："我可不是天，只是大雁而已。"原来，是一只大雁飞过。因为飞得累了，在草地上歇一歇。大雁比麻雀可要大得多了，影子落在麻雀眼里，果然如同天掉下来一般。

知道不是天掉下来，小麻雀不再害怕，有一个胆子最大的蹦上前去，道："大雁，你到这里来做什么？"大雁梳理了一下羽毛，道："我要去北方。"

"北方？"小麻雀很奇怪，道："这儿北边是穷发漠，一眼望不到边，里面什么吃的也没有，你去那儿做什么？"大雁看着远方，道："我要去的是穷发漠之北，那里有一片大海，叫天池，我就要到天池去。"穷发漠就在小麻雀家的附近，它们还都知道。至于穷发漠以北还有个叫天池的大海，那就没有一个知道了。那只胆小的小麻雀道："天池很好么？"

"天池有鲲。"

"鲲？"这又是一个闻所未闻的名字。那胆小的小麻雀道："鲲是什么？好吃么？"

大雁笑了起来。它笑得很是响亮，麻雀只觉耳朵快被震聋了。等大雁笑够了，它才举起一只翅膀，道："鲲是一种鱼，也许很好吃，不过没人敢吃。鲲的宽就有数千里，至于有多长，那根本没有人能知道。你想吃它，就算给你一片鱼鳞让你啄，啄上一千万年你也啄不出一个小洞。"

这一番话把那胆大的小麻雀也吓呆了，胆小的更是躲到几只麻雀背后，思忖着是不是该逃跑。半晌，那只胆大的麻雀道："原来有这么大啊！"

大雁点点头，道："鲲这种鱼长成了，就会变成一种叫'鹏'的大鸟。这种鸟就更大了，一个背就如同泰山，两个翅膀张开了，就如同云层从天上垂下来。你们见过龙卷风没有？"

几只小麻雀都点点头，那胆小的麻雀听到龙卷风，吓得浑身都在发抖了。穷发漠上时不时会出现龙卷风，卷起的沙子连这里都飞得到。它们每次见到龙卷风，都庆幸自己找到一个好地方，这儿不至于会有龙卷风。

大雁道："龙卷风厉害吧？不过在鹏看来，那是正好。它想飞，就借助龙卷风一飞冲天，一下子就飞上九万里。这一飞可不得了，飞得太高了，连背都贴到了天顶，再也飞不上去才作罢。"

小麻雀们都已说不出话来。一飞冲天，直飞到天顶，这些事对于这些小麻雀来说，实在太不可思议了。那胆小的麻雀又是羡慕，又是害怕地道："它飞得那么高做什么？"

"要飞到南冥海去啊。"大雁扑了扑翅膀，"不和你们多说了，我得赶紧过去。鲲这几天就要变为鹏，鹏也马上要到南冥去。要是错过了，那这一辈子真是白活了。"

"一辈子真是白活了。"最胆小的小麻雀重复了一遍。

大雁走了，但它的话在这些小麻雀心里掀起了万丈波澜。它们连小虫子也不去捉了，草籽熟透了掉在地上也不去拣，尽在说着鲲和鹏之类的话。如此大的鱼，如此大的鸟，大得远远超过它们的想象。大雁在它们眼里已经是庞然大物，而大雁却觉得，一辈子没看到鹏飞就是白活，那它们更是白活了。说得起劲，胆子最大的小麻雀当场宣布，它也要穿过穷发漠去看大鹏高飞，但被别的麻雀劝住了。它们在这一片草坪上飞飞，就已累得半死，哪里有可能飞过穷发漠？那胆子最大的小麻雀想了想，也觉得是这个理，只好打消这个念头，可是天天念叨着父母为什么生自己为麻雀，不是大鹏。就算不是大鹏，是大雁也好啊，总可以飞过穷发漠去看看。

雄心壮志最容易立下，也最容易忘却。过了一阵子，几只小麻雀都已快忘了这个念头的时候，突然有一天，它们听到远处传来一阵喧哗。这阵声音如金鼓滚滚而来，随着声音渐近，天边有一线暗影正在越过穷发漠而来，天空也越变越暗。它们不知道是怎么一回事，挤成一堆吓得发抖。正在这时，它们听到一个熟悉的声音："小兄弟们，你们在做什么呢？"

那正是大雁。它在空中飞着，风太大了，它也仅仅能保持平衡而已。一只小麻雀壮起胆子，道："要变天了！"

大雁笑了起来，道："什么变天！那就是鹏啊。大鹏在飞过来，你们看到了没？那团黑影就是大鹏。"

听大雁这么说，小麻雀们这才仔细一看，看清了那团黑影的轮廓。影子太大了，一直没能看清楚，直到现在它们才发现，那确实是一个鸟形。这只大鸟遮天蔽日而来，所到之处，狂风呼啸，山摇地动，大地也被鹏的影子遮得如同深夜来临。但看来看去，……也就不过如此。

终于，那只胆大的小麻雀跳了出来，笑道："那算什么啊？我虽然飞高不过几丈，飞远也只是在蓬蒿之间，可那也是飞啊，和鹏的飞又有什么两样？它飞得高，只不过远了点而已。"

从这天起，小麻雀们再也不去责怪父母为什么要把自己生成麻雀了。

理想是一种动力

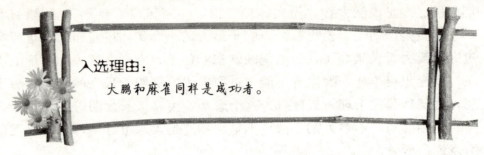

入选理由：

大鹏和麻雀同样是成功者。

燕垒生语：

《庄子》一书，汪洋恣肆，辞藻华丽，文学性和思想性都是极高的。开篇的《逍遥游》更是瑰伟奇丽，不可方物。北溟有不知几千里长的鱼，变成了大鹏。大鹏盘旋着上升，一下子就飞入云霄九万里。那是何等狂野的想象啊！惊心动魄的词句间，我们看到的是一幕光怪陆离的壮观景象。这个故事如此令人着迷，所以后人总是把立下的雄心壮志称为"鲲鹏之志"，梦想着自己有朝一日也能如大鹏一般冲霄直上，飞越万千关山，大地山河尽在脚下。

可是，这现实么？

理想很美好。每一个少年，做得最多的一件事就是立志。从咿呀学语开始，小学、中学、大学，每一个阶段总会毫无例外地立下志向。从玩具店售货员到宇航员，或者是特异功能者，都有可能登录过我们的理想表格。可是，现实中，我们中绝大部分都只能在柴米油盐酱醋茶间度过平淡的一生。有朝一日再回想起当初的志向，不免可笑。这时的笑容，大概更多的是苦涩，是一个失败者梦想破灭后的苦笑。

这是我们绝大多数人的必经之路。然而，这是一条失败之路么？我们失去了很多，但也得到了许多。也许我们不能青史留名，不能让大多数人都认识我们，但在配偶眼里，我们是深情的丈夫或妻子；在儿女眼里，我们是慈爱的父母。这一切，何尝不是一种成功？大鹏抟扶摇羊角而上，一飞九万里，本质上与小麻雀在草丛里翻飞并无不同。庄子属于道家，他并不是在赞美鲲鹏伟大，他赞美的倒是小麻雀看事的通透。你是大鹏，你飞翔的声势再惊人，对于我这只小麻雀来说毫无意义，我一样尽了自己的努力。简·爱站在罗切斯特先生面前，泪流满面地说你我在上帝面前是平等的，那么小麻雀和大鹏同样是平等的。理想对于我们，仅仅是一种推动我们向前的动力，并非目标。能否达成理想，那不能说明我们是否取得了成功。要知道，海运徙南，水击三千里的大鹏自然是成功者，但低低掠过蓬蒿的小麻雀也并非是一个失败者。

原文回放：

穷发之北，有冥海者，天池也。有鱼焉，其广数千里，未有知其修者，其名为鲲。有鸟焉，其名为鹏，背若泰山，翼若垂天之云。抟扶摇羊角而上者九万里，绝云气，负青天，然后图南，且适南冥也。斥鷃笑之曰："彼且奚适也？我腾跃而上，不过数仞而下，翱翔于蓬蒿之间，此亦飞之至也。而彼且奚适也？"

——《庄子·逍遥游》

理想是一种动力

欺诈与被骗

　　《驯猴经》这本书，一直流传在民间。宋国有一个人也得到了这本书，不过他家里很富裕，只是因为喜欢而养，所以养了一大群，以至于别人也叫他"狙公"。他对猴子们倒是很不错，猴子们夏天有凉水消暑，冬天生火炉取暖，四季瓜果不断，什么事也不用做，每天只要蹦蹦跳跳地玩闹就是了。它们养尊处优，每天在园子里打虎跳，捉迷藏，无忧无虑，好不快活。久而久之，猴子们和他越来越亲热，也都能听懂他的话。

　　这一天，狙公却在家里发愁。他的一个朋友来看他，见他这副模样，笑道："狙公，你有什么心事么？"因为狙公养猴，旁人总喜欢开他的玩笑。而整天看着猴子玩闹，原本就是件可乐的事，狙公从来都没有过愁模样。

　　狙公看了看这个朋友，叹了口气，小声道："你又来看猴吧？"

　　"是啊。"他朋友回答说。见狙公有气无力的样子，他感到很奇怪，就问道："到底怎么了？你以前可不是这样的。有什么麻烦的事么？"

　　"唉，"狙公叹了口气，"养了一大群猴，坐吃山穷，我可供不起了，现在家里都要靠卖东西才能喂养它们。"

　　朋友笑了，道："为了这个事啊。你供不起，就卖掉几个猴子吧。"

　　"不成不成，它们可都是我的心肝宝贝啊。"狙公脸上露出一丝苦相，"我平常都不舍得打它们，要是卖了，它们落到艺人手里，肯定会被抽鞭子学把戏，我想想就难受。要是落到吃猴脑的人手里，那我就更受不了了。"

朋友也叹了口气，道："那还有什么办法。"他看了看园子里戏耍的猴子，忽然道："对了，你是怎么喂它们的？"

"怎么喂？"狙公很诧异，"我就拿一大盆栗子放在那儿，它们想吃了就自己吃啊。"

朋友拉着他走过去道："你看看，这些猴子，力气大的就先占食盆，明明吃够了还拼命往嘴里塞；力气小的就后占，生怕吃得少，也拼命往嘴里塞。这样子喂法，要浪费掉多少啊，你看，地上滚得到处都是。"

的确，地上尽是些破损的栗子。猴子吃相很不好，有些个头大的脾气更坏，咬两口就扔掉，然后再踩来踩去，好好的栗子尽被踩成了泥巴。狙公道："那你的意思是……"

"你说的话猴子不是能听懂么？以后不要这样喂，平均分，你的开销就不会那么大了。"

狙公茅塞顿开，笑道："不错不错，真是个好主意。"

有了这个主意，自然当场就办。这一天又到了喂食的时间，猴子们照例守在食盆边，等着狙公把栗子倒下来。等了半天，却见狙公带了一个口袋过来。到了食盆边，却没有倒下，他先摆出一副哭相对猴子们道："小猴啊，老汉现在穷了，没办法像以前那样任大家随便吃了。从今天起，每天只能按猴头分配口粮，大家说好不好？"

猴子们面面相觑。狙公平常对猴子们很好，猴子也知道狙公现在很困难，纷纷点头道："没关系，狙公，就照你说的办吧。"

狙公见大家同意了，便打开口袋，道："这样吧，从今天起，每日两餐。每个猴子早上拿三个栗子，晚上拿四个，谁也不能多拿。"

这话一说，就像一把盐撒进滚烫的油锅里，猴子们全都炸开了。有只猴子叫道："狙公，这也太少了吧！早上只有三个，这怎么够吃！"

边上有些猴子正唯恐天下不乱，既然有人挑头发难，登时也跟着起哄道："是啊，狙公，太少了点吧。""狙公，再加几个吧。"它们吵吵嚷嚷，连一些老实的猴子也挑拨起来了。

狙公没想到会出这种事。他要是凶狠一点，一声断喝，那些猴子也都不敢吵了。可是平时他对猴子太好了，现在凶也凶不起来。他头上冒出了汗水，道："不要吵！不要吵！"

他这样一叫，猴子们倒安静下来，全都看着他。狙公被逼得没办法，正想说加一点就加一点，扭头看看已经卖得差不多的家当，心里一动，忽然有了个主意，便和颜悦色地道："小猴们，早上三个栗子，晚上四个那的确太少了。这样吧，给大家加一点。"

狙公咳嗽了一声，清清嗓子，大声道："从明天开始，早上给大家四个，晚上才给三个，这样不错吧？"

"好啊！好啊！"猴子们欢呼起来。虽然有几个猴子心里也在嘀咕，似乎栗子并没有多起来，可是猴子们全在欢呼，它们也说不出话了。

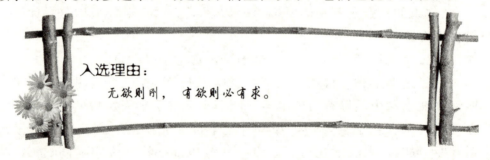

入选理由：

无欲则刚，有欲则必有求。

燕垒生语：

早上三个，晚上四个；晚上三个，早上四个，哪一个总数多？这道小学一年级程度的算术题，一般来说幼儿园的小朋友都不会算错。不过猴子与人虽然都是灵长类，但早在数十万年前就在进化路程上分道扬镳，以至于现在最聪明的猴子也比不上一个寻常的幼儿园小朋友。所以在猴子看来，早上三个，晚上四个与早上四个，晚上三个大不一样，值得一争。

的确，猴子是可笑的，连如此简单的骗局都看不出来。然而假如读一下报纸，关心一下社会新闻，我们就不会觉得猴子可笑了。新闻上时常会出现上当受骗的案例，有捡到包裹的，有收到短信说中了大奖的，或者别的匪夷所思的理由，全都是一个结果，就是有人拼命要送给你钱。古人说得好，天下没有白吃的午餐，天上也不会掉馅饼。一个幼儿园小朋友也知道这是一个骗局，而一个成年人却义无反顾地栽进去，然后向众人哭诉受骗经过。说到底，就是贪欲蒙蔽了灵智。

林则徐有一副对子很有名："海纳百川，有容乃大；壁立千仞，无欲则刚。"上联说的是宽容，下联说的是无欲。当一个人没有欲求时，任何引诱都不能使他动心。《后西游记》中的大颠禅师比《西游记》里的唐三藏显得有本事多了，因为大颠更加无欲无求，所以妖魔鬼怪对他毫无办法。《世说新语》里也有一则逸事，说管宁与华歆同学，某次一同在园中锄菜，突然见到地里有片金，管宁仍然挥锄，理都不理，华歆却一把拿起来，看了看才扔掉。他二人又曾经共坐读书，门外有达官贵人招摇而过，管宁依旧读书如故，华歆却放下书出门去看，于是管宁将席子割开，对华歆说："你不是我的朋友。"

管宁在历史上有高士之名，但从这个故事里，我们读到的管宁却并非是一个真正的高士，而是一个故作姿态的人。他虽不好利，但他好的是名。他可以不要金子，不美慕达官贵人的威风仪仗，只是他一定要有一个超脱的名声。管宁并不是无欲，他有着更大的欲求，与热衷功名的华歆相比，也只是希望早上三个，晚上四个栗子的猴子与希望早上四个，晚上三个栗子的猴子之间的区别而已。

原文回放：

宋有狙公者，爱狙，养之成群，能解狙之意，狙亦得公之心。损其家口，充狙之欲，俄而匮焉，将限其食。恐众狙之不驯于己也，先诳之曰："与若茅，朝三而暮四，足乎？"众狙皆起而怒。俄而曰："与若茅，朝四而暮三，足乎？"众狙皆伏而喜。

——《列子·黄帝》

权力与腐败

雨"哗哗"地下着。这一年天时不正，一入夏就三天两头下开了大雨，一直到秋末，原本应该是秋高气爽的日子，雨水仍然倾盆而至。

这样的雨天里，最难过的就是穷人了。住茅草屋的不用说，屋里和屋外差不多，就连寻常的砖瓦屋，假如年久失修，一下雨就得漏上一夜。在宋国的这户人家里，就是这样。这家人还不算太穷，但房子已经好久没修了，屋里东一滩西一滩的全是水渍，所有的锅碗瓢盆全都拿了出来接雨，却仍嫌不够。

这户人家一共只有祖孙三代四口人：爷爷、儿子夫妇和孙子。四个人挤在一间狭小的屋子里，又碰上下雨天，实在是很难过。儿子作为家里的顶梁柱，一晚都在忙上忙下，哪个盆子里水接得多了，就拿出去倒掉。漏雨的地方太多了，这个活实在很累。

一边，爷爷睡的床上发出个声音："我早就跟你说过，趁天晴时把屋子修修，你偏不听。这回可好，爬上爬下，这哪是个头。"

儿子原本就已经很心烦了，听到父亲的唠叨，他更是烦躁，顺口道："爹，你说得轻巧，现在哪来的钱修房，连吃的都快没了。"

"钱？不是早跟你说过，跟隔壁借啊。我们从小玩到大，这几个小钱他总肯借的。明天，我就豁出这张老脸去问他借几个钱。"

儿子苦笑了。隔壁现在是一处深宅大院，和他们家可大不一样。就算从小玩到大又如何？人家现在是家财万贯的富人，连正眼都不会瞧一瞧自己了。可叹父亲还时不时地提起与隔壁那位老太爷小时候一起玩的陈年旧事，仿佛只消一开口，便可借来大把的钱。可是，父亲要这么想，就让他想吧，人老了，总该有个梦。儿子只是叹了口气，没说什么，把一个积满了水的盆向外面倒去。

虽然只有一墙之隔，隔壁却是另一番景象。房子全是青砖盖成，瓦片也铺得又密又厚，再大的雨水都不会漏。这家的主人正坐在窗台前看着雨景。屋檐造得很宽，雨虽然下得大，仍然飘不进来。主人喝着一杯烫热了的酒，看着外面的景色，心里有种说不出来的欣慰。

不管怎么说，多年的辛苦总算有了一点结果。他还记得小时候就住在隔壁一样的房子里，那时他就立志有一天一定要住到高楼大厦中去。长大后，靠了自己的拼搏，或者说是巧取豪夺，这个愿望终于实现了。当初想要的，现在都已经得到。

幼时的玩伴，现在只能仰头看自己了。每当看到隔壁那破旧狭窄的小屋时，他就感到有种说不出来的快意。

这时，忽的一个霹雳，将他惊得手一哆嗦。

"爹，糟糕了，那边的墙倒了一块。"

一边的儿子指着下面说道。他一直四处行商，娶妻甚晚，直到现在儿子也还不到十岁。对这个儿子，他爱若珍宝，当真是含在嘴里怕化了，拿在手上怕摔了。听得儿子说，他抬头向院子里看去。这时正好一道闪电划过，借着闪电，他发现后墙果然塌了一块。

"爹，快让人修墙吧。要不修好，小偷会进来的。"

儿子真是聪明绝顶。主人的脸上露出了微笑。他这院子四周的墙壁很高，但塌了的地方要爬进人来就很方便了。儿子一下就看到了这点，确实够聪明。

一早，天放晴了。主人走到后院，想看看院墙塌成什么样。一到缺口处，还没等他仔细查看，缺口的地方出现了一张堆满了笑容的脸。他有点厌恶，想假装没看见，那张老脸倒先打了招呼："早啊。"

再不愿意，也只能回应一句了。他也挤出点笑容，点点头道："早。"

老脸似乎没什么话好说，转了转，道："墙倒了啊。这几天雨下得可真大。"

他没说什么。墙倒了一块，现在的高度连这老头子都够不上。不过现在天太湿，就算砌好了，要是再来一场大雨，把泥浆冲个干净，那就什么都没有了。

他正想着，那张老脸又明显是没话找话地道："墙倒了可得快点修，要不会有小偷进来的。"

他"唔"了一声。

"我想……"

没等老脸再说下去，他已经转身走了回去。因为地上还很湿，主人打算等明天再修墙。哪知道这一晚却来了贼，家里人全住在楼上，楼下的东西几乎被偷了个精光，他当即报了官。

隔壁的老头子还在异想天开，觉得自己提醒了老朋友一句，总可以借点钱来修房子了。忽然听得门被"砰砰"敲响，老头子不知是什么人来了，忙去开门。一开门，却见两个衙役上前，一把把他揪住，喝道："老头，你偷了邻家，现在要抓你去见官！"

老头子吓得面如土色，道："冤枉啊……"他还没说完，一个衙役已经喝道："少来喊冤，昨天一大早，你跟隔壁的大官人说什么要当心小偷进门，不是你还会是谁么？大官人报官，告的就是你！"

入选理由：

　　对于没有制约的人来说，错误永远不属于自己。

燕垒生语：

孟德斯鸠说过："绝对的权力将导致绝对的腐败。"短短一句话里有两个"绝对"，看上去像是一句偏激之辞。但不幸的是，他说的是个真理。《水浒全传》第七十四回中有个小故事，燕青与李逵打死了擎天柱后，李逵提着大斧闯到了寿张县，知县吓得跑了，李逵于是坐在县衙里当了临时知县，让人来打官司。公差没办法，叫了两个人装作打架，前来告状，李逵判曰："这个打了人的是好汉，先放了他去。这个不长进的，怎的吃人打了，与我枷号在衙门前示众。"

这虽然只是《水浒全传》里一个搞笑的小插曲，却可以给西儒孟德斯鸠公的名言做一个注脚。这时的黑旋风拥有了绝对的权力，可以"直看着枷了那个原告人，号令在县门前，方才大踏步去了"，旁人明明知道这是胡闹，仍然只能执行。同样，韩非子所说的宋国富人，相对于他的儿子和邻居来说，也拥有绝对的话语权，所以儿子与邻居说了同样的话，他可以认为自己的儿子聪明而邻居是贼，旁人仍然没有办法。大而言之，韩愈《羑里操》里说的"臣罪当诛兮，天王圣明"，也是一样的道理。元曲《楚昭公疏者下船》里有三句唱词："闲时故把忠臣慢，差时不听忠臣谏，危时却要忠臣干。"说的其实也是一个意思，当权力成为绝对时，拥有绝对权力者便永远正确。虽说有权力者不一定腐败，但有权力还要保持清醒的头脑，公正待人的，就需要领导者自身具备相当的修养。当领导者不具备这一类修养，而你又属于被领导者时，铁骨铮铮有错必纠，其实并不见得是一件好事，因为你的清醒往往凸现领导者的昏聩，不但于事无补，而且还会引起如富人疑邻为盗一般的后果。

原文回放：

宋有富人，天雨墙坏，其子曰："不筑，必将有盗。"其邻人之父亦云。暮而果大亡其财，其家甚智其子，而疑邻人之父。

——《韩非子·说难》

权力与腐败

智者计谋的秘密

田成子整了整衣冠，看着铜镜中的自己，衣着朴素中透出华贵，气宇轩昂，一看便不同凡俗。他颇为得意，唤道："鸱夷子皮，过来看看，怎么样？"

田成子是齐国的执政。作为在齐国权倾一时的权臣，他其实就是齐国事实上的国君。这样一个人，几乎无时无刻不在注意自己的仪表，也时刻关注着旁人对自己的看法。鸱夷子皮作为田成子的心腹谋士，他的意见也是举足轻重的。

鸱夷子皮走过来，仔细看了看，道："大人，您肩头这边的衣服有点皱。"

虽然只是一个门客，长得也不见得如此轩昂，但鸱夷子皮这个人却有一种令人惊叹的高贵气度。旁人私底下传说，这个人定然是某个逃名的隐士，曾经有过显赫的家世，有可能是某个被灭掉的小国里逃出来的公子王孙。可是这种人要是隐居的话，多半也不会来做某个达官贵人的门客，所以这种猜测传了没多久也就无疾而终了。只是鸱夷子皮的确有种常人不能及的气度，即使站在田成子身边，也仍然不卑不亢，即使他嘴上说得很是谦卑。

田成子把肩头的衣服整了整，道："鸱夷子皮，这一趟你随我出门去吧。"

"遵大人命。"鸱夷子皮的声音仍是谦卑中隐隐带着倨傲。

田成子这次是微服出行燕国，与燕王密谈，所以不能带一大帮从人招摇过市，只让鸱夷子皮带着关文出发，一出门，往常前呼后拥的人没有了，街上也没有一个人来理睬他。这也难怪，虽说田成子衣着华贵，但这里是齐国首都，穿得好的人并不在少数，田成子也并不如何显眼。至于长得轩昂气派，那就更一文不值了。尽管早就有所准备，但田成子心里仍然大为失落。阿谀奉承就像一种能上瘾的药，平时不免令人厌恶，但一旦没有了无时无刻在身边溜须拍马的人，他心里又空落落的很不好受。

换了关文出城，主仆两人便上了路。等天黑下来的时候，他们到了一个叫望邑的地方。虽说是微服出行，不过田成子身边盘缠却带了不少，住店也能住那些高级的客栈。他们找了个客栈住下来后，田成子心中的不快感愈发增加。客栈再高级，终究比不上他的相府那样豪华舒适。他正想着，门外却响起一阵叩门声。他横了一眼边上的鸱夷子皮，鸱夷子皮会意，忙起身去开门。

门外是客栈主人。那客栈主人满面堆笑，一躬到地，道："客官，小人万分抱歉。"

其实这客栈里也没什么招呼不周的。田成子有些诧异，道："怎么了？"

"宛相大人突然要来住店，指名要这间。客官，实在十二万分地对不起，请腾出来吧。"

居然要客人腾房间，鸱夷子皮也很是不快，道："岂有此理，总有个先来后到吧。"

"是，是，"客栈主人满面赔笑，"不过宛相大人是这里的地方官，小人也没别的法子，只得委屈客官了。这样吧，两位存在柜上的费用小人全部退回。"

田成子没再说什么。要是亮出身份，那个天知道是什么小官的"宛相大人"定然吓得屁滚尿流，但自己这一次微服出行的计划也就泡汤了。他叹了口气，道："好吧，我们换。"

换过的房间比方才那个要差了不少。原先那个田成子住着就不满意，这个就更不满意了。他看了半晌，突然道："鸱夷子皮，你有什么办法么？"

　　鸥夷子皮是个谋士，平时田成子有什么不决之事，让鸥夷子皮出个主意，他马上就想出来了。现在鸥夷子皮迟疑了一下，道："现在要不能亮出身份的话，就只能换一个客栈了……"

　　望邑不是什么大都市，客栈并没有几家，这一家是最好的。何况现在天也不早，要换已是不可能。看来即使是鸥夷子皮这种谋士，也没办法了。田成子点了点头，道："今天就对付一晚吧，以后别再有这种事。"

　　鸥夷子皮嘴角露出一丝笑意，道："以后要避免这种事，那很好办。"

　　"好办？"田成子抬起头，"有什么办法？"

　　"请大人暂且做小人的随从。"

　　田成子吃了一惊，他怎么也想不出鸥夷子皮居然会说出这么僭越的话。就算他脾气再好，再礼贤下士，也不免要动火。可是没等他发作，鸥夷子皮又深施一礼，道："大人，不知您听说过涸泽之蛇的故事么？"

　　听故事，那还是好几十年前的事了。田成子摇了摇头，道："没有。"

　　"所谓涸泽之蛇，说的是有一个沼泽中有两条蛇。当沼泽未干，这两条蛇过得甚是丰足，鱼虾蛙蚓一类很多。大蛇吃大蛙，小蛇吃小蛙，得其所哉，逍遥快活。可是，有一天，这沼泽突然干涸了，这两条蛇再也待不下去，只能另谋生路。"

　　田成子点了点头，道："这也是。树挪死，人挪活，蛇也一样。"

　　"不过，那沼泽边上尽是村落，这两条蛇要迁移的话，务必要穿过村落里。大人您说，假如您在路上见到有蛇，会怎么办？"

　　田成子想也没想便道："自然是打死了。"

　　"大人明鉴。"鸥夷子皮又深施一礼，"所以那条小蛇便对大蛇说：'大人，我们不得不走。不过假如由你在前，我跟在后面的话，人们见了一定认为那只是蛇在迁徙而已，一定会杀了您。不如由您衔着我走，那么人们见了，就会以为我是神君，不会来伤害我们了。'于是那条大蛇便衔起小蛇上路。穿过大路时，人们见到这情景，大为惊诧，全都纷纷避开，还说：'原来是神君出来了啊。'"

　　说到这里，鸥夷子皮又露出微笑，道："大人，您相貌非凡，衣着华贵，而小人穿的只是寻常衣服。当您作为我的主人时，别人顶多也只会认为您是只拥有千辆马车的小国之君。当今之世，这等小国已不值一提，大国一个寻常官吏在他们跟前也可以颐指气使。假如大人您装成小人的随从，那么别人一定会认为你是拥有万辆马车的大国国卿，还有哪个人敢怠慢？"

鸱夷子皮刚一说完，田成子重重一拍掌，道："好计策，就这么办！"

第二天开始，田成子就把关文带在自己身上。果然，在过关时，关吏看到这个相貌不凡的人物居然是边上那个衣着朴素、貌不惊人之人的随从，都大为吃惊。问他们也不说来由，于是纷纷传说，可能是哪个大国的国君微服出访。这一天再住客栈，客栈主人对他们异乎寻常地尊敬，还特意献上酒肉。

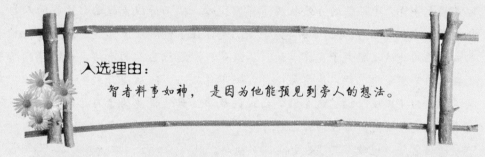

入选理由：

　　智者料事如神，是因为他能预见到旁人的想法。

燕垒生语：

英国名侦探小说家奥希兹女伯爵有一套著名的小说《角落里的老人》，塑造了一个"安乐椅神探"的形象。那个坐在角落里的老人只凭报纸上的消息就解开了一个个奇案，所用的手段其实并不如何神秘莫测，只是换位思考。把自己化身为罪犯，猜测他会如何行动，就可以解开一个个奇案。

故事当然不乏夸张，但这种思路却是完全可行的。《孙子兵法》十三篇开篇的《始计第一》中的十二诡道就说："故能而示之不能，用而示之不用，近而示之远，远而示之近。利而诱之，乱而取之，实而备之，强而避之，怒而挠之，卑而骄之，佚而劳之，亲而离之。"说的就是以己方的行动来左右对方的反应。敌人的每一步都在你的算计中，自然百战百胜。

鸱夷子皮作为田成子的随从，就是个相当精通诡道的人。他用一个涸泽之蛇的故事打动了主人，使田成子装成了他的随从。果然，到了旅店投宿时，店主人以为他们是两个头面人物，吓得白送酒肉来讨好。在田成子看来，鸱夷子皮的计策果然成功了。然而，田成子只看到了鸱夷子皮说出来的一层意思，却没有看到另一层。他固然因为鸱夷子皮之计使得旅店主人对自己尊敬有加，而鸱夷子皮更是由一个随从一步登天，享受到了万乘之君的待遇。

田成子名恒，一说名常，是齐国的权臣。齐国本是姜姓，后来转为田姓，始祖就是这个田成子。后来汉朝建立，与五百属下因不降而一同自杀的田横就是他的后代。鸱夷子皮说涸泽之蛇的故事，似乎暗示田成子这次是出逃，但按史载，田成子为齐相后，一直到他攻杀齐简公，并无出逃之事发生，所以这一次应该是寻常出门。他能够杀了当时的齐简公，夺取齐国政权，自然不是等闲之辈。史载他是用大斗贷、小斗收的办法收买了齐国民心，从而得以专权的。这样的人自然极为在乎旁人对他的看法，而鸱夷子皮就是抓住了他心理上的这一点，让他甘于装成自己的随从。鸱夷子皮算计的，不仅是一个逆旅主人的看法，田成子的心思也在他的掌握之中，所以他略施小计，一下就从一个随从提升到主人的地位。与其说他是为了田成子说了这个涸泽之蛇的故事，毋宁说是为了自己，可在田成子看来，鸱夷子皮句句都在为自己打算。

所谓智慧，说破了其实也就是这么简单。

原文回放：

鸱夷子皮事田成子，田成子去齐，走而之燕，鸱夷子皮负传而从。至望邑，子皮曰："子独不闻夫涸泽之蛇乎？泽涸，蛇将徙。有小蛇谓大蛇曰：'子行而我随之，人以为蛇之行者耳，必有杀子者，不如相衔负我而行，人以我为神君也。'乃相衔负以越公道而行，人皆避之，曰：'神君也。'今子美而我恶，以子为我上客，千乘之君也；以子为我使者，万乘之卿也。子不如为我舍人。"田成子因负传而随之，至逆旅，逆旅之君待之甚敬，因献酒肉。

——《韩非子·说林上》

未雨当绸缪

卫国的国君卫灵公不是一个明君，卫国也只是一个小国，但卫灵公的名声却异乎寻常的大，因为他被传为拥有二宝。所谓二宝，并不是什么珠宝，而是活生生的宝贝，其中之一是被称为诸国妖艳第一的夫人南子，另一个就是弥子瑕。

弥子瑕是个男人。但男人有很多种，五大三粗，威猛有力的男人很多，也有长得纤细秀丽，比女人更女人的男人，弥子瑕就是这样一个男人。在诸国那些好传是非的人嘴里，卫灵公那位有名的夫人南子吃醋的故事也是不厌的谈资，而南子吃一个男人的醋，则让这种谈论平添了几分诡秘的冶艳。不过，不管旁人如何谈论，不知道弥子瑕性别的话，他的确算得上一个美人。有人传说，让诸国那些有名的美女与穿上女装的弥子瑕站在一处，其中最为抢眼的，必定是弥子瑕。卫灵公虽不是明君，却是个多情种子。对于弥子瑕，他从来不吝惜什么。只要弥子瑕想要的，卫灵公必定不顾一切为他做到。卫国虽是小国，终究是一个国家，弥子瑕想要的，也不是天上的月亮星星之类办不到的事，所以当真是要什么有什么。

这一天，卫灵公上完了朝，回到寝宫，有点迫不及待地问左右："弥子瑕到哪里去了？"

左右却有些犹豫，道："弥公子老母有病，他回家看望去了。"

弥子瑕虽然也是个官，但从来不用向卫灵公请假。卫灵公虽说有点遗憾，但也没有在意，道："是这样啊。"

左右仍然有些不安，道："大公，还有一件事。"

左右的声音很迟疑，卫灵公鼻子里哼了一声，道："还有什么事？"

"弥公子将大公的马车驾出去了。"

依照卫国的国法，偷驾君主马车的人应当判处刖去膝骨的刖刑。这条命令虽然很早就有，但从来没有人犯过。谁也没有这个胆子，也没有这个条件可以偷驾卫灵公的马车——当然，是在弥子瑕之前。卫灵公呆了呆，脸一下黑了，道："驾了我的马车？"

左右的脸变得煞白，一下跪倒在地，道："大公，小人劝阻过弥公子，但弥公子不听我的。"

卫灵公想了想，面色一下又开朗了，道："哈哈，弥子瑕真是个孝顺儿子啊！为了母亲的原因，连要受刖刑都忘了。"

等弥子瑕回来，卫灵公就挽着他的手去果园里游玩。果园里瓜果甚多，卫灵公带着弥子瑕左看右看，一路指点，走到了桃园里。卫国的桃园也颇有点名声，传说当初夸父逐日，渴死后手杖化为桃林传下的种子。不过现在桃林里的桃子大多还没有成熟。弥子瑕看得嘴馋，从树头摘下半熟的桃子咬了一口，觉得很酸，便顺手扔在一边。这些桃子都是卫灵公最爱之物，管桃园的人见弥子瑕如此糟糕，大为忐忑，但看卫灵公却笑呵呵的没一点生气的样子。

摘了七八个，弥子瑕忽然看到树叶丛中有一个桃子长得很大了，顺手摘了下来。这个桃子应该是早熟的品种，长得又圆又大，顶端还有一抹绯红，看上去就很悦目。弥子瑕拿起来擦了擦，咬了一口，叫道："公爷，你尝尝，这桃子可真甜。"

这桃子已被弥子瑕咬残了。平时卫灵公吃东西很讲究，色香味形缺一不可，上菜时若是菜式摆放得不好看，厨子都要被治罪，让他吃别人吃过的桃子，那是不可想象的事。但今天卫灵公却大为开心，接过来咬了一口，道："不错不错，真的很甜。"

就这样过了几年。俗话说花无百日红，弥子瑕虽然长得美丽，终究

是个男人。虽然仍是天天扑粉修饰，但随着年纪增大，他的胡子长了出来，声音也不再是娇脆的童音。以前看到弥子瑕，卫灵公就觉得眼前这人如同美玉琢成的一般可爱，可现在看来，这个鬓边留着铁青胡子茬，说话有点瓮声瓮气的男人实在有着说不出来的讨厌。可弥子瑕全然未觉，该撒娇还要撒。终于，有一天他撒娇撒得不是地方，卫灵公怒火燃起，喝道："将弥子瑕抓起来！"

虽说弥子瑕一直恃着卫灵公娇宠，但他倒一直没做什么不法之事。将他抓起来后，要定罪却是个难题。管刑律的官员左右为难，就来禀告道："大公，弥子瑕现在被抓了，不过该定他个什么罪？"

"什么罪？"卫灵公鼻子里哼出一声，"某年某月某日，弥子瑕私驾国君座车，为大逆之罪；某年某月某日，他将吃剩的桃子让我吃，又是大逆之罪，这还不够么？"

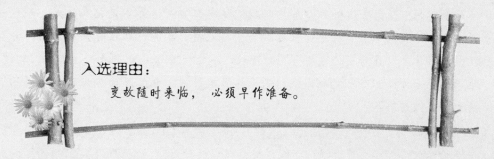

入选理由：

变故随时来临，必须早作准备。

燕垒生语：

弥子瑕的故事在历史上很有名，因为他是有史记载的最早的同性恋者之一，这个故事里的"余桃"也成为中国男同性恋的典故。

对于同性恋，现在的看法是越来越宽容，认为那并非病态，而是一种正常现象。不过我们不去关注这方面，仅仅看一下这个故事本身。同样是弥子瑕做过的两件事，当他受到宠爱时，卫君说的话都是为他开脱。一旦不受宠了，这两件事马上便成为罪行了。人情冷暖，世态炎凉，这两句话春秋时虽然还没有，但弥子瑕一定深切地感受到了。弥子瑕在得宠时，当然不会想到别的，马照跑，舞照跳，桃子也照旧吃，可是这些原本在卫君眼里的美好转瞬间就变成丑恶，他本人当然不愿看到，也不愿相信。可是不管他如何不愿，事情仍然发生了，这时不妨问他一句，当初干什么去了？为什么不早点想到会有今天？

俗话说爬得越高，跌得就越重，那么想要跌得不重，最好的办法不是加上重重保险，而是别爬那么高。这个道理古人早就知道，《诗经·衡门》中就说"岂其食鱼，必河之鲂？岂其娶妻，必齐之姜"。吃鱼不用非吃黄河里的鲂鱼，娶妻也不用非娶齐国姜氏的姑娘，固然也是吃不起、娶不到的穷小子的自我安慰，但道理说得并没有错。我们不知道将来会怎样，多作准备，不要过于追求享受总是对的。弥子瑕的错误，与其说是他曾私驾卫君马车，以及给卫君吃剩下的桃子，不如说他是没有为年老色衰后的下场多作准备。我们不必去责备卫君如何凉薄，对于现实，我们只能适应，无法改变。这结果固然令人沮丧，但再沮丧也只能承认。翻手为云覆手为雨的事见得多了，也就认为那是正常现象，那么就应该未雨绸缪，多为将来做好准备。就如我们在日常生活中，暂时的称心如意都不必太过得意，不妨多想想一旦失去这种称心如意时我们该怎么办？这并不是杞人忧天，而是一种准备，让我们不至于在变故来临时会手足无措。毕竟，站在时代最前列的弄潮儿并没有几个。作为我们这些平凡的百姓，不能指望永远风平浪静，工作、健康、生活，每一方面都有可能会出现问题，那么就应该，也必须为应付可能出现的浪涛和旋涡做好准备。

原文回放：

　　昔者弥子瑕有宠于卫君。卫国之法，窃驾君车者罪刖。弥子瑕母病，人闻有夜告弥子。弥子矫驾君车以出。君闻而贤之曰："孝哉！为母之故，忘其刖罪。"异日与君游于果园，食桃而甘，不尽，以其半啖君。君曰："爱我哉！忘其口味，以啖寡人。"及弥子瑕色衰爱弛，得罪于君。君曰："是固尝矫驾吾车，又尝啖我以余桃。"故弥子之行，未变于初也，而以前之所以见贤，而后获罪者，爱憎之变也。

——《韩非子·说难》

教育者的责任

　　上古时候，有一对兄弟，一个叫罔，另一个叫勿。两人虽是亲兄弟，但其脾气却大相径庭。罔的脾气很急，有什么事必须马上做好，而决定做一件事时，事先也不肯多想想。勿刚好与他相反，是个慢性子，慢得有点让人受不了。无论碰到什么事，勿总是慢悠悠地说："这件事么，随他去吧，船到桥头自然直，总会好的。"

　　这兄弟俩平时也就靠打猎找野果为生。别的季节还好，等冬天雪一下，大雪封山，再想找吃的就难了。所以这两兄弟每到冬天，总是饿个半死才能挺过来，饱一顿饥一顿的那是常事。有一天，他们听人说当今出了一位叫后稷的人物，正在教人种庄稼。这庄稼每年春天种下去，秋天就有收成，不用吃了上顿担忧下顿。听到有这种好事，兄弟俩马上心动了，罔对勿说："兄弟，我一定要去找后稷，让他教我们种庄稼。"勿则说："好啊好啊，慢慢来吧。"结果，罔把勿连拖带拽地带去见后稷了。

　　据说后稷的妈妈为有邰氏女，名叫姜嫄。姜嫄还没出嫁时，有一次在野外看到一个巨人的脚印，刚踩上去，就觉得心口一动，回家后就怀孕了。十月怀胎后生下后稷，又觉得未婚生子，不好对人解释，就把他扔在了野地里。她先是将他扔在小巷子里，结果牛马从这巷子经过，居然全都小心翼翼地避开，一个都没踩中。后来又把小孩扔到了冰上，想冻死他，结果有飞鸟飞来，将孩子全身都盖起来不让它受凉。姜嫄觉得这孩子有神灵庇佑，于是重新拾回来养大。因为这孩子被扔掉过，所以

153

他还有一个名字叫"弃"。弃长大后，发明了种地，人们这才称他为"后稷"。

罔和勿见到后稷，罔急匆匆地道："后稷大人，我们兄弟俩每天都要为找食奔波，吃了上顿没下顿，求求你教我们种植。"勿则说："后稷大人，求你慢慢教了。"

这个时候，后稷被尧任命为农师，专门教人种庄稼。他拿出一口袋种子来，道："种地是这样子的，平出两块田，把种子种下去，然后……"不等后稷说完，罔一把抓过种子，一手抓着勿，道："谢谢后稷大人，我都会了。"

回到家里，兄弟两个各平了一块田，将种子分成两份种了下去。一开始很顺利，两块田里都长出了绿油油的秧苗。罔和勿两人看了秧苗，心里都很高兴，觉得今年冬天应该可以不为食物发愁了。可是，好景不长，没多久，两块地里长出了许多野草。这些草越长越茂盛，禾苗却长得越来越慢。罔见了，心头火起，马上连禾带草一块儿割下来，割出一大堆，全在田边烧掉了。结果禾苗没有了，杂草却又割了又长，到了秋后，田里什么也没结出来。再说勿，他看到田里的秧苗和野草长在一起，就说："随他去吧，长点草没关系。"而任由禾苗和杂草长在一起的结果，就是粟米全长成了狼尾草，水稻也成了稗子，到了秋后同样颗粒无收。

兄弟俩面面相觑，知道今年肯定白辛苦了一场，到冬天又要饿肚子了。他们越想越恼，罔说："一定是后稷骗了我们！"勿也气冲冲地说："对，我们去找他算账！"于是兄弟俩又一起去见后稷。看见后稷，还没等他说话，两兄弟就争先恐后地叫苦道："后稷大人，你也太不厚道了，你给我们的种子全是假的啊！"

后稷吃了一惊，道："怎么了？"两兄弟又是争先恐后地说了一通。等问明原因，后稷笑了起来，道："这全是你们的错啊。"罔和勿互相看了看，抱怨道："这怎么是我们的错？我们够辛苦的了，天天都在做事。"

后稷道："种地，不是只靠卖力苦干就行的。要知道，谷物是由人们培育而成功，不是自己从地里长出来的。所以，当春天河水解冻开始流动时就要耕地，第一场春雨落下就得播下种子，知了鸣叫的时候该锄草，还要施以粪肥使土地肥沃，用泉水来浇灌不致土地干旱。除草的时候，要除掉那些杂草，不让它们伤害庄稼的根，种田的时候，也要看看土质是否适宜，不能让它变种。水多排水，干旱灌溉，每一样都不能违背农时，这样秋后才有希望丰收。现在你们不向先辈学习，随心所欲地乱来，全然违背了自然规律，却不想想自身的错误，反而埋怨我给你们的种子不好，那怎么成呢？"

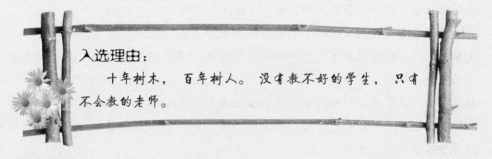

入选理由：

十年树木，百年树人。没有教不好的学生，只有不会教的老师。

燕垒生语：

罔和勿种了两块地，先决条件完全一样。然而对于田里长的杂草，两人采取的是两种截然不同的方法。罔不分青红皂白，一味打压，而勿则放任自流，得到的结果却是殊途同归，全都颗粒无收，而他们把这样的后果归咎为种子不好，去向农业神后稷抱怨。刘基用形象化的语言描述了两种教育方法。结果，罔的庄稼和杂草一起被消灭了，重新长出来的全是草；勿的田里，禾苗都变了种，也成为杂草。

《三字经》中有几句话："养不教，父之过。教不严，师之惰。"教育在中国人看来，是与养育同样重要的头等大事。在一个人生长的最初二十来年里，父母和老师的影响可以说决定了这个人的一生走向。三岁看老，一个人出生到这世上，犹如一张白纸，在上面写上第一笔的是父母，接下来就是老师的手迹。这张白纸究竟会成为一幅绚丽的图画还是一张满是污迹的废纸，这时候其实就已经决定了一半。所以教书育人，远远不仅是一份干活拿工资的职业，而是一门学问。一个好的老师，如同一个优秀的雕刻工，二者的相同之处是都必须将材料上不好的部分除掉，使好的部分雕琢得更完美。不同的是后者雕坏了一样东西，顶多损失了材料和手工，但前者教坏了一个人，却有可能带来难以想象的恶果。古罗马有个暴君尼禄，他继位时年仅十六岁，还是个未成年人，但这个少年皇帝在开始几年中表现出相当不凡的政治才能，宽厚仁慈，罗马当时进入了鼎盛时期。而这一切都与他的老师森尼卡的教导分不开。尼禄的母亲阿格里庇娜是个权欲极强的女人，尼禄继位后阿格里庇娜仍想干涉他的执政。生活在这样一个家庭里，耳濡目染之下，尼禄终于转变成历史上有名的暴君，连早期对他影响很大的森尼卡也被他下令砍断双手，最终克劳狄乌斯皇朝也在他这一代灭绝了。

尼禄的堕落固然有他本人的原因，但他并不是一个天生的嗜血狂，这个原本有希望成为一代贤明君主的少年，正是因为缺少正面的影响，导致他最终不好的下场。他是从血泊中继承皇位的，而登上这个位置后见到的又都是阴谋和血腥，就像在一张原本就已经破损的纸上再重重地划了几道伤痕。往者不可谏，来者犹可追。希望为人师表者能多想一想自己的责任，一颗种子发芽后，还需要细心的培养才能长成参天大树。

原文回放：

冈与勿析土而农，耨不胜其草，冈并薅以焚之，禾灭而草生如初，勿两存焉。粟则化而为稂，稻化为稗，骨顾以馁。乃俱诉于后稷曰："谷之种非良。"问而言其故，后稷曰："是女罪也。夫谷繇人而生成者也，不自植也，故水泉动而治其畝，灵雨降而播其种，蜩螗鸣而芸其草，粪壤以肥之，泉流以滋之，其耨也，删其非类，不使伤其根；其植也，相其土宜，不使失其性。潦疏暵溉，举不违时，然后可以望有秋。今女不师诸先民，而率繇乃心，以逼天生，乃弗惩尔躬，而归咎于种之非良，其庸有愈乎？"

——明·刘基《郁离子·种谷》

不按常理出牌

"不疑兄，此番前来，便多盘桓几天吧。"

江上缓缓而行的"余皇"号上，吴王看着颜不疑，微微笑道。当吴王还是吴国公子时，颜不疑就是他的好友。后来颜不疑离开了故国，不久前才回来。一回吴国，他就来看望这个过去的好朋友。吴王正要坐船出游，便邀请这个昔日的好友陪自己一块儿上船。

江水平静无波，夹岸青山如画，映得一江水都成碧色。站在船头，颜不疑心里却总是有些不安。他本以为朋友相见会和过去一样，但见面后才知道眼前的朋友已是一国之君，尽管吴王口口声声对自己说是朋友，其感觉却早已变了许多。听得吴王对自己说话，他赔笑道："大王，我是要多住几天。"他想了想，又道："对了，我听人说……"

他还没说完，吴王忽然指着前面一座山笑道："不疑兄，你知道那是什么山么？"

前面那座小山坐落在江心。山并不高大，通体碧绿，绿树成荫，映在江心便如一只长满苔藓的青螺。颜不疑摇了摇头，道："我不知道。"

"那座山名为'狙父'，山上满是猴子。颜兄，很久没有射猎了，今天去射箭玩玩吧。"吴王说着，向左右下令道："将'余皇'号靠上狙父山。"

听着吴王下令，颜不疑不禁苦笑。吴王现在颇有暴虐之名，他是受几个托孤大臣所托，来向吴王进谏的。那些大臣觉得，凭他与吴王数十年的交情，吴王总会听一听的。他受托伊始，也觉得这件事并不如何困难。但现在，他已经觉得这趟差事并不如想象的那样好办。

"余皇"号靠上了狙父山。吴王率先从船上跳上岸，回头道："不疑兄，上岸吧。"

颜不疑也跳上了岸，吴王的侍卫却几乎同时上岸，手持刀剑侍立左右。说得好听点是保护他俩，说得不好听点，也许是在防备颜不疑行刺吧。颜不疑心里苦笑着，吴王倒是兴致勃勃，率先在前面走着，还越走越快。狙父山并不高，但要爬山却并不容易。他们上了一个斜坡，一个侍卫忽然道："大王，你看前面！"

前面是一群猴子，大约有十来个，正在山坡上的一个矮树林里嬉戏。有几个蹲着抓虱子，有几个则在草坪上打闹。吴王拿起弓箭，道："仔细了，看本王的箭！"

吴王将箭搭上弓，瞄准了一箭射去。这一箭快似流星，有一头正在梳毛的猴子被这一箭正中脖颈，当即摔倒在地。别的猴子见此情景，吓得一阵怪叫，纷纷逃窜，吴王也不由哈哈大笑，道："不疑兄，这些畜生便是如此，只消给其中一个一点厉害，别的就吓得跑了。"

吴王的话里似乎有着言外之意。颜不疑只觉脊背后不知何时生出一丝丝凉意，他还没说什么，有个侍卫高声道："大王，你看那只猴子！"

山坡上，猴子并没有跑光，还有一只猴子留在那里。它站在草地上那死猴子的尸体边，抬起头望着这边，龇牙咧嘴地叫着。

这只猴子大概是猴王，比别的猴子都要大一些，也健壮得多。吴王见此情景，怒道："这畜生，居然如此无礼！"他又抽出一支箭，搭在弓上，将弓拉圆了，忽地开弓射去。

吴王的射术相当高明，力量也大，这一箭是要直取那猴子的头颅。眼看就要射中，那猴子忽地将身一侧，前爪一扬，竟然将那支箭接在手中。它抓住了箭，居然还一折为二，往地下一扔，又向吴王龇了龇牙。

这猴子竟然在向吴王挑战！颜不疑又是好笑，又是吃惊。吴王的脸却红了起来，在吴国，他是说一不二、至高无上的人物，今天居然受到了一只猴子的挑战！他看了看身边的颜不疑，道："不疑兄，你再看我第二箭！"

　　吴王又从箭囊里取出一支箭。这一次，几乎看不到他张弓搭箭，只见他的手往箭囊一伸，弓弦便响了。这种快射术令人防不胜防，颜不疑还没来得及吃惊，耳畔便听得那些侍卫的惊呼。他抬眼望去，却见那支箭又握在了猴子爪中，那猴子扬了扬，再次将箭折为两节，往地下一扔。

　　这次，吴王有些气急败坏了。他慢吞吞地拔出一支箭来，道："不疑兄，再看看我这第三箭。"

　　颜不疑不知吴王这第三支箭有什么奥妙玄奇，便睁大了眼看着。却见吴王慢慢将箭搭上，又慢慢拉开弓。一张铁胎角弓被拉成半月形，又拉成满月形，吴王却仍在拉着。这张高手匠人制作的宝弓被拉得居然发出了"吱吱"的响声。

　　吴王已动了真怒！颜不疑也不由微微变色。他还没回来时就听说过，只要吴王一怒，必定就要杀人。现在吴王已经开始发怒，他要杀的是谁？

　　弓已经快要被拉断了。吴王忽地暴喝一声，猛地一松手，弓弦发出"啪"的一声锐响，箭离弦而出。太快了，在颜不疑眼里，这支箭已被延长了，箭头已到那猴子身边，箭尾却还在吴王手里。他连眼都不敢眨一眨，死死盯着那不同寻常的猴子。在他心里，已经下了一个赌注，只要这猴子能够逃脱吴王的三支箭，他就要不顾一切地向吴王进谏。

　　箭已到了。猴子伸出前爪，猛地一把抓住。像是抓住一块烧得滚烫的铁块，那猴子也发出了痛苦的尖叫，被这一箭带着向后翻了个跟头。但随着这一个跟头，那猴子重新站立起来，前爪里又抓着那支箭。

　　它接住了！颜不疑几乎要欢呼起来。可是随即，他听到了吴王阴冷的声音："放箭！"

　　四周同时发出了弓弦的响声。那是吴王的侍卫，此时环绕四周，同时放箭。这些侍卫都是精挑细选的武士，个个箭术高强，更何况同时射出。那猴子刚抓住了吴王那支大力箭，现在又如何抵挡得住同时射来的这许多箭？它连叫都没叫出一声，便被十来支箭穿心射过，摔倒在地。

颜不疑惊得又要叫出声来，却见吴王扭过头来，微笑道："不疑兄，这畜生果然很是敏捷，竟敢自恃本领在我面前炫耀，活该被杀。哈哈，不疑兄，我们可真的要以它为戒啊。"

吴王虽然在笑，可他的眼中却带着一股逼人的杀气。颜不疑又是一惊，背后的寒意顿时爬遍了全身。他再也没有那种进谏的冲动了，只是赔笑道："大王说得极是。"

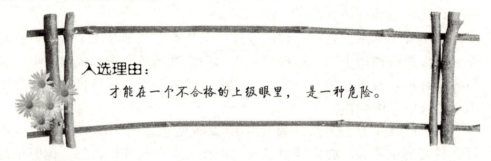

入选理由：

才能在一个不合格的上级眼里，是一种危险。

燕垒生语：

自信并不是坏事。一个人若没有自信，那就什么都做不成。但一个人过分自信，认为自己什么都做得成，那就是盲目自负，同样可能什么都做不成。在吴王面前，那只艺高胆大的猴子就是过分自信了，居然敢到吴王面前耍花腔。也许吴王一个人是奈何它不得，但君主都是不按常理出牌的，一个人奈何不得，就叫上一帮人。猴子本领再大，到底不像孙悟空那样能刀枪不入，终究被射死了。

然而吴王最后对他的朋友颜不疑说的那两句话，看似平平淡淡，每次读来却都感觉脊背后有一股寒意升起。那种语气，即使是只看文字，也想象得出吴王说话时嘴角的那一抹冷笑。颜不疑听了不知有什么感想，我想他是绝对不会自认是吴王的朋友了。特别是吴王说要以猴子为戒时，恐怕颜不疑的腿肚子也开始打战。那只灵巧的猴子自恃本领高强，所以不畏惧吴王的弓箭。仅仅如此，就有了取死之由。借物喻人，一个人，特别是一个有一点才能的人，总免不了有些恃才傲物的脾气，只是在刚愎自用的当权者看来，这种人远比无能的人可恶。无能的人不会对他有什么威胁，即使有这个心思也没这个能力；而有才能的人总是一个隐藏着的危险，即使他没有这个心思也必须防患于未然。那一句话，无疑是有杀鸡给猴子看的意思。

道家崇尚清静无为，是一种无政府主义。在庄子看来，入世，出世，都是绝对要不得的。有一个故事，说庄子的朋友惠施做了梁相，庄子去看他，有人却告诉惠施说："庄子来，是想代你为相。"结果名为朋友的惠施居然一下子就信了，派人在国内搜捕了三天三夜。一个朋友居然会因为旁人一句谗言而反目，庄子大概也不曾想到。不过庄子胆子也够大，他竟然到了惠施府上，说："南方有一种名为鹓鶵的鸟，从南海飞往北海，非梧桐树不栖，非竹米不吃，非醴泉不饮。城下有一只猫头鹰正在吃一只腐烂的老鼠，看到鹓鶵飞过，就抬头怒视着它说：'快滚！'今天你正与这猫头鹰一样。"原本相知的朋友，可以互相为一个玄妙的哲学问题争辩，一牵涉到权势，居然成了这样一个人，庄子虽然在讲故事，其实已经在骂人了。好在惠施终究是他的知己，最终也知道庄子没有这种心思，骂过就算了。假如是吴王的话，庄子恐怕还没骂完，脑袋就先得搬家了。

原文回放：

吴王浮于江，登乎狙之山。众狙见之，恂然弃而走，逃于深蓁。有一狙焉，委蛇攫搔，见巧乎王。王射之，敏给搏捷矢。王命相者趋射之，狙执死。王顾谓其友颜不疑曰："之狙也，伐其巧恃其便，以敖予，以至此殛也！戒之哉！嗟乎，无以汝色骄人哉！"

——《庄子·徐无鬼》

不寻常的生死观

听说庄子的妻子去世了，惠施急匆匆地向庄家跑去。作为庄子平生最相知的朋友，他怎么也要去吊唁。

当他坐着马车赶到庄子住的村落口时，却听得从里面传来一阵欢快的歌声。惠施呆了呆，对驾车的随从道："你听到有人在唱歌么？"

"惠施大人，小人也听到了。"

那么不是自己的错觉了。惠施摸了摸自己的头，额前竟有点汗水。这个声音明明是庄子的，可是想到他妻子刚去世，这个欢快的歌声就平添了几分诡异。

马车在庄子家门口停下了。在门口，正有一个老头子分升双腿箕踞在一张席子上，一边敲着一个瓦盆，一边在唱歌。那正是庄子。在他脸上，没露出一丝哀戚之意，唱的歌也欢快之极。惠施快步走到庄子跟前，小声道："庄兄。"

庄子停止了敲瓦盆，抬起头道："是惠施兄啊。好，好，你是来吊唁的吧？"

惠施本来不敢说自己是来吊唁的。看庄子高兴成这样子，他实在有点怀疑庄子老妻去世会不会是个谣传。毕竟是多年的老朋友，要是这边说请庄子为丧妻节哀，那边却说根本没这回事，那惠施可拉不下这个脸去。待听到庄子口中也说出"吊唁"两字，惠施再也忍不住了，道："庄兄，尊夫人真是去世了么？"

庄子点点头，道："嗯，是啊，她前几天刚断气。"

惠施不由数落道："庄兄啊庄兄，怎么说你呢。你和尊夫人都过了那么多年，孩子也已经成人了，现在她因年老去世，你不哭也就罢了，居然还敲着个瓦盆唱歌，不是太过分了点吗？"

庄子放下敲着瓦盆的小棒，微笑道："惠施兄，你可是没想对啊。"

惠施道："没想对？我什么地方想得不对了？"

庄子道："老妻刚断气的时候，我怎么能没有一点点感慨呢？一样眼泪鼻涕的，想要痛哭一场。"惠施跺了跺脚，道："对啊，你要这样那就没人说你了。怎么也不能又唱又敲的，现在像个什么样子。"

庄子却仍是微笑着道："你觉得我在老妻去世后，敲瓦盆作歌不成样子么？"

惠施道："当然。人死是可悲之事，怎么能当成高兴的事来办。"

"人死为什么是可悲的事？"

惠施有点没好气了，道："我也不和你抬杠，不然你问起来没底。人是有生命的，当生命没有了，那当然是一件可悲的事，还需要问为什么吗？"

庄子叹了口气，道："原先我也是这么想的。不过，看着老妻的身体渐渐转凉，没有了气息，我转念一想，便又有了另一个念头。你说，一个人出生之前，是有生还是无生？"

惠施道："出生出生，出来才有生。出生以前，那当然是无生了。"

庄子道："正是。人在出生前，原本并没有生命。岂但没有生命，连人的形体也没有。不但没有形体，更没有生气。正因为处身于天地万物之间，这才变得有生气，再从有生气变化出有形体，有形体后才算有了生命。如今她又变成了一具死尸，那就和春夏秋冬四季更替一样。她的人已然安睡于天地之间，而我却要守着她号啕大哭，想想实在太不合乎常理，所以也就不再哭泣了。"

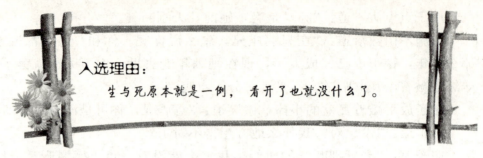

难忘
经典

寓 言 *Yu Yan*

入选理由：

生与死原本就是一例，看开了也就没什么了。

燕垒生语：

有一出旧戏叫《庄子试妻》，也叫《大劈棺》，因为有庄子之妻劈棺取脑，庄子假扮的尸体从棺中直直坐起的恐怖场景，后来被禁掉了。不过这戏很有卖点，所以过去也相当流行，逢年过节总要演。大过年的把棺材搬上戏台，看似不吉利，但过去人们也有说法，说棺材棺材，是有官又有财，兆头极好。而且这戏又有淫妇扇坟之类的情节，看起来过瘾，所以演这出戏是好彩头。戏文是很庸俗，但这种视生死为一例的说法，却与庄子暗合了。庄子认为人的生命是由于气聚拢来的，死了只是气息散去。所以生死仅仅是一种自然现象，和春夏秋冬四季的运行一样平平常常。

没有生也就没有死，可是死到底和生不一样。好生恶死，是人最为平常的想法。如果再想想，活着是什么，死后又是什么？平常总是说生不如死是人生最大的痛苦，可是在庄子看来，生和死原本就是一回事，它和四季的各个阶段是一样的。他岂但对老妻是这样想的，对自己也是一样。《列子》中也有一则庄子谈死的佚事，说庄子快要死的时候，他的学生想要厚葬他，庄子却说："我是以天地为棺椁，以日月为连璧，以星辰为珠玑，以万物为赍送。我的葬礼还不够豪华吗？何必要那些。"学生说："我怕乌鸦吃你呀！"庄子说："扔在露天是让乌鸦吃，埋在地里是让蚂蚁吃。要从乌鸦嘴里夺过来给蚂蚁，岂非太不公平了。"以如此玩笑式的说法来策划自己的葬礼，实在有点惊世骇俗。然而骇过之后再仔细想想，我们也不能不叹息一声，庄子说得并没有错。平常人们说钱财本身外之物，生不带来死不带去，可是世上有什么东西是活着带来死后带去的？即使是这个身体，当我们尚未出生时，它不属于我们；当我们死了，那身体也就是一具尸体罢了，同样不属于我们。再这样想下去，恐怕要堕入虚无主义中去了吧。可是不这样想的话，痛苦也就如影随形。活着，为了衣食奔走，为了家庭忙碌，还要担心死期将至，几乎找不到一点能让我们高兴的事。也许，唯一值得高兴的就是自己还活着，尚未至死期吧。如果总是这样，那还不如和庄子一样，把生死看得达观一些，不去在乎什么，也不去想什么。纵然我们不必像他那样极端，配偶死了还要敲瓦盆唱歌，至少我们的痛苦可以减少一些。

只是可惜，能够将生死看得如庄子一样通透的人还是绝无仅有，所以痛苦的人仍然有很多。

原文回放：

庄子妻死，惠子吊之，庄子则方箕踞鼓盆而歌。惠子曰："与人居，长子老身，死不哭，亦足矣；又鼓盆而歌，不亦甚乎！"庄子曰："不然。是其始死也，我独何能无概然！察其始而本无生，非徒无生也而本无形，非徒无形而本无气。杂乎芒芴之间，变而有气，气变而有形，形变而有生，今又变而之死，是相与为春秋冬夏四时行也。人且偃然寝于巨室，而我嗷嗷随而哭之，自以为不通乎命，故止也。"

——《庄子·至乐》

天性与自然

　　孔子教育弟子，并不强调要一味读书，他也时常带学生到野外去。这一天，他带了几个弟子外出踏青，沿着吕梁河边走边说，不知不觉走到了一座山下。远远的，便听得轰隆隆的声音，子路眼尖，指着远方道："夫子，那里有条瀑布啊。"

　　瀑布足足有三十仞高。水从那么高的地方飞溅下来，真如一条白练被风吹下。不过落到下面的潭里时，却不像白练那么轻柔了，声响隆隆不断，水花被溅得四散飘飞，隔着几丈远还觉得眼前像是在下雨。这样的景色难得一见，孔子和弟子们围着瀑布，赞叹不绝。他们是从吕梁河的下游处走过来的，因为有个门生发现吕梁河里长期漂着很多泡沫，便向孔子询问，孔子也说不出原因，这才提议沿河而上看个究竟。这一走，足足走了四十里，这才发现原来那些泡沫是瀑布飞溅起来的。下游四十里处还有泡沫，这里的潭面上就几乎像被泡沫铺满了，白白的一层。

　　他们正看着，子路忽然又叫道："看啊，夫子，那里有水怪！"

　　孔子从来不说怪、力、乱、神之事，听子路说有什么水怪，他脸一横，道："子路，胡说什么！这潭里有瀑布飞溅而下，鱼虾不用说，鼋鼍鱼鳖之类的水族都不能在底下生存，哪会有什么水怪。"

　　"真有水怪！"子路向来有点倔头倔脑，伸手指着潭里，"夫子你看，那脑袋又冒出来了。"

听子路说得这么肯定，孔子便向潭中看去。还不曾看到，旁边一个弟子也叫道："子路师兄说得对，我也看到了！"

这时孔子终于也看到了，在漂满了泡沫的潭面上，有个人影忽隐忽现，正在游动。孔子大惊失色，道："什么鬼怪，那明明是个人啊！一定是想不开了投水自尽的，快，把他救上来！"

话虽容易，但要救他上来却谈何容易。弟子中虽然也有会水的，可是在如此湍急的水流中，下去无异于送死。听了夫子的话，几个力气大的弟子由子路带头，沿着河岸向下游跑去。那人被水流带着游向下游，肯定会靠岸的。到了岸边，几个人合力，便可以将他拖上来了。

见弟子们向下游跑去，孔子也气喘吁吁地在后面跟着。走了一程，却见子路他们灰溜溜地回来了。孔子见状，跺了跺脚道："唉，没救上来吧？真是遗憾。"

子路道："夫子，您别乱遗憾好不好，那人根本不是要投水自尽的，他是在河里游泳。"

孔子怔了怔，道："游泳？岂有此理，子路，你若没能救他回来，我也不怪你，可是你不该骗我。"

另外几个跟着去的弟子却道："夫子，子路师兄没有骗您，那人确实是在游泳。您看，他过来了。"

孔子抬头看去，却见前面走来一个人，头发披散，光着膀子，浑身湿淋淋的，显然是刚从水里出来。孔子更是大吃一惊，迎上前去，道："先生！先生！"

那人站住了，道："老先生，有什么吩咐？"

"方才是先生你在吕梁河里游泳么？"

那人笑了起来，道："老先生，原来都被你看到了啊，真是我。"

孔子也终于笑了起来，道："要不是看着你活生生的，我真以为你是鬼呢。请问，你能在这湍急的河流里游泳，到底有什么诀窍？"

那人道："诀窍么，当然没有。真要说的话，我从小就是这样了，叫做'始乎故，长乎性，成乎命'。到了水里，从旋涡里扎下去，又从冒出来的水流里钻出来，顺着水游动，从来也不去想别的，这就是我为什么能在这里游泳的道理。"

孔子皱起眉头，道："到底什么才叫'始乎故，长乎性，成乎命'？"

那人道："老先生，我是在陆上出生的，所以在陆地上能安心，这就叫做'故'；我在水里成长，在水中就能安心，这叫做'性'；不知道为什么就会这样游泳了，这叫做'命'。从'故'开始，随着自己的习性生长，然后在不知不觉中自然而然地学习，那就是'始乎故，长乎性，成乎命'的意思。"

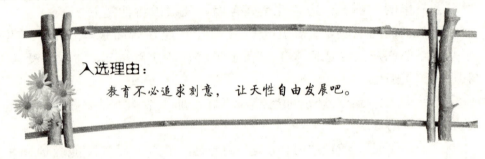

入选理由：

教育不必追求刻意，让天性自由发展吧。

燕垒生语：

我们在小学时都应该写过《理想》或《长大我要做什么》之类的作文，那时的志愿五花八门，从科学家到演员，什么职业都有，但几乎没有一个孩子选择做一个普通人。可能只有极小部分的孩子才会说些要做一个普通劳动者之类的话，尽管这样的理想更接近于他未来的实际。

孔子所见的游泳家，水性的确极为出色。而更出色的，是他所讲出来的一番道理。"始乎故，长乎性，成乎命"这三句话，假如用现代语言来概括中心思想，那就是让你的个性自然发展，不必刻意加以扭曲。正因为将游泳看成自然而然的事，所以那个游泳家可以在鼋鼍鱼鳖都不能游的地方游泳。

可以说我们每个人都有自己的天分。天分各不相同，但你自己最为清楚。假如说兴趣是最好的老师，那么天性就是最好的引路者，指明了你的兴趣所在。一个孩子从小就喜欢涂鸦，长大后很有机会成为画家。另一个孩子很喜欢玩泥沙，用沙子堆成高楼城堡，那么他长大后很有可能成为一个建筑设计师。假如我们强求一律，让喜欢涂鸦和喜欢玩泥沙的人同样正襟危坐，听从老师的标准答案，那我们可能只得到两个泯然众人的普通人，却失去了一个画家和一个建筑设计师，我们扼杀的，是两棵可能开出奇葩来的幼芽。

孔子在两千多年前就提倡"因材施教"，从不强求弟子一律。子游子夏好文学，就让他们在文字上发展。子路尚武，不妨让他在习文的同时也习武。子贡擅言辞，子张好勇武，子羽虽丑而有才德。每一个弟子都不一样，孔子都让他们最大限度地发挥了自己的特长，这种理念才是他教育最成功的一面。

这个世界，正如吕梁河上游那飞瀑灌入的深潭，旋涡与泡沫不断。想要适应它，光靠一两部案头讲章是不成的。《游泳指南》或者《无师自通学游泳》这一类的著作，读得再多，也不如亲身到水里试探一下管用。

原文回放：

孔子观于吕梁，县水三十仞，流沫四十里，鼋鼍鱼鳖之所不能游也。见一丈夫游之，以为有苦而欲死也，使弟子并流而拯之。数百步而出，被发行歌而游于塘下。孔子从而问焉，曰："吾以为子为鬼，察子则人也。请问，蹈水有道乎？"曰："亡，吾无道。吾始乎故，长乎性，成乎命。与齐俱入，与汩偕出，从水之道而不为私焉。此吾所以蹈之也。"孔子曰："何为始乎故，长乎性，成乎命？"曰："吾生于陵而安于陵，故也；长于水而安于水，性也；不知吾所以然而然，命也。"

——《庄子·达生》

天性与自然

169

明于人而黯于己

春申君这一天上朝归来，一张脸沉得跟刷过一层糨糊似的。

春申君是楚国重臣，对于朝政，他可以说一不二，国君对他向来言听计从。像今天这种下朝之后的情形，还是有史以来第一回。春申君府中养了三千门客，其中有许多人过去都是跑江湖卖艺的。平时春申君上朝归来，总爱与门客们逗趣一番，要么听说过书的门客讲两段古戏，要么让走过绳的门客在院中吊起来的绳索上表演一段舞蹈，或者是让会武功的门客表演一段对刀。可是今天他的样子那么难看，回到府中后，那些人全都不敢凑上前去自讨没趣了。

春申君让人泡了一杯茶，慢慢喝着，低头正想着心事，耳边听得有个人道："公子，您有什么心事么？"

问话的是门客朱英。朱英在门客中也算是个另类，刚来时春申君问他会什么，朱英说自己会打草鞋。打草鞋不是什么超卓的技艺，草鞋打得再好也不过值一两文钱。春申君耐着性子，问他还会什么，朱英便说会纵横捭阖之术。所谓纵横捭阖，便是有名的鬼谷先生所传秘术，据说学得好的，出来都会成为叱咤一时的风云人物。不过朱英貌不出众，怎么看都不像个能叱咤风云的人物。好在春申君门下有三千门客，大言不惭之辈不在少数，多一个朱英也不过吃饭时多双筷子，既然他这么说，便留下来吧。没想到这回旁人都不敢近前时，朱英倒是上来自讨没趣了。春申君素有礼贤下士之名，不论这门客有多倨傲，他都总是彬彬有礼，见朱英上前来问，便道："朱先生啊，是这么一回事。"

原来，今天春申君在等候上朝时，顺路去皇宫的庭院里走了走，正好看见太子提了个用布蒙着的鸟笼走过来。太子是春申君后辈，在朝中春申君要向他行礼，但在这等私下场合便不用拘束了。春申君见太子手中提着那鸟笼，便道："太子，您找到什么珍禽了？"

太子撩开蒙着的布，道："你瞧瞧。"

笼子里不是鹦鹉鹩哥这一类能言鸟，也不是别的羽毛鲜艳悦目的小鸟，却是一只黑白相间、双眼圆睁、长了个弯弯利嘴的猫头鹰。假如面前不是太子，春申君一定笑得直不起腰来。他忍住笑，道："太子，您养猫头鹰做什么？"

太子笑了笑，道："黄先生，我听说凤凰只栖息于梧桐树上，所以便用桐籽喂养它。久而久之，它定然会发出凤鸣之声的。"

传说凤凰非竹米不吃，非梧桐不栖。竹米实在太少见，梧桐籽倒是常有，所以有人传说凤凰也要吃梧桐籽。太子一定听到这种传说，所以异想天开地要把猫头鹰养成凤凰。春申君笑道："太子，这是没有的事。猫头鹰，即枭鸟。这种鸟极为凶狠，生下来就要吃掉父母，性子生成了是不会变的，和喂它吃什么没有关系。"

太子虽然尊重春申君，但当场被他这样说一通，面子上始终过不去，便正色道："黄先生，你要管的事是朝政吧，我这点事可不算朝政。"

春申君也被噎住了。要是换了旁人，他只要脸色一变，马上就会有左右冲过来厉喝一声，吓得对方屁滚尿流。可眼前这位是太子，他又有什么办法？只得唯唯而退，这口气却一直咽不下去。一直到退朝回府，他的气仍然没消。现在朱英既然来问，就原原本本地说了出来。说完了，他道："朱英，你说太子如此糊涂不听劝，又该如何？"

朱英微微一笑，道："太子不明犹可，倒是公子您，其实也与太子一般糊涂。"

春申君的脸一下子变了。虽然他能自觉地礼贤下士，从谏如流，可是朱英这般指责，未免让他太不服气。他沉下脸道："我与太子一样糊涂？"

看到春申君已有怒意，旁人也都有了惧意。虽说春申君为人很宽厚，但一旦惹他生气，被赶出府中就并不意外。在春申君府中做门客，不必做什么事，每天悠然自得，不愁吃不愁穿，实在是个好行当。看到朱英要被赶走，忠厚些的为朱英惋惜，刻薄点的却在暗自窃喜。

朱英却毫无惧意，点了点头道："正是。"

春申君忍住怒火，道："那你说说，我怎么和太子一样糊涂？"

朱英没有退缩，反倒上前一步，道："太子以桐实喂养枭鸟，您说他糊涂。但公子若是想想自己，太子养鸟，公子您养门客，岂不一样？"

春申君听了差点笑出声来，道："正是正是。"虽说把门客和鸟相提并论，未免不伦不类，但仔细一想，的确是一回事。

朱英道："公子您养了那么多门客，门客中是三教九流，鸡鸣狗盗，什么人都有。这些人本性恶劣，与太子所养的枭也没什么不同，公子您却对他们十分宠爱尊敬，给他们锦衣玉食，连他们穿的鞋都是用珍珠串成的，号称'珠履三千客'，你希望有一天他们会成为国士来报答您。以我看，您这种做法与太子用梧桐籽喂养猫头鹰，并希望它发出凤凰叫声又有什么不同？他们哪会对你有什么真正的帮助？"

朱英说到最后，已是声色俱厉。一边那些门客也都听到了，个个都显得胆战心惊。假如春申君听从了朱英的话，他们中绝大多数人就都要被赶走了，这一口闲饭也就吃不上了。见春申君听着朱英的话，脸色越来越肃然，不时点点头，大有同意朱英之话的意思，他们更是害怕。几个性子急的，已经打算立刻去收拾行李，省得被赶走时手忙脚乱。

等朱英说完，春申君回头看了看那些门客，忽然叹道："朱英，你说了这许多，不过你也说错了一点，人毕竟不同于枭。"

朱英本来觉得春申君要听自己的劝了，没想到最后却是这么一句。他仍然不肯罢休，道："公子，其实……"不等他说完，春申君拦住他的话头道："不必多说了。朱英，我意已决，以后再说吧。"

春申君站起身向内室走去。朱英看着他的背影，不觉叹了口气，知

172

道自己所说的一切全都落空了。后来，春申君最终被李园所杀，而他所养的门客中，却没有一个能替他报仇的。

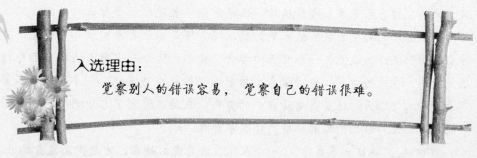

入选理由：
　　觉察别人的错误容易，觉察自己的错误很难。

燕垒生语：

　　战国四公子都以养士出名，门客中不少人也颇有一番作为。春申君名列战国四公子之一，但在四公子中却仅仅以"养士"著称而已，与信陵君自不能比，与平原君、孟尝君也相差甚远。朱英说他门下尽是鸡鸣狗盗之徒，其实也并不尽然，真正以收养鸡鸣狗盗之徒做门客闻名的是孟尝君，只是孟尝君的鸡鸣狗盗门客还能为孟尝君脱险立下大功，显然春申君的门客比孟尝君的门客更等而下之。

　　很久以前，台湾柏杨先生的一篇《丑陋的中国人》在大陆地区造成了很大轰动。他在里面列举了不少国人的劣根性，其中一点是国人勇于闭门思过，只不过闭上门后思的是别人之过，却很少能自我批评。当时听来，不免刺耳，但回过头来想想，这也并非危言耸听。楚太子养猫头鹰，因为传说凤凰吃桐籽，饮醴泉，所以楚太子也给猫头鹰吃桐籽。俗话说江山易改，本性难移，猫头鹰吃的是田鼠、青蛙一类，叫声也很不中听，梧桐籽吃撑死了也不会发出凤鸣，不管是楚太子自己糊涂还是受人之骗，春申君对于这件事看得很清楚。只是他自己的门客原来也都是一些满身劣迹的成年人，他却没有意识到这一点。收养了一大批品行不端的人，除非春申君是道上混的，那才得其所哉。只是春申君作为楚国重臣，并非一个黑社会老大，他迫切需要的是助手而不是打手。孟尝君门客中除了鸡鸣狗盗之徒，还有冯驩这样在政治上具有远见卓识的人物，可是春申君门下却尽是鸡鸣狗盗之徒，那还能为他提供什么帮助？所以战国四公子中，唯有春申君最终死于非命。其实春申君的门客中并非没有人才，朱英本身就是春申君的门客。朱英向春

明于人而黯于己

申君提出过不少合理的建议，可惜春申君总是听得多，从得少。一直到李园准备刺杀春申君前夕，朱英还曾经向他提过醒，可惜春申君同样把提醒的话当作耳边风。朱英在劝告春申君未得听从后，惧祸逃走，表现出一个智者的清醒。只是在他心里，也一定满是忠言不被采纳的悲哀吧。可是如此看来，朱英自己也没有看清自己的位置。如果他是一个真正的智者，就应该明白春申君不值得自己殚精竭虑地效忠。在他苦口婆心地劝诫春申君时，只怕也在苦笑吧。一个智者，不但要有看清旁人的眼力，还要有看清自己的勇气。朱英在看到了春申君明于人而黯于己的同时，他对自己所处的环境同样不曾看清。

曾参说："吾日三省吾身"。一个人能看清自身的缺点，才是提高自身的根本。如果碰了一次壁后整天怨天尤人，看到的尽是社会的不公，他人的陷害，却从不想想为什么会如此，得到的自然是举世皆浊唯我独清，举世皆醉唯我独醒的结论，那么第二堵墙壁就早已经挡在他的面前了。

原文回放：

楚太子以梧桐之实养枭，而冀其凤鸣焉。春申君曰："是枭也，生而殊性，不可易也，食何与焉？"朱英闻之，谓春申君曰："君知枭之不可以食易其性而为凤矣，而君之门下无非狗偷鼠窃亡赖之人也，而君宠荣之，食之以玉食，荐之以珠履，将望之以国士之报。以臣观之，亦何异乎以梧桐之实养枭，而冀其凤鸣也？"春申君不寤，卒为李园所杀，而门下之士，无一人能报者。

——明·刘基《郁离子·养枭》

得到总是与失去相伴

　　狼和狗是近亲。上古时，人们捕来了狼，慢慢驯养，这才变成了狗。可是狗既然和狼分野，就成了势不两立的死对头。狼要捕杀牧人养的牲畜，狗则竭力保护。

　　有一只骨瘦如柴的狼在路上走着。它是一只运气很不好的狼，今天它发现了一群羊，一只只膘肥体壮，看得它口水都要流下来了，刚扑上去想要弄一只小肥羊来尝尝，哪知旁边突然冲出几条大狗，围着狼一通乱咬。这只狼原本就饿了两天了，哪里还是这一群狗的对手，当即被咬得落荒而逃。幸好那些狗要保护羊群，也不曾追远，不然它非让那些穷凶极恶的狗撕成碎片不可。

　　它在林子里踱来踱去，找了半天才抓到一只田鼠。一只小小的田鼠对于一条饿狼来说，几乎连塞牙缝都不够。狼把田鼠连皮带毛和着骨头一起咬得稀烂吞了下去，却觉得饥火烧得越来越旺。它四处乱转，只盼望能再找到些什么。这时它忽然听得树丛里发出一阵响声，好像有什么动物正向自己这边走过来。它又惊又喜，退了两步，躲到草丛里，只等这动物一出来，便一下扑上，咬断它的喉咙大快朵颐一番。

　　等了一会儿，那动物终于从树丛里钻了出来。饿狼迫不及待，猛地向前扑去，但刚一上前，却觉得像被当头浇了一盆冷水。树丛里钻出来的，是一条长得又高又壮的大狗。这条狗浑身皮毛油光水滑，皮下肌肉像是一个个铁球滚动，别说这狼饿了几天了，就算吃饱喝足也不是它的对手。可现在已经出来了，想逃的话，这狗反倒会追上来。于是狼满脸堆上笑容上前道："狗兄，你好啊。"

这狗正在嗅着地面，发现面前出现一只狼，也颇为警惕。但看到眼前的狼骨瘦如柴，也没什么好怕的。它也懒得多事，见狼很有礼貌，便道："狼兄好。"

"狗兄，你在做什么？"

"要回家。"狗嗅了两下地面，"方才迷路了。不过现在已没事了，我找到回家的路了。"

"狗兄，我们可是表兄弟，"狼见狗搭上了话，登时就套近乎了，"可是狗兄你真叫人羡慕，保养得好年轻啊，看你这一身皮毛，油光水滑的，再看看我，却连皮带毛都搭在一起，没有半点光泽。"

千穿万穿，马屁不穿。狗听了狼的拍马，大为神气，道："这是我保养得好啊。只要吃好、睡好，毛皮就一样油光光的。我看你的毛长得也不错，只要听我的，过不了几天也能长好。"

吃好、睡好，这两点对狼来说诱惑力太大了。它每日在森林里奔波，都是上顿不接下顿，每天睡着了也得竖起一个耳朵，防备有敌人临近。听狗这样说，它全然忘了初衷，道："狗兄，怎么才能吃好睡好？能不能教教我啊。"

"师傅领进门，修行靠个人。狼兄，想过我这样的生活，其实不难。你只消离开森林，跟着我走就可以了。你瞧瞧你那些同伴，一个个全都跟你一样，身上脏兮兮，饿得皮包骨，跟饿死鬼投胎一样，吃了上顿没下顿，好不容易找到一口吃的还要防着别人来抢。你要是学我，管保你不用再愁吃喝。"

狼越听越是羡慕，道："那我跟着你走的话，要做些什么？"

"什么都不用做！"狗斩钉截铁地说道，"你只消看见主人来了，就拼命摇尾巴讨好。要是主人家门口来了要饭的，就立刻冲出去把人咬跑。除了这些，你什么都不用做了，每天会有人给你倒下美味的残羹剩饭来让你享用。有时主人还会额外赏你点吃的，一块肉骨头，一口饭，都是有可能的。晚上你就安心睡吧，主人用又干又香的稻草给你铺了窝，根本不用担心下雨刮风。"

"天啊！这真是天堂里的日子。"狼惊叫起来，它已经沉浸在这种幸福的体会中，眼圈都湿了，"狗大哥，那我们还等什么？我马上跟你去！从此洗心革面，痛改前非，每天都过上这样的好日子！"

于是狼兴冲冲地跟着狗上了路。路上它喋喋不休地向狗说着自己如何向往这种幸福日子，要如何与过去一刀两断。正答道，它突然发现狗的脖子上有一圈皮不长毛，就纳闷地问道："狗大哥，你身上的毛皮好让人羡慕，可脖子上这一圈是怎么回事？怎么这里没有毛啊？"

狗侧过眼睛来看了看，道："这儿啊，没什么大不了的，很平常啊。"

狼有点疑惑，道："很平常？那是不是我跟着主人，一样要脖子上有一圈不长毛？"

"应该吧。"狗答道，"只要跟着主人，这一圈全长不出毛来的。"

狼更觉得奇怪了。在森林里虽然要担惊受怕，忍饥挨饿，但从来没有发生这种怪事。它道："这到底是怎么回事？狗大哥，你给我说说吧。"

"一定是颈圈戴得久了，把脖子上的毛磨掉了。平常我也没注意，现在颈圈摘下来，这一圈就露了出来。不过没关系，只要戴上颈圈就看不出来了。"

"戴颈圈有什么用？"狼问道。

"有根绳子拴着啊。"狗不以为然地回答。

狼大吃一惊，道："什么！狗大哥，难道你平时都是被主人拴着生活的，没有一点自由么？"

狗没有在意，道："在主人家生活，又不要你到处跑去找食吃。拴着又有什么关系？一样天天有得吃，睡得好。"

狼停下了步子，不再跟着狗走了。狗扭过头，道："狼兄，你不去了么？"

狼道："狗兄，自由对于你来说，是没什么关系，不过对于我来说却是最宝贵的。假如不能自由自在地在天地间奔跑，就算饱食终日又有什么好？算了，就算给我座金山我也不换，我吃不了你那碗饭。"

说完，饿狼掉转头，重新跑回了森林里。

——根据（法国）拉·封丹《狗与狼》改编

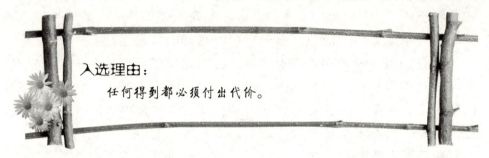

入选理由：

任何得到都必须付出代价。

燕垒生语：

东晋大诗人陶渊明有个著名的典故："不为五斗米折腰"。说陶渊明做彭泽县令时，有一次上级前来视察，同僚全都忙着逢迎拍马，陶渊明却说不愿为了五斗米的微薄俸禄而向乡里小儿折腰，于是弃官不做，回家当农民去了。这个故事流传到后世，成为中国文人清高的典范，时不时会有人因仰慕陶渊明的潇洒而辞官归隐。后来唐代诗僧贯休到了吴越国，在向吴越王的献诗中有一句"一剑光寒十四州"，吴越王让他改为"四十州"，贯休当即拒绝，说自己是"野云孤鹤，何天不可飞"，宁可不要吴越王的赏赐，诗句也不能改。拉·封丹这个寓言，虽说是借狼与狗的对话写成，其中寓意却与中国自古以来这一类逸事声气相通。

自由是什么？这两个词在西方说得多，在中国古代说得少，但意思却是一致的。这种自由不仅单指人身的自由，一个人精神上的自由更令人向往。为了自由，陶渊明不要那个可以养家糊口的小官职，贯休也可以对吴越王的赏赐掉头不顾。他们并非不知道，放弃了物质上的收入，会对自己的生存造成影响，但是为了精神上的自由，却又可以毫不犹豫地将之丢弃。

每个人的精神境界不同，环境不同，对于自由的追求和理解自然也会不同。就像拉·封丹笔下的狗与狼，一个对失去自由没什么想法，觉得那根本无关紧要，另一个却觉得这是至关重要，不能忍受的。然而，我们同样也该看到，狗和狼除了分歧以外，同样有很多共同点。除了要上颈圈，狼一样认可狗这种衣食无忧的生活是令人向往的。就像陶渊明，他并非是对五斗米的俸禄有意见，他无法忍受的只是要与旁人一般，对上级溜须拍马，阿谀奉承，所以为了自由，他宁愿舍去五斗米的俸禄。

得到和失去，就如同一个硬币的正反两面，总是相随相伴。我们得到什么，同时就会失去什么。只不过，在这两者之间，我们要努力找到一个平衡点而已。假如平衡被打破，我们要做的，也只是去寻找另一个平衡点。正如这故事中的狼，它虽然未能得到那份衣食无忧的生活，却守住了自己精神上的自由。

有得有失，仅此而已。

得到总是与失去相伴

看得到未来才能把握现在

燕子是一种候鸟。所谓候鸟，就是秋天到了，便飞往南方过冬。到了春天，又从南方飞回来。有一只燕子年年这般南来北往，飞过了很多地方，见到许多事，所以知识也极为丰富。中国有句古话"久病成良医"，说的是经验多了便转化为知识，这只燕子正是如此。因为见得多了，所以在海上飞行时，它能够预见到雷雨。当水手看到燕子忽然停下来歇息，就知道暴风雨即将到来，便会赶紧下帆泊岸，避免遭受不必要的损失。

这一年春天，燕子又从南方飞了回来。许多本地的小鸟看到这个久违的朋友回来，都很欢迎它。因为正值春天，草木全都开始发芽了。这地方原是一片荒地，春天来了，草籽小虫什么的很多，小鸟一只只都吃得肥肥胖胖，快活无比。

过了几天，有些农民过来了，将荒地开成了一块块田。小鸟们也无所谓，燕子看到农民来了，却吃了一惊，对小鸟说："当心啊，你们碰到危险了！"

小鸟们看到燕子一本正经的样子，乍一听也吓了一跳，便问道："有什么危险？"

"农夫来这里开荒了，今年这里就会变成田。你们的危险也已经来临，大家千万要小心啊。"

小鸟很奇怪，道："农夫开荒有什么危险？"

燕子摇了摇头，道："现在你们当然看不出来。不过，我已经看到了潜在的危险在逼近。我真同情你们啊，我是候鸟，到了秋天就要去南方，可以早早就躲开了，到一个安宁的地方生活。可你们不成，你们全得生活在这里。你们看到那些农夫了么？他们现在撒下的东西，用不了多久就会毁掉你们了。"

小鸟听了更觉得害怕。有一只小鸟多少见过一些世面，道："农夫们不是在撒种子么？他们又不是要下毒，那些种子一样可以吃的。"

"是啊，"燕子说，"现在撒下的是种子。可用不了多久，可怕的日子就会来临，农夫们就会对你们下手了。他们会布下天罗地网，到时这里到处都是陷阱，你们中长得好看的会被关进鸟笼里得不到自由，要是长得肥一点的，那么就等着下油锅吧，没有一个能逃得过的。"

燕子的话让小鸟们全都惊呆了。关进笼子里，下油锅，这样的结局实在太可怕了。有只小鸟怯生生地道："可我们飞不远啊，还能怎么逃？"

燕子说："办法倒有一个。相信我吧，趁现在种子还没发芽，马上让所有鸟全都过来，趁晚上把那些该死的种子全部吃光。"

燕子这个主意一说出口，小鸟们全都哄笑起来。四周可以吃的东西太多了，那些种子全都埋在了土里。要从泥土里挑出来吃，并不是一件容易的事。它们叫了起来："燕子，你出了个多好的主意啊！天哪，要把种子吃光！这些种子是不是跟你有仇了？"燕子好说歹说，没有一只小鸟听它的。虽说有一两只小鸟将信将疑，试着到田里啄了两下，但发现实在太难，也就放弃了。

春天草木长得很快。只过了一两天，种子便发芽了，长出了绿油油的秧苗。燕子看到了，更是焦急，飞过来对小鸟说："现在总算还来得及，趁那些秧苗还没有长成，赶紧发动大家去把这些秧苗统统拔掉！要不然等秋后结实了，那你们大家全得遭殃了。"

小鸟们现在对燕子的唠叨有些烦了。有些小鸟一听就飞走，有些脾气坏的小鸟还指着燕子骂道："燕子，你怎么跟乌鸦一样尽朝人报丧啊，整天唠叨个没完，居然还想出这种馊主意。把秧苗拔光！你不是不知

看得到未来才能把握现在

道，我们不是猴子，只有用嘴去啄。要将这一大片田里的秧苗拔光，真不知要几千几万只鸟才干得完。拔下来的秧苗又不能吃，你让我们凭什么饿着肚子干这种吃力不讨好的事！"有些小鸟更是坚信燕子不怀好意，大概和农夫有仇，想挑拨他们来和农夫作对。燕子见实在劝不动，也只得作罢。

时间一天天过去。春天过去，夏天来了。夏天来了又走，终于到了秋天。这时，田里的庄稼快要成熟了，沉甸甸的谷穗都压了下来。小鸟们看了更觉得高兴，因为现在可以吃的东西更多了。燕子却痛心疾首，飞过来说："我现在马上要去南方了。最后一次提醒大家，那个可怕的日子马上就要来到了。"

小鸟们道："你老是说可怕的日子，到底什么是可怕的日子？"

"你们直到现在还不信我么？我早就说过，人们一旦收割完庄稼，接下来就是晒谷打谷的农闲日子。到时农民空闲下来，就要对你们下手了，你们马上会发现遍地都是捕鸟的夹子和罗网。事已至此，劝你们从今天起不要再像以前那样到处飞了，每天最好待在家里别乱跑。要是自己觉得能飞得远，那么就和我一样飞到温暖的南方去。不过……"燕子看了看那些因为一个夏天丰富的食物而养得肥肥的小鸟们，"你们多半飞不了那么远，那些沙漠和海洋对你们来说都是无法逾越的障碍。所以，你们还是找些隐蔽的地方躲起来吧，比如那些墙洞里、树洞里，躲起来就不要再出来了。"

如同特洛伊战争最终时刻的来临，特洛伊人不把先知卡珊德拉的预言当成一回事，燕子的忠告仍然被小鸟当成了耳边风。悲剧终于到来，小鸟们如同当时七嘴八舌讽刺卡珊德拉的特洛伊人一样，被农闲后没事干的农夫捉了个精光，进鸟笼的进鸟笼，下油锅的下油锅，全都落得一个悲惨的下场。

所以说，人们只听得进顺耳的意见，忠言逆耳这句话只有大难临头时才体会得到。

——根据（法国）拉·封丹《燕子和小鸟》改编

入选理由：

　　两件看似风马牛不相及的事，也许紧密相连。

燕垒生语：

　　"人无远虑，必有近忧"。这是中国哲人告诫后辈的话。西方也有类似的谚语，都是告诉人们要有远见。只是远见这个东西实在有点捉摸不定，假如有谁能预言将要发生的事，实在是个了不得的人物，所以古希腊的城邦中，每个神庙都会有一两个预言家。拉·封丹这个故事中说到的卡珊德拉，是荷马史诗《伊利亚特》中的一个人物。她是特洛伊王普里阿摩斯的小女儿，智慧女神雅典娜的女祭司，有名的预言家。但她的宿命就是：能说出永远正确的预言，却永远不被人相信。当希腊将领俄底修斯向盟主阿伽门农王献上木马计，特洛伊人中计将木马拉进城门去时，卡珊德拉向同胞们发出警告，却没有一个人相信她。故事中的燕子也有点类似卡珊德拉，说出了完全正确的预言，可是小鸟们全当成耳边风，结果被农夫下油锅的下油锅，关笼子的关笼子。

　　"未来"，这是一个多么奇妙的词，听了就让人热血沸腾。只是未来并不是一道坦途，有可能前面会出现无法克服的艰难险阻，所以人们总希望能够少走弯路，尽量避免损失。有一门边缘学科叫"未来学"，从某种意义上来说，就是现在的预言家。19世纪末20世纪初，欧洲科学家曾经齐聚一堂，展望21世纪的今天，作出了大量预言。现在回过头来看看，要么就是太保守，要么就是太激进，真正说中的没有几个，可见预言未来之难。

　　虽说预言大多不可信，但预测的准确率就要高得多了。如同天气预报，明天几点几分下雨，今天报出来也未必会准。但明年的气候如何，却大多会被言中。在这个故事中，与其说燕子作出了一个预言，不如说它凭借经验作出一个预测：农闲时农夫将会捕捉小鸟。这个预测完全准确，而且连大致时间也预测到了，不过小鸟们只是把燕子符合逻辑的预测当成一个信口开河的预言，悲剧终于发生。

还能说什么呢？机会并不是没有眷顾小鸟，只是它们自己将机会推向了一边。换一句话说，缺乏远见的小鸟，已经注定了其命运是一个悲剧。我们也是如此，好话人人爱听，不顺耳的话只当没听到。把将来估计得过于乐观，结果往往就失去了众多机会。所以不必埋怨自己运气不好，做一件事之前，不妨静下心来，把我们的计划重新考虑一遍。准备齐全了么？有没有可能出现突发事件？别人的警告即使再匪夷所思，也不要全然不当一回事。谨慎不是多余的，它至少可以让我们最低限度地减少损失。

千里之行，始于足下

　　在哥伦布发现了美洲后，这块新大陆被人们传说为遍地黄金，有许多欧洲人都想去那儿碰碰运气。不过，要横渡大西洋实在不是一件容易的事，海上风暴很大。有一艘满载旅客的航船就碰上了这样的坏天气，运气实在糟透了，在已能看到新大陆的边缘时被风浪打沉。船上的人大多被淹死，只有四个人经过一番拼死挣扎后，总算逃脱了狂风巨浪的袭击。

　　既然同是天涯沦落人，就应该相濡以沫，同舟共济。这四个人发誓，从此要有福同享，有难同当。这四个人中，一个是商人，生意做亏了才到新大陆来碰运气；一个是牧人，则是因为家乡遭灾，活不下去了才背井离乡。第三个人听了，多少有点得意，道："我呢，是正宗的贵族。"

　　他是贵族不假，不过这个贵族也已经败落了，家里能卖的东西全都卖光，没办法了才决定铤而走险，到新大陆来找碗饭吃。他们看着最后一个人，那贵族道："先生，你是做什么的？"第四个人看上去最为凄惨，围着火堆正在发抖。听得他们的问话，他抬起头道："我是王子。"这话让另外几人全都吓了一跳。不过当时欧洲小国林立，王子比牛毛还多。朝廷虽小，但王室成员之间的钩心斗角却如五脏俱全的麻雀，一样不少，这个倒霉的王子想必也是如此。他既然不愿多说，旁人也不多问。四个人眼下死里逃生，从牧人到王子全都身无分文，衣不蔽体，只能撑着往前走。好在丛林里总还有点吃的，牧人打猎，商人和王子去采野果，贵族生火，就这样撑着走下去。皇天不负有心人，他们终于到达

185

了一个移民的聚集地。这地方全是从欧洲来的移民，人口足足有好几万。到了这儿，四个人终于长吁一口气。

活下去已经没什么问题了，不过到新大陆不是来要饭的。四个人聚在一起商议，讨论日后的生活。说着说着，讨论会却成了回忆大会。商人在谈着过去生意顺利时，日进斗金的快活日子；王子也说着当初在宫中锦衣玉食的生活。贵族没什么好说，但总能说出些与哪些达官贵人交往的事来。说到最后，牧人大声道："现在说这些还有什么用？我们眼下最要紧的，就是把过去忘掉，重新做起。大家尽力而为，只要努力干活，好日子一定可以重新来的。"

牧人的话马上得到商人和王子的赞同。商人是生意失败，欠了一屁股债，为躲债而来的；王子更是由于宫廷斗争而逃命，要是被政敌查到他的行踪，连性命都要丢掉；贵族虽然还在怀念过去的贵族头衔，但这个头衔带来的只是一点虚荣而已，所以他也没有反对牧人的话。商人第一个站起来，说道："我做过商人，精通数学，我可以去教人数学，按小时结算。"

当时懂得数学的人并不多。商人倒也不是吹牛，他算账多了，算点加减乘除自然不在话下。商人这样一说，王子也马上站起来，道："不错不错。我很懂得政治，我可以教人政治学。"

俗话说久病成良医，王子虽然是宫廷斗争的失败者，但对于这一套斗争方法却都烂熟于心。有人的地方，总会有政治，王子懂得的这一切，应该也能派上用场。

贵族整了整身上的破衣烂衫，咬文嚼字地道："两位说得都很好。至于敝人么，敝人最擅长的，乃是纹章学。"

所谓纹章，就是世家的标记。一开始都是些简单的记号，但随着贵族们互相通婚，两家的纹章合并在一处，就开始千变万化起来。这里有个暗号，那里有个标记，而附着的箴言也很有讲究，基本上都是拉丁文的名人名言。因为其太复杂了，很多正宗的贵族子弟都搞不清自己家的纹章到底应该是什么样的。贵族过去整天没事干，就专门研究这个，对欧洲大陆几乎所有贵族世家的纹章全都了然于胸，而这也是他唯一擅长的事。别人还不清楚，王子却吃了一惊，道："原来先生你很精通纹章学啊，应该会有很多富人延请你当顾问的。"

发了财，接下来的事就是要和古代的名人扯上关系了。从家传纹章里找到祖先是某个帝王，或者证明自己是某个著名人物的直系后代，这种做法，不论何时何地，全都一样盛行，所以王子所说的倒也不是奉承。只要找到主顾，贵族也能过上丰足的日子。贵族见王子也赞同他的话，登时大为得意，正要谦逊几句，牧人却大声道："朋友们，你们说得都很对，诸位所擅长的也能够赚到不少钱。可是，你们现在就能赚到钱么？一个月足足有三十天，你们去教人，总要在月底或下月初才能拿到报酬。那么在这段时间里，我们又该吃什么？难道就空着肚子挨饿么？"

商人、王子和贵族本来觉得自己都很有本事，牧人却没什么大用，但现在牧人这样一说，他们都怔住了。的确，就算要去教人，总得有一身光鲜的衣服。现在一副乞丐的模样，有谁会相信他们身怀绝技，拜他们为师？三个人全都说不上话来。牧人接着道："朋友们，你们都是有大学问的人，给了我美好的希望，但这希望太远了，眼下我们都还饿着肚子，找到今天的晚餐才是当务之急。现在你们的学问派不上用场，还是由我来解决眼皮底下的困难吧。"

牧人站起身，到森林里砍了一堆柴火，去集市上卖掉，用换得的钱解决了当天的食宿问题。就这样，慢慢地衣食无忧了，商人、王子和贵族也终于得以发挥长处，最后也过上了好日子。

——根据（法国）拉·封丹《商人、贵族、牧人和王子》改编

千里之行，始于足下

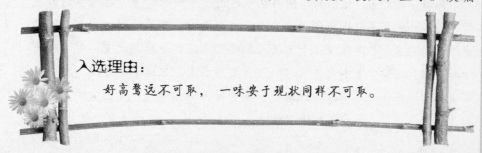

入选理由：

好高骛远不可取，一味安于现状同样不可取。

燕垒生语：

《庄子》中有个故事，说朱泙漫向支离益学习屠龙之技，三年始成。但学成后，世上却找不到一条龙，他所学的一切全然无用。拉·封丹的这个故事与之颇有点类似，只是庄子是从虚无观点出发，认为这一类学问全然无用，持的是否定态度。拉·封丹没有庄子那样绝对，他认为商人的数学、王子的政治学和贵族的纹章学也是有用的，不过那些才能都是长远之后才能见到成效，想要立竿见影，则不如牧人去打点柴火，解了燃眉之急再说。这种想法虽然不如庄子所说的那样富于哲学意味，却要现实得多。这个故事中说到的纹章学，对于中国人来说远了点，不过假如用现代的"商标"概念去理解，那就容易理解了。纹章起源于盾牌上的花纹，后来演变为证明家世的一种标志。从13世纪起，规定只要遵守纹章制度，任何人都可以拥有纹章。不过对于纹章，各阶层的看法大为不同。衣食不周的平民百姓觉得这个东西实在没有什么用处，可是对于贵族来说，纹章却是一种商标，保证其血统纯正，所以那些贵族对此极为看重，以至于后人误以为只有贵族才有纹章。正因为纹章千变万化，中世纪才有一门纹章学，故事中的贵族正是谙熟此道的高手。新大陆的富人们发家后都想和欧洲名门挂上关系，这也是实事。如果纹章上出了差错，就只会遭人取笑，

其实，每一个人只要不是自卑感太过，总会觉得自己有很了不起的地方，求职时也总希望能找到一个好工作。不过，我们觉得自己有才能，是否就一定有才能呢？得不到承认的才能只是一场空。如果不肯承认现实，妄自尊大，那么和过分自卑其实没什么不同。想要一飞冲天，就必须脚踏实地地做起。我们不要只看见成功者成功后的荣耀，更应该看到他们创业途中的艰辛。正如商人、王子和贵族，各有一技之长，他们的学问当然也远远高于牧人，可是在落拓的时候，这些学问还不如牧人去打点柴换钱更实在。这个道理很简单，也讲得有点滥了，但故事给我们的启示却不仅仅在于靠牧人脚踏实地地解决燃眉之急，也在于商人、王子和贵族在困境中也不放弃理想。没有理想的人，永远都只能沉沦在最底层。只有着眼于现实，永远不放弃理想，一步步努力地向前走，才会成功，也许这才是拉·封丹真正想告诉我们的道理吧。

头脑需冷静

　　狮子和牛虻是一对好朋友。它们平时形影不离，但争执总是无处不在，有一次，不知为什么发生了矛盾，两个朋友便争吵起来。

　　"你这微不足道的小虫子，快给我滚蛋！"狮子龇出牙，冲着牛虻怒吼。虽说两者的体形根本不相称，狮子的一个爪子就比牛虻要大得多，只需轻轻一碰就能把牛虻撕成碎末，但牛虻会飞，足以飞到狮子抓不到的所在，所以纵然狮子怒火万丈，却拿它没有办法。

　　"你这大毛球只是声音大，"牛虻也不甘示弱，在空中飞着，"其实毫无用处。"

　　"没用处！"狮子的怒火燃得更旺了，"你敢不敢和我决斗？"

　　敢与狮子决斗的动物，可以说几乎没有。即使是老虎、大象、犀牛一类的动物，见到狮子也只能躲开。听到牛虻居然要和自己决斗，狮子气得笑出声来，道："我没听错吧，小小牛虻居然要和我决斗！"它将前爪往地上一拍，坚硬的地面被它拍出了一个大大的爪印。狮子叫道："你看看，这一下拍死几百个牛虻都绰绰有余了。"

　　牛虻却没有害怕，大声道："力气大有什么用，我们今天就来决一高低，看看谁的本领更大。狮子，你有本事就来吧，别以为你号称万兽之王我就会怕你，告诉你，野牛的力气比你大得多，它都只能乖乖任由我摆布。"

　　狮子和牛虻的友谊就是在与野牛的战斗中结下的。野牛看似温顺，但力量很大，当初狮子饿急了想去抓一只小牛，没想到碰到了野牛王。那野牛王的两个尖角如刀一般锋利，力量更是比狮子还大。狮子原本不信自己斗不过野牛，但那一次却被野牛王顶得急了，险些被逼下山崖，而那一次正是牛虻来救了狮子的命。牛虻爬进了野牛王的耳朵，在里面狠狠咬着野牛王的耳孔内壁，野牛王没有办法，被牛虻咬得落荒而逃。听得牛虻旧事重提，狮子恼羞成怒，喝道："那一次我是上了那蛮牛的当。你这小虫子以为你就真对我有恩么？告诉你，我可与那条蛮牛不一样，不信的话就试试看。"

虽然友谊是在战斗中结下的，当初两者也信誓旦旦地说这友谊是牢不可破的，可实际与理想相距甚远。几句话过后，友谊就破裂了，狮子和牛虻立刻开战。牛虻看准了狮子的脖子，猛地扑过去，将嘴里的刺刺入狮子皮下。雄狮头上鬃毛很多，又浓又密，看上去也非常威武，可脖子上却和别的动物一样，只是一层薄薄的毛而已。它感到脖子上传来一阵钻心的疼痛，赶紧伸出前掌猛地拍去。"啪"的一声，尖利的猛爪将狮子自己的皮肤都抓出几道血痕，可是牛虻却已飞了起来。

这下狮子更是气得发疯，眼里冒出凶光，叫道："臭虫子，快过来，决斗有你这样子么？"它平时与别的动物决斗，或者为了争夺配偶和别的雄狮决斗，全都是堂堂正正地正面交手，像牛虻这种决斗法还是第一次遇到。牛虻却只是"嗡嗡"地叫，并提高声音道："我的决斗就是这样子，有本事，你就来抓我吧。"

狮子的利爪不论是谁都会害怕。可是爪子再厉害，也要抓得到才有威力。牛虻只是飞在狮子够不到的半空中，抽冷子飞下来猛地咬一口。狮子气得火冒三丈，不停地怒吼，嘴里喷出白沫来，将地上都抓出了一个大大的凹坑。边上那些野兽听得狮子的怒吼，全都吓得魂不附体，生怕受到池鱼之灾，一个个躲得远远的，到了安全的地方，仍然在瑟瑟发抖。就这样斗了半天，狮子身上到处都是被它自己抓的伤痕，连鼻子也被抓破了，淌出血来。撕咬了半天，狮子累得再没有力气，只能趴在地上呼哧呼哧地喘着粗气；而牛虻呢，却趾高气扬地飞在空中，身上毫发无损，因为太过兴奋，反倒越来越有精神。见狮子趴在地上动弹不得，牛虻还要往它身上咬去，狮子吓得躲在一边，叫道："我输了，我输了，别再来了！"

牛虻居然战胜了狮子！这个消息登时传遍了森林，动物们大吃一惊，以前看不起狮子的也都来向牛虻献殷勤。狮子是万兽之王，牛虻却能战胜狮子，那牛虻就是万兽的王中王了。牛虻也得意非常，到处飞来飞去宣扬战果。正飞着，突然觉得撞到了什么东西。这东西软软的，很粘，牛虻一碰上去便动弹不得，仔细一看，原来是一张蜘蛛网。蜘蛛也发觉网上来了猎物，便向牛虻爬了过来。

如果是平常，牛虻一定吓得魂不附体，拼命逃跑，但因为现在刚战胜了狮子，它竟没有半点害怕。见蜘蛛过来，它叫道："小虫子，你居然如此大胆，你可知道我是谁么？我可是万兽的王中之王，连狮子见了我也要逃跑。"

蜘蛛却显然没把这个王中王放在眼里。它慢悠悠地吐出丝来，将牛虻绑得严严实实，笑道："我不知道什么王中王，只知道你是个牛虻。"

牛虻此时才知道害怕。可是晚了，蜘蛛已经把它绑得结结实实，就算想逃也逃不掉了。就这样，牛虻刚刚成了万兽的王中之王，却又不幸地成了蜘蛛的一顿美餐。

——根据（法国）拉·封丹《狮子与牛虻》改编

入选理由：

　　一时的胜利不能说明什么，也许这胜利指向的是万劫不复之地。

燕垒生语：

猜拳里有一种"老虎、棒子、虫、鸡"的酒令，四种手势各代表一种东西，鸡吃虫，虫啃棒子，棒子打老虎，老虎吃鸡。中国民间传说中"老鼠嫁女"的故事，也是这一类连环套，老鼠想找一个威风的女婿，找来找去，从太阳找到云彩，找到风，再找到墙，最终还是找到老鼠。这种有趣的小故事说明了一个朴素的真理：没有绝对的胜利者。拉·封丹这个故事也是这样，牛虻可以打败巨大的狮子，但在小小的蜘蛛面前却全无还手之力。

拉·封丹说这个故事是告诫人们不要有轻敌思想，即使能战胜强大的敌人，有时也可能会败在弱小的敌人手上。不过寓言云者，寓深意于微言之中，有时我们读来得到的感想全然不是作者想要告诉我们的那些，这也是常事。像庖丁解牛的故事，庄子想跟我们说的是要顺应自然，不要逆时而动，而我们通常想到的却只是庖丁的熟能生巧。虽说格调低了一层，不过那并不算错，一个故事讲出来，理解的权力就在受众一方，可以说与述者无关了。拉·封丹说不要轻敌，只是牛虻本身也就是一只小虫子，它的能力并没有超过蜘蛛，所以根本谈不上轻敌。它被蜘蛛捕住，其实还是因为被战胜了狮子后的兴奋冲昏了头脑。

牛虻打败了狮子，仅仅是偶然；失败于蜘蛛，倒是必然。牛虻的错误，就在于把偶然当成了必然，而把必然看成了不可能。世事如棋，谁也不能担保谁是最终的胜利者。举一个不太久远的例子来说，清末的曾国藩与太平军作战，曾被打得走投无路，投水自尽，后被人救上船来。可是，最终的胜利者仍然是他。西谚有云：谁笑到最后，谁笑得最好。英雄只能以成败论，失败的英雄也只能作为教材而已。胜利有很多种，有些是实力使然，有些却仅仅是由于运气。胜利后归纳经验，失败后总结教训都是常见的事，但要在胜利后总结教训，就不是一件容易的事了。胜利是一种迷药，要在胜利之后仍然保持清醒的头脑，才称得上真正的英雄。不因为失败而灰心，也不被暂时的胜利冲昏头脑，那才是取得最终胜利的正道。就像江上行舟，逆水时固然要全神贯注，顺流时更应该小心翼翼。只要记住，在实现目标以前，任何的顺利与逆势都属于过去，下一步都只是一个全新的开始，这样我们才能够成功地抵达终点。

想象与现实的距离

　　古希腊有一整套完备的神话系统。赫耳墨斯是商人的保护神，有一次与诸神谈起，哪位神最受尊崇。战神阿瑞斯说军人最崇拜他，爱神阿佛洛狄忒说热恋中的男女人人都对他尊崇，火神赫菲斯托斯则指着下界的工匠说每个工匠家里都供奉着自己的神像。说来说去，最后大家倒是一致同意智慧女神雅典娜才应该算是人类最崇敬的神了，因为她是从父神宙斯的脑子里跳出来的，既是智慧女神，又是战争女神。赫耳墨斯虽然没有表示反对，但心里不服气。于是他偷偷下凡，变成一个凡人模样，想要亲自去验证一下自己到底有多么受欢迎。

　　走来走去，他看过了雅典娜巍峨的神庙，也见过太阳神阿波罗那高大的神像，倒是很少看到有自己的雕塑。正在丧气之时，忽然身边走过一个市民，手里捧着几个塑像，其中一个正是自己的。他大为兴奋，拉住那人问长问短，那人急着回家，只是跟他说这是刚从一个雕塑铺子买来的，让赫耳墨斯自己去打听。

　　古希腊的雕塑技艺十分发达，家家都放着几个塑像当摆设，所以这些雕塑家与著名的诗人、演说家一样受欢迎。赫耳墨斯登时来了劲，按照那人的指点走去。一路上，时而看见有人抱着几个塑像回家，想必是刚买回来的。让赫耳墨斯高兴的是，那些人手上捧着的塑像中大多都有自己的。

　　沿着大街走过去，终于来到那个雕塑家的铺子里。铺子虽不算大，不过里面的塑像却摆得很多。看到他进来，那雕塑家连忙站起身，道："先生，要买塑像么？请看吧，您要哪个都成，我这儿有全套的诸神像。先生您若要雕自己的，也可以提要求，一样会为您做出来。"

赫耳墨斯在铺子里看着。神像有很多，大多样子单一，看来这雕塑家只是做行货的，也就是给一般人拿去当案头摆设。他看来看去，看到一边有一个主神宙斯的像，便道："请问这个要多少钱？"

主神宙斯是众神之王。他的手中握着霹雳，众神绝大部分都是他的子女。假如哪个神敢违背宙斯的意愿，宙斯一个霹雳打下，便会将那个神打落凡间。这种高压政策虽说不太得人心，但却十分有效，诸神对宙斯是又怕又敬。见客人问起宙斯，那雕塑家道："这个啊，要一个银元。"

一个银元不算便宜，也不算太贵。赫耳墨斯看到在宙斯像旁边摆着的是赫拉的像，便道："那这个呢？"

赫拉是天后，她是宙斯的妹妹，也是宙斯的妻子，同样是唯一一个敢对宙斯说"不"的神。在某些害怕其配偶的男人眼中，赫拉的地位比宙斯要更高一等。那雕塑家见赫耳墨斯问起，微笑道："这个啊，要卖两个银元。"

看来买赫拉像的，多半是那些害怕配偶的男人了。赫耳墨斯转了个身，一眼看见自己的像就摆在一边。与别的神像不同，他的像摆了整整一个架子，十分整齐，看来买赫耳墨斯神像的人是最多的，这雕塑家做得也最多。他微笑道："那这个要多少钱啊？"

"哪个？"雕塑家转过身，看到那一架子赫耳墨斯的雕像，微笑道，"原来是指这些啊。"

"多少钱？"赫耳墨斯有点着急。他是神使，又是商业之神，能保佑人家发财，想来应该比赫拉更贵一些吧。回到天上，这个例子足以表明他赫耳墨斯才是最受人类尊敬的神。

雕塑家这时却卖了个关子，道："这是赫耳墨斯的像。他是神使，又是商业之神，买回家去，定然招财进宝，钱财源源不断地进来，好兆头啊。"

自己能干什么，赫耳墨斯自己当然最清楚。他急着问道："到底要多少钱？"

"说出来一定会让先生您大吃一惊的，"雕塑家指了指宙斯和赫拉的像，"您买了这两个的话，那赫耳墨斯就作为添头，白送给你，一文钱都不要！"

这个故事说明，爱慕虚荣的人往往会被别人看不起。

——根据（古希腊）伊索《赫耳墨斯和雕塑家》改编

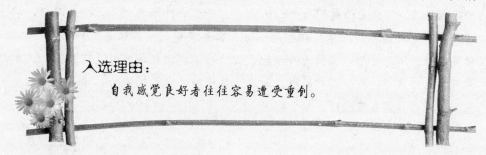

入选理由：

自我感觉良好者往往容易遭受重创。

燕垒生语：

赫耳墨斯是希腊神话中的商业之神。有趣的是，他同时也是骗子和小偷的保护神。这显然暗示了古希腊人对商人的偏见，与中国古代重农轻商相似，中国人说"无商不奸"，古希腊人干脆把商人和骗子、小偷归为一类。而赫耳墨斯在古希腊神话中的确不算是最热门的神仙，荷马两部史诗《伊利亚特》与《奥德赛》中提到他的不多。后来到了与古希腊神话一脉相承的古罗马神话里，赫耳墨斯的名字被改成了墨丘利，同样只是活跃在二三线的一个小神。可能他保佑商人、骗子和小偷的名声太大了，与中国过去青楼供奉的白眉神、小偷供奉的大耗星差不多，顶多只能藏之密室，私相膜拜。假如拿到外面来宣诸公众，则无异于宣称自己就是小偷或骗子了。不过赫耳墨斯自己却显然没认识到自己在旁人心目中的地位，所以才会在这个充满了相声式抖包袱情节的小故事里自讨没趣。

赫耳墨斯是神，讨了个没趣后，也许会一笑了之，也许会恼羞成怒，保佑那位雕塑家个个雕像都卖不出去，最终关门大吉，都不算什么大不了的。只是，我们若是和赫耳墨斯一样，先是自我感觉良好，最终讨了个没趣，结果恐怕并不都是喜剧性的。战国时赵国的赵括，身为将门之子，熟读兵书，连他身为名将的父亲赵奢与他讨论起兵法来都辩不过他，于是他自以为是绝世名将。长平一战，全军覆没，三十万赵兵被白起活埋。这种没趣不仅害了自己，还害了旁人。到了三国时，似乎赵括又在马谡身上借尸还魂，同样的悲剧重演一遍，这个马谡同样是自我感觉非常良好的人，结果丢掉街亭这个战略要地，让诸葛亮的北伐前功尽弃。

我们每个人都有自己的位置。古人说知人易、知己难。看到别人的长处或缺点，并不是一件困难的事，但看到自己的缺陷就难了。更何况不仅是要看到自己的缺点很难，即使要清楚明白自己的优点也并非一件容易的事。扬长避短，尽管是一句熟得不能再熟的话，却也是一句最容易理解，最不容易做到的至理名言。赫耳墨斯看不清自己，仅仅是因为虚荣心作怪。我们也许可以没有虚荣心，但要看清自己仍然是一件很困难的事。所以清楚地知道自己的能力，才是一切行动的基础，否则只能处处碰壁。

从失败中得到教训就是胜利

　　狮子是名下无虚的森林之王，所有动物都是它的下属。它有三个顾问：羊、狼，还有一只狐狸。狮子每每有什么难决之事，就会召集这三个顾问来征求它们的意见。

　　有一天，狮子起身，突然觉得嘴里奇臭无比。口臭一般是消化不好，狮子昨天吃得太饱，吃过后又没有运动，所以出现口臭也很正常。不过对于手中有权的人来说，没有哪一件事是小事。于是狮子把那三个顾问都叫了过来，想问问它们的看法。

　　"你说，我的嘴里有味道么？"

　　狮子首先向羊发问道。羊向来以直言无讳著称，所以当狮子张开大口时，它便探出头去闻一闻。要知道，羊是吃草的，它闻惯的是青草和泥土的气息，狮子那张血盆大口里发出的味道对于羊来说，无异于一场灾难。刚一闻到，可怜的羊被熏得差点晕过去，它不由叫道："天啦，狮子大王，您的嘴巴实在太臭了！"

　　虽然知道自己嘴里臭，但被臣子当面这样说，狮子心里也很是恼怒。本着治病救人的方针，它要再给羊一个机会，便道："你真的没闻错么？再过来闻一下。"

　　狮子话中的怒气，羊即使再迟钝也能听出来。但是羊很诚实，这种品德使得它无法昧着良心说假话。它又凑上前闻了闻，道："狮子大王，我没有闻错，您的嘴里真的臭极了。"

狮子的耐心很少，少到可以忽略不计。所以不等羊再形容自己嘴里到底臭成什么样，它便不再废话，一口向羊咬去。可怜的羊连惨叫声都来不及发出，头就被咬了下来。

问过了羊，狮子转而向第二个顾问问道："狼，你过来闻一下。"

羊的遭遇全都落在狼的眼里。看到这副情景，狼即使想要幸灾乐祸也没这个心了。它一心想跑，但在狮子面前哪里敢走？听得大王召唤，只得胆战心惊地走过来闻了闻。虽说狼也是吃肉的，和狮子吃一样的东西，但它现在没得消化不良的毛病，狮子嘴里的这股味道仍然让它险些呕出来。不过狼比羊聪明多了，它脸上没露出异样，只是赔笑道："哎呀，狮子大王，您的嘴里香极了。我一靠近，便闻到一股异香扑鼻，真是越闻越好闻，越闻越想闻。"

狼还要再说下去，狮子的耐心却又到了尽头。它怒吼道："连我自己都闻到了嘴里的臭味，你却说我的嘴里很香，你这不是讽刺我么？"它猛地扑上去，一把摁住了狼，张嘴便咬。狼虽说也算是猛兽的一种，但和狮子却无法相比，它被咬得叫苦连天，只能一个劲儿地讨饶。也许是它的讨饶起作用了，或者说狼的肉味不如羊的肉味细腻香甜，狮子咬了几口，便住口不咬，喝道："滚吧，以后少来多嘴！"虽然逃得性命，但可怜的狼已被咬得遍体鳞伤，周身上下没一块好肉了。它悻悻地退到一边，舔着身上的伤口，再不敢说一句话。

现在轮到第三个顾问发表意见了。刚才这一切，狐狸在一边看得清清楚楚。当狮子让它上前，狐狸便慢慢走过去，小心地问道："大王，小臣在此。请问大王有什么事么？"

"你闻闻看，我的嘴里有什么味。"

狐狸走上前来，装模作样地嗅了一阵，忽然大声道："大王，实在万分抱歉，我现在什么味道都闻不出来了。"

不管狐狸说自己的嘴是香是臭，狮子都准备要动嘴尝尝狐狸肉的味道。只是它没想到狐狸会这样回答，便哼了一声，道："不成，你一定要告诉我，我嘴里是个什么味。"

狐狸笑了一下，道："大王啊，平时要闻一闻，那是很容易的事。不过现在真的不巧，这几天我感冒，鼻子塞得死死的，什么味道都闻不出来。"

——根据（古希腊）伊索《有口臭的狮子》改编

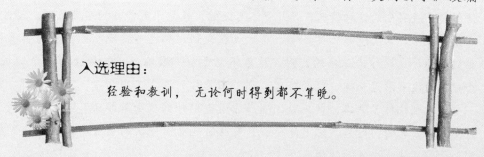

入选理由：

经验和教训，无论何时得到都不算晚。

燕垒生语：

这个故事中的狮子不是一个好领导，蛮不讲理，刚愎自用。不过，狮子手上拥有的是绝对权力，那么手下除了逢迎以外就没有第二条路可走了。只是逢迎也不是人人都会的，羊和狼就没有逢迎好，羊丢了性命，狼也落得个遍体鳞伤的下场。这一类故事其实并不新鲜。另外还有一个故事，说有个瞎了一只眼、瘸着一条腿的国王，让三个画师为自己画像。第一个画师将国王真正的样子画了下来，国王恼羞成怒，砍了他的脑袋。第二个画师将国王画得气宇轩昂，目光炯炯，也被国王以"造假"为名枭首示众。第三个画师为国王画了一幅开弓放箭，一脚踩在石头上的画像，国王的缺陷全然看不出来，令他十分满意。这个故事应该是与上个故事一脉相承，属于伊索这个寓言的变体。其实中国也有类似的故事，俗话里有一句歇后语，叫"赵匡胤打赌——输打赢要"，说的是宋太祖赵匡胤做流氓时，凡是跟人打赌，总是光赢不输。这不是因为赵匡胤赌技高超，而是他一旦输了就动拳头，所以没人敢赢他，以至于传说中赵匡胤和陈抟老祖下棋输掉了华山，也成为一件异事。可见，古今中外这一类光赢不输的人物并非偶尔一见的个例，而是屡见不鲜的通例了。

假如以这个故事为素材，向人们征求意见，那么我想只要不是脑子一热时的冲动，一百个人里总会有一百个人愿意选择做这故事里的狐狸。狡诈当然不是一

从失败中得到教训就是胜利

种值得效法的品德。不过，这个故事让我们可以借鉴的不是狐狸的狡诈，而是它的急中生智。在真话与谎言都得不到好下场的前提下，它能够及时想出一个说得过去的理由，的确很值得我们深思。平时我们做每一件事，事无巨细都应该尽量考虑周全一些。然而事态千变万化，像诸葛亮那样事先发一个锦囊，而事情也如他所料一般发生的这种情况，是几乎不可能的。我们不可能任何事都成功，可是，即使失败了，只要能够亡羊补牢，及时吸取教训，那也不算晚。狐狸看到了羊和狼的下场，立刻作出正确的应对，这才不至于重蹈覆辙。正如地上有一个凹坑，当你因为没有看见而摔一跤的时候，那并不是你的错，不用自责。可假如因为同一个凹坑让你摔了第二、第三跤，那么你还能用什么理由来推诿？经验和教训总是宝贵的，无论何时得到都不算晚，只有及时地从上一次的失败中总结经验和教训，才有可能走向成功的彼岸。

宿命论者的悲叹

上帝在创造这个世界的时候，也同时创造了万物。万物注定有生有死，所以上帝决定让所有动物的生命都有期限，每个生物都拥有三十年的寿命。

这时，驴子走过来问道："主啊，请问您给了我多少年的寿命？"

"三十年，"上帝回答道，"所有的生物都是三十年。"

"天啊！"驴子惊叫起来。上帝很奇怪，道："你不满意么？"

"是的，主啊，"驴子回答说，"三十年对于我来说，实在太长了。我的日子过得那么苦，每天一早起来，就要为人们背负沉重的负担，把一袋袋的谷子驮进作坊里，一直到天黑了还不能休息。人们得以将谷物磨成粉，做成面包，可是我得到了什么呢？他们只知道用拳打脚踢来鼓舞我，让我一刻不停地做事。主啊，如果您真的同情我，那么就请您早点把我从这漫长的痛苦岁月中解救出来吧。"

驴子的话让上帝十分同情。他点了点头，道："好吧，如果你不愿意活那么久，就减去你十八年的寿命。"

驴子千恩万谢地走了。它刚走，狗马上跑了过来站在上帝面前，似乎想要说什么。"你又想活多久呢？"上帝看着这狗问道，"三十年对于驴子来说也许是太长了，对于你应该是正好吧？"

"主呀，"狗慢慢地答道，"这难道就是您的意思么？我现在每天都被逼着跑来跑来，四只脚很快就要没用了，哪里撑得了那么久！再过几年，我就会老掉了牙，到了连叫都不能叫的时候，也就只能从一个角落跑到另一个角落而已，那时我还能做什么呢？也就是躺在墙角晒晒太阳等死了吧。主啊，假如您慈悲的话，请减去我几年寿命吧。"

上帝没有办法，也觉得狗说得并没有错，就减去了它的十二年寿命。紧接着，一只猴子也跑了过来。看见猴子，上帝亲切地说道："猴子，你一定很愿意在世上活三十年吧？你不用跟驴子和狗一样为人类干活，每天只需要蹦蹦跳跳地玩耍嬉闹。"

没想到猴子也叫了起来。它叫道："主啊！你难道不知道么？"猴子难得地不再跳上跳下，一本正经地说着，"您说的都是很久以前的事了。现在哪里还有这种好事，就算天上掉馅饼，我也接不住。现在我只能靠讨好人类活着，做个鬼脸，扮点把戏，这样他们才能给我一天的食物。可是您知道么？就算人类给我一个再甜的苹果吃，我吃着还是酸得牙都要掉。主啊，别被我整天嘻嘻哈哈地骗了，欢笑的后面总是泪水。所以，三十年对于我来说，那也是太多太多了。"

上帝也被猴子打动了。他想了想，于是减去了猴子寿命中的十年。

这时，有个人出现在上帝面前。他充满活力、健康而快乐。他走到上帝跟前，行了个礼道："主啊，请问您准备给我多少年寿命？"

"你将活到三十岁，"上帝说，"够了么？"

"太短了啊，"那人叫了起来，"主啊，三十年对于我来说怎么够！这时候，正是我费尽千辛万苦建起的房子刚刚落成，正等着我在厨房开火做饭的时候；也是我辛勤栽培的树木刚开花结果，我正要从枝头摘下甜蜜的果实开始享受的时候。主啊，您却偏偏让我在这时候死掉！这也太残忍了，主啊，还是让我的生命再延长一些吧。"

上帝想了想，道："好吧，假如你坚持的话，我把从驴子身上扣除的十八年寿命给你。"

那人算了算，叫道："天啊，这怎么够？那也才四十八年而已。主啊，请您再加几年吧。"

"那就再加上从狗身上扣下的十二年吧。"

"那也只有六十年，还是太少了点，"那人算了算后，仍然觉得不够，又叫了起来，"主啊，请您再给我几年吧。"

"好吧，"上帝说道，"我就把从猴子那里扣下来的十年也加在你身上。这回，你别再要了，再要也不能给你了。"

那人见确实再也要不到了，也只得走了。不过，他在走时仍然嘟嘟囔囔，仍旧一肚子的不满意。

就这样，人的寿命可以达到七十岁。不过，这七十年中只有头三十年是他自己的，这三十年转瞬即逝，但在这时候他健康、快乐，工作愉快，生活也充满了欢乐。从三十一岁到四十八岁是属于驴子的。在这接下来的十八年里，生活的千钧重担压在他肩上，他每天都要辛苦工作才能养活家人。而他做得再卖力，换来的却只是拳打脚踢，就同人们对驴子一样。接下来四十九岁到六十岁之间的十二年属于狗了，那时人的牙齿开始掉落，吃东西也咬不动了，只能躺在墙脚里整天嘟囔。而这十二年还不算最痛苦，接下来从六十一岁到七十岁的这十年里，那就更难熬了。他的大脑已经退化，说话做事既迟钝又傻里傻气。这时候，他就成了孩子们捉弄、嘲笑的对象，直到和猴子一样结束他的生命。

——根据（德国）《格林童话·寿命》改编

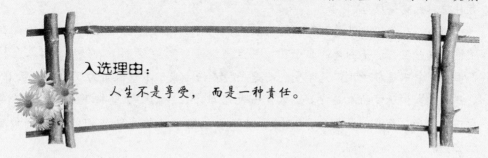

入选理由：

　　人生不是享受，而是一种责任。

燕垒生语：

《格林童话》一向被当成儿童文学。不过，假如我们仔细看看，就会发现里面有许多充满了血腥和欺骗的故事，并不很适合儿童阅读。格林兄弟当初收集民间故事，看来并不是为孩子们提供读物，只是忠实地记录下他们听到的故事。像

《寿命》这个故事，就完全不适合儿童阅读，故事虽然平淡，但字里行间都充满了厌世者的哀叹。人生究竟有多么艰难？天真无邪的孩子们是无法想象的。为了让他们有一个快乐的童年，这一类故事还是不要让他们阅读为好。可是，对于成年人来说，读这样的故事就另有一番滋味。

最早写下这个故事的人，应该就是一个厌世者吧。人都是好生恶死的，伊索讲过一个故事，说有个老人靠打柴为生，有一天累极了，动了死念，就放下柴火呼唤起死神来。结果死神真的应声而来，问他有什么事，老人却说是请他帮忙把那担子放在自己肩上。中国人也说"好死不如赖活"，可是这个故事里，我们却看不到叙述者对生命有什么留恋。他把人的一生分成了四段：人的三十年，驴的十八年，狗的十二年和猴子的十年。只有属于人自身的三十年是快乐的，以后这四十年都充满了痛苦。以前读金圣叹批的《水浒传》，在"插翅虎枷打白秀英"那一回里，白秀英在说唱《豫章城双渐赶苏卿》一节前先念了四句定场诗："新鸟啾啾旧鸟归，老羊羸瘦小羊肥。人生衣食真难事，不及鸳鸯处处飞。"这四句诗原本没有，应该是金圣叹自撰，他自己再评了几句："只是寻常叹世语耳，却偏直贯入雷横双耳，真是绝妙之笔"云云。且不去看他的自吹自擂，这几句诗本身虽然俚俗，却令人动容，也难怪金圣叹得意。从我们呱呱落地时，父母就呵护我们长大，等我们长大后又要去呵护自己的子女。如此这般，这个轮回无穷无尽，代代相传，有时想想也觉得厌倦。

然而，我们仍然活着。即使是厌世者，同样有父母，也会有子女。不论是在驴样的岁月里，还是狗样的日子里，甚至是猴子般的最后十年，仍然会有人坚持下去。生命不是负担，不是享受，而是一种责任。我们不仅仅是为了自己而活着，更是为了我们所爱的人而守护。人生如此艰难，但我们仍然坚持下来了，这才是真正的勇者。而这，也是这个充满了悲观绝望色彩的故事给我们的一点正面启示吧。

利爪下的歌声

　　林子里有一只夜莺。夜莺原本就是一种很会唱歌的小鸟，而这只夜莺更是以歌声优美动听而闻名。每当它站在树枝上唱歌的时候，看啊，森林里几乎所有的动物都聚集过来了。它们都伏在树下，听着小鸟的歌声，把所有忧愁全都忘了。可是，那也只是"几乎所有"，并不是全体动物都那么喜欢夜莺的，有一只猫就一直对夜莺怀着妒忌之心。这只猫觉得自己才是个了不起的歌手，因为每到春天，它总是蹲在屋顶上唱着它的小夜曲——当然，它从来就没有几个听众，因为除了母猫以外，从来没有别的动物喜欢听它的歌声。可是在猫看来，没有听众并不是由于自己唱得不好，一定有别的缘故。"一定是那只小鸟撺掇它们不来听我唱歌的。"猫这样想。于是它准备把夜莺抓到手，觉得这样别人就一定会欣赏自己了。何况，它对传说中的那种美妙歌声也有些好奇，同时也想要比比看，夜莺的歌声究竟好听在哪里。

　　这一天，夜莺正站在树枝上打盹，突然感到自己像是被一个铁钳夹住了。它睁眼一看，吓得缩成一团，自己竟是落到了一只猫的爪子里。猫会爬树，而且因为爪子下有厚厚的肉垫，走路时一点声音也没有，所以夜莺根本没有发现。它心想这回肯定要没命了，缩着头正准备受死，可是半天不见猫下口。正在奇怪时，却听得猫在它耳边低声说道："夜莺啊，我亲爱的小鸟，我可是常常听别人说你的嗓子好，你的歌声是多么的甜美动人，是森林里第一流的音乐。"

受到猫的赞美，可怜的小鸟仍然胆战心惊，声音颤颤地道："那只是别人顺口说说而已，不是真的啊。"

猫笑了笑，道："别人说的话，我也不太相信，只是连我的老朋友狐狸也这么说，它可是不会说谎的，应该都是真话。小鸟啊，狐狸说你生就一副天赐的金嗓子，唱起歌来又甜美又动人，不管是谁听了你唱歌，牧童也好，牧羊女也好，都会听得神魂颠倒。所以啊，我想我也会非常喜欢听你唱歌的。"

猫说得非常和蔼。可是猫的口气越和蔼，夜莺却越害怕，它浑身都在发抖。猫也感觉到了，它笑了笑，道："别害怕了，不用抖成这个样子。我亲爱的朋友，我没有要吃你的意思，别误会。我只要你为我唱支歌，仅此而已。只要你唱得令我满意，我就会放了你，让你在树林里自由自在地飞来飞去。要知道，我也是个音乐家呢，平时睡觉前我都要'喵呜喵呜'地唱一支小夜曲才能入睡。"

夜莺抖得厉害。猫把它抓得太紧了，它快要透不过气来。它壮起胆子说道："猫先生，假如你真想听我唱歌的话，就请你先把我放了吧。"

猫摇了摇头，道："这可不行。要是放了你，你不为我唱歌就跑了，那该怎么办？还是在我的爪子下唱吧，只要你唱好了，马上就可以自由了。怎么样？亲爱的，你唱吧，就唱一支短短的小曲儿也成，让我也听听这种妙不可言的歌声高兴高兴。"

夜莺再也没有办法，它只得在猫的爪子下唱歌了。可是，在它的身上还压着尖利的爪子，它哪里还能唱出动听的歌来？它能发出的只是一些叽叽的哀鸣。猫听了，嘲讽地笑道："天哪！这就是老朋友狐狸说的那种美妙的歌声么？这就是颠倒众生的动人音乐么？我真想不通你怎么能靠这种怪叫让树林里的所有动物倾倒。就算是我的小猫，听到这种声音恐怕也会受不了。"

"猫先生，这是因为……"

夜莺壮着胆子还想解释，猫打断了它的话，道："不用说了，真受不了你这种怪叫声。我还指望着能见识一下你的美妙歌喉呢，看来我是全然指望错了。你的价值大概只能在我的牙齿里才能体现出来，想必把你放进我的嘴里，我才会高兴吧。"

　　猫说到做到，立刻将夜莺放进嘴里。可怜的歌唱家，最后一支歌还没唱完，就被猫吃得连骨头渣子都不剩了。

——根据（俄国）克雷洛夫《猫和夜莺》改编

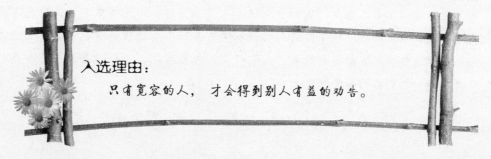

入选理由：

　　只有宽容的人，才会得到别人有益的劝告。

燕垒生语：

　　克雷洛夫生活在19世纪的俄国。当时的俄国，沙皇的专制统治已到了登峰造极的地步，对言论压制极其严重。作为一个有良心的文人，克雷洛夫对这种高压政策一直怀有不满之心，所以借这个寓言来讽刺。中国旧时代的茶馆里，大多贴了一个纸条，上书"莫谈国事"。茶余饭后，自然是闲聊的好时候。一旦说上了瘾，嘴皮子上什么话都会溜出来，肆无忌惮地抨击时政，万一被某些别有用心的人听去了，向官府告一个"聚众喧哗，图谋不轨"的罪名，发话的人可能早就跑了，茶馆却是跑得了和尚跑不了庙，就要受池鱼之灾，所以茶馆老板贴上这纸条，算是警告，也算劝诫。

　　夜莺只是一只小鸟，在猫的面前当然是没有发言权的。作为一只小鸟，它所能做的也仅仅是唱出自己的歌而已。歌声纵然很动听，然而在猫爪子下，却只能发出一些怪叫。其实何止是夜莺，猫自己若是被狼叼在嘴里，发出的声音同样不中听。不过，当猫处于强势地位时，它是不会明白这个道理的。其实做一个换位思考的话，嘴是长在人身上的，夜莺的歌声和猫儿叫春同样是一道风景，都有歌唱的权力。但要求夜莺在猫爪子下仍然要唱出动人的歌来，就实在是强人所难了。

　　中国的古人说过："闻过则喜。"听到别人的批评应该感到高兴，因为有则改之，无则加勉，对于自己是有帮助的。"闻过则喜"自然是一种好品德，然而若是征求意见的人一副盛气凌人的样子，将发言者按在爪子下，那么纵然摆出这样的高姿态，也会使歌功颂德的初衷全都变调的。过去的专制统治者却总是乐于当克雷洛夫笔下的猫，然后就有理由去指责夜莺的歌声难听。这种态度直到现在仍然可以在不少人身上看到，大到一个国家，小到一个家庭。当产生某些后果的时候，却总是不肯端正自己态度，反倒去责怪旁人得过且过，不愿直言相告，这岂不与克雷洛夫故事中的猫一样了？别人的话即使有些不中听，听一听也不会有太大害处，要知道自古忠言都不太悦耳。我们不要总想当裁判，不妨学着做一个合格的听众，以一颗宽容的心去倾听吧。

呆子的蠢行

在一个城市里，住着一个呆子。呆子哪里都有，在这个人口众多的城市里有个呆子自然也不奇怪。不过，这个呆子很喜欢自作聪明，从来不肯听劝。

这一天他出门，听到有人在敲邻居家的门。他的邻居是个马倌，家里养了几匹马，那人一边和邻居说话，一边呻吟。呆子看了很好奇，便凑上前道："你们在说什么？"

"唉，我得罪了国王，被国王打了一顿脊杖。"那人回答。呆子听了，不由笑道："被打伤了，你应该去找医生疗伤啊，找马倌做什么？受了伤还骑马，真是嫌命长了。"

那人道："不是的。我家祖传一个偏方，如果受了伤，只要用热热的马粪敷上去，伤口马上就会好的，所以我来讨一点刚拉出来的马粪。"

呆子吃了一惊，道："还有这种事！"他最是好事，平时就总是自以为聪明，无所不知，却从来没听到过有这种偏方。他见邻居拿了一点马粪出来，那人脱下衣服，把马粪敷在伤口上，没一会儿，果然就可以伸展身体了。呆子看得瞠目结舌，等那人走了，他马上对邻居道："喂，把马粪也给我一点吧。"

邻居很奇怪，问道："你要马粪来做什么？"

"我有用处，快给我吧。"

马粪又不是什么好东西，邻居也知道呆子脾气很倔，一旦认准了就别想让他回头，于是把剩下的马粪给了他。呆子得到马粪，如获至宝，赶紧回到家里，把儿子叫出来道："儿子，你快去找一根棍子过来。"

儿子拿着一根棍子过来，不知父亲要做什么，呆子道："你快用棍子狠狠揍我一顿，不要留情，打得越重越好。"

儿子吓了一大跳，道："这是为什么？"

"你不要问了，让你动手就快动手！"呆子有些急了。马粪刚拉下来还冒着热气，现在却有点凉了。他生怕马粪凉了以后没效果，一把脱了衣服，把脊背露出来道："快点，狠狠地打吧。"

他的儿子没有办法，只得操起棍子打上来。他这儿子正是年轻，身强力壮，这一顿棍子打得他背上血肉横飞，满是伤痕。等打完了，呆子马上让儿子把马粪敷到伤口上。儿子又是心疼，又是不解，道："父亲，你这是做什么？难道这样可以治病么？"

呆子笑道："是啊，我刚得到这个神奇的偏方。"

"可是，你没什么病啊，这样做到底能治什么？"

呆子叹了口气，道："儿子，你到底年轻。这个偏方是专治棍伤的，看来也真灵，刚才我被你打得动弹不得，现在一敷上，马上就好多了。"

事后，呆子觉得自己很聪明，逢人就说。旁人听了，全都忍不住笑，还夸他的确聪明。

——根据（古印度）《百喻经》改编

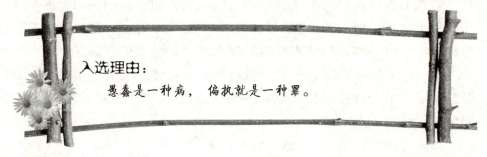

入选理由：

　　愚蠢是一种病，偏执就是一种罪。

燕垒生语：

《百喻经》是佛教文学中的瑰宝。佛门弟子要教化世人，只谈些玄之又玄的佛

理是吸引不了听众的，这时就需要用一些极端夸张有趣的小故事来作深入浅出的讲述，使得文化层次不高的信徒也能理解。这个呆子自打自医的故事，就是其中的一个。

呆子得到一个马粪治伤的偏方，就让儿子将自己痛打一顿来实验，固然十分可笑。不过陆游有两句诗说："纸上得来终觉浅，绝知此事要躬行。"知识得到后，终究只是书本知识，仍然需要在实际中进行验证。从这一层面上仔细想想，呆子的验证方法其实并不算错，他正是将知识运用到了实际之中，虽然用了一种可笑的方法。所以，虽然呆子的行为是愚蠢的，但他的出发点却不能说愚蠢。那么，我们可以由此得出另一个结论，即有了一个良好的出发点，未必能有同样良好的结果。马粪可以疗伤，只是要验证这一功效，完全不必要将自己打得遍体鳞伤，呆子却选择了一条最笨的途径，而且不听旁人劝告，逼着儿子动手。

我们平时也常会做一些蠢事，有些甚至会与这呆子做的一样可笑，事后往往羞于启齿。其实，蠢事人人都可能做，无关乎智商。不过将蠢事当成光荣来炫耀，就是做了一件蠢事后接着做第二件，那才是智力残缺的表现。呆子之所以是呆子，是因为他明明做了蠢事还要自觉聪明，而不仅是因为他打伤了自己再用马粪来医治。

呆子的愚蠢并不真的可笑，他的偏执倒真的可恨。偏听则暗，兼听则明。假如我们能够多听取旁人的意见、建议，正如多长了一双眼睛，也就可以避免自己做蠢事。有建议总比没有建议好，有多种建议也总比只有一种建议要好，至于哪种正确哪种谬误，那就需要我们自己来选择。故事里的呆子却堵死了这条路，这种人正是我们平常说的"认死理"的人。外界千变万化，个人的知识有限，如果坚信自己永远正确，这本身就是一件蠢事。

欺骗自己最容易

　　有一个很喜欢出巡的国王，在一个炎热的夏天出门。赤日炎炎之下，人马前呼后拥地走了一程，国王觉得很口渴。虽说带着酒，但现在酒喝下去只会越来越渴。他拉开轿帘看了看外面，道："到什么地方了？"

　　左右道："陛下，这里叫二百里村。"

　　"二百里村？"国王看了看，见村口竖着一块石碑，上面刻着"二百里"几个字。这个国家是以皇宫为中心，每一百里竖一块界碑，这样无论国王到了哪里，都可以随时知道离皇宫有多远。看到这块界碑，国王知道出巡已有二百里了。他抹了一把额头上的汗，道："渴死了，找点水来喝吧。"

　　二百里村是个小村落。国王手下的人进了村子，便看见有个老头子正坐在井台边。他们上前道："喂，老头儿，这水能喝么？"

　　老头子见是皇宫里的卫士，忙道："能喝啊，我们村子全喝这口井里的水。这水好，叫做蜜井，里面的水又清又甜，我们做饭全用这水。"

　　卫士打起一桶水来尝了尝。井水果然甘洌清醇，极其甜美。他们立刻将水带过去，国王喝了一口，也觉得这水味道非常好。他惊叫起来，道："我从来没有喝过这么好喝的水，这是哪里打来的？"

　　"就在前面的村落里。"卫士答道。

　　国王便说："那么，以后我每天都要喝这口井里的水，就让村民们天天都送一大桶过来吧。"

国王下了命令，下面的人自然只有照办。于是，村子里的人凭空多了这一项杂役。可是，这村落毕竟离皇宫有足足二百里，每天都要派个人向皇宫送一大桶水，天不亮就得出发，到天黑才能到达。这项工作极为劳累，村长让村里的人轮流承担，但过不了多久，村民们就觉得苦不堪言。送水的这一天自然劳累，不论狂风暴雨，还是烈日如火，都不得耽误。在路上时，还不时要担心会不会错过期限，国王会不会因此而发怒，而回来后，更是累得几天都不想动。终于，有一天有个村民对旁人说："再这样下去，我们谁都受不了了。还是走吧，离开这鬼地方，别的地方的水纵然没有这里的好喝，总不需要做这种苦差事。"

　　这村民在村子里也算是说得上话的。他这样一说，别的村民也都觉得再这样下去，实在有点受不了，于是纷纷道："是啊，还是搬走算了。"被这人一劝说，村子里的人大多决定迁居了，决定留下来的只有那些不愿背井离乡的老年人。听说了这个消息，村长心里很是焦急。他心想："再这样下去可不得了，用不了多久，村子非空了不可。"于是，他立刻召集村民开了一个大会。村子里的人不知村长有什么话要说，但听得村长说他有了个好主意，可以让大家不那么辛苦，便将信将疑地来开会了。等村民们到齐了，村长走出来高声道："乡亲们，国王要喝我们村子里的水，这是我们村的光荣。要知道，国王吃的喝的全是最上等的，这说明我们村的水是全国最出色的！"

　　村长喊得响，但村民们却不以为然。有个村民在下面嘀咕道："国王喝水，与我有什么相关。为了给国王送水，我连田里都没工夫去侍弄，秋后还能吃什么？"周围的人听了，纷纷道："是啊是啊，一年四季都只能送水，家里怎么办？"

　　村长见到这种情形，心里也有些发虚。村民们虽然没受过什么教育，但为了送水，家里的条件越来越差却是事实。他大声道："为国王送水，是我们应尽的义务，家里即使有事，总还是能克服的。"

　　有人在下面高声道："这怎么克服？从村子到皇宫，足足有二百里，一个来回得两天时间。家里就这么几个人，送一次水就有两天不能干活，村长，你说怎么办？"

村长道："你们是觉得离皇宫太远了，对吧？"

"是啊是啊。"村民们都这样说，"二百里路，实在太远了。"

村长笑了笑，道："如果是因为这件事，那没什么要紧。我有一个好办法，可以让大家不那么累。"

听得这个消息，村民们全都大吃一惊，叫道："村长，是什么办法？"

村长等村民们叫了半天，这才微笑着道："我们村离皇宫不是有二百里，所以叫二百里村么？我马上去禀报国王，要他同意将我们村改为一百二十里村。这样，从我们村子到皇宫，就只有一百二十里，整整短了八十里，大家就不用那么辛苦了。"

村民们一听，欢声雷动，从二百里减到了一百二十里，几乎少了一半路程。原本一趟来回差不多要两天，现在赶得急，一天也就够了。这样一说，毕竟是故土难离，连那个竭力主张要迁居的村民也不再说话。没过几天，村长说的全都实现了，二百里村改成了一百二十里村。刚改名时，村民们还觉得村长办了一件大好事。可是过了一阵，送过水的村民发现，虽然村名改了，可去皇宫送一次水，以前要多少时间，现在还是要多少时间。这次村长再说什么也没人信了，村民们陆陆续续都搬到别处去了，村子很快空了下来。

——根据（古印度）《百喻经》改编

入选理由：

> 身在局中，就会不自觉地乐于自欺。

燕垒生语：

《百喻经》中这个二百里改称一百二十里的故事，与庄子讲述的"朝三暮四"

的故事何其相似，只不过庄子的故事里受骗的对象是一群猴子，这个印度故事里却是人。《百喻经》只是一些寓言，当然不能以此来推论古印度人与先秦的猴子谁更聪明，倒是无意中说明了人和猴子一样好骗。

下过棋的人都知道一句话，叫"观棋不语真君子"。当局者迷，旁观者清，看棋的人看到正在棋枰上厮杀的双方往往连一个小破绽都看不出来，这滋味当真如心上有个蚂蚁在爬，心痒难搔，急不可耐，不吐不快。不过下棋的就图这一个棋逢对手的乐子，若是被人一说，纵然支的是高招，仍然要遭白眼，所以观棋时不说话是一种美德。二百里和一百二十里，孰长孰短，懂一点算术的人都知道。在这个故事中，村民们被村长骗了，正是因为他们属于当局者，一直纠缠在"二百里"这个距离上。当村长告诉他们，这二百里成为一百二十里了，其本能反应就是路程短了，这和庄子所说的狙公用早晚果子数量的不同玩的把戏如出一辙。只是，把名称改一下，当然不可能有缩地的功效，村民最后还是发现了其中的奥妙，村长所说的，无非是自欺欺人而已。

要解决一个问题，只有踏踏实实地去做，从根本上解决，否则都是华而不实，劳而无功。使用欺诈手段来解决问题只能行于一时，终有一天会真相大白。只是自欺欺人的事总不能断绝，与其说是为了欺骗旁人，不如说是为了欺骗自己。自己是最好骗的，我们常说的"眼不见为净"就是一种自欺。把自己骗得相信了，似乎事情也就圆满了。可是，不净的仍然不净，吃下肚去仍然要得肠胃病，这样的结果我们不是不知道。我们非常清楚以此借口来欺骗自己根本就是无济于事，但我们仍然乐此不疲地做这种自欺欺人的事，说到底正是当局者迷的道理。当眼前的利益、荣誉迷住了我们的双眼，我们也就乐于欺骗自己，连这样一个简单的道理都不愿意去想通了。

谗言三至，众口铄金

　　在某地有三个骗子。据说，他们的骗术极为高超，他们若要骗人的话，从来没有人能够逃得过的。有一天，一个婆罗门为了祭祀，上山捉到了一只山羊。在他扛着山羊回家的路上，被这三个骗子看到了。这三个骗子十分高兴，背地里议论道："看啊，那个婆罗门扛着一只山羊，我们把它骗来吧，今天就有羊肉可吃了。"于是他们商量好一个圈套，故意散开装成了路人，然后向那婆罗门走去。

　　第一个骗子走到婆罗门跟前，装成偶遇的样子说道："喂，朋友，你在做什么？"

　　婆罗门停下步子，道："我正要去举行一个祭祀。"

　　"天啦，难道你的祭祀要用狗这种低贱的动物么？话说回来，你肩上扛着的这条狗当真不赖，一定会帮你捕到不少猎物，为你看家护院吧。可是用这种污秽的动物祭神，神也不会高兴的。"

　　骗子只说了这么一句，就装成急匆匆的样子走开了。婆罗门站在那里，莫名其妙地想道："这个人在说些什么？是不是他的眼睛有问题啊，居然说我背着一条狗。"他并没有在意，仍然扛着羊向前走去。走了没多久，这时等在前面的第二个骗子也走了过来，叫住他道："我亲爱的朋友，你这是在做什么？"

　　这是第二个人这样问了。婆罗门被他问得糊里糊涂，便站住反问道："怎么了？"

"先生，你也太荒唐了吧，看你的打扮是个婆罗门，可为什么在肩上搭着一条狗？这也太怪了点，这条狗真是好狗，抓起兔子、羚羊和野猪来多半是一把好手，可你也用不着背着它走路。"

婆罗门急了，道："你看看清楚，这哪里是狗？这明明是一只山羊啊。"

第二个骗子装模作样地看了看，道："唉，要么是我，要么是你，我们两个人中肯定有一个烧糊涂了。我看得很清楚，这畜生明明长着狗的头、狗的身子和狗的尾巴。梵天在上，我敢发誓，你背着的这个畜生肯定是一条狗。"

这第二个骗子摇着头，装出一副痛心疾首的样子离开了。婆罗门心里更加奇怪，心想："我怎么会接连碰到两个眼睛有问题的人？真是怪事。"他背起山羊，接着往前走。这时，第三个骗子也走了出来，一见到婆罗门，他马上声色俱厉地说道："你这个婆罗门怎么会如此荒唐？竟然做出这种事来！"

婆罗门被骗子责问了一句，更加诧异，他不解地道："朋友，我做出什么事来了？"

第三个骗子指着婆罗门身上，说道："看看你，身上挂着祭绳和念珠，身边带着水钵，额头上也点着婆罗门的点额，可是，在你的肩头却扛着一条狗！"

婆罗门被搞糊涂了。他把准备献祭用的牲畜放在地上，仔细地摸了摸它的耳朵、角、尾巴和身体其他部位，然后道："你们可真是奇怪，这明明是一只山羊啊，你们却硬要把它说成是一条狗。"他将山羊重新扛到肩上准备离开，那第三个骗子已经快步走开，同时还回过头来厉声道："走远点，别靠近我！你虽然打扮得像一个纯洁的婆罗门，可是看你居然可以和狗接触，一定会堕落成那些低贱的种姓的。你走开点，不要玷污了我，也不能走在路中央。"

在印度，低种姓的人是不能走在路中间的。那第三个骗子这样说，就是指责婆罗门不再是一个婆罗门了。这个婆罗门终于怀疑起来。他放下肩头的山羊，又仔细地看了看，心想："这到底是怎么一回事？居然连着三个人都说我扛着的是一只狗。那么多人的意见都是一样，难道他们全都弄错了？可是，或许我抓到的这头的确不是山羊，而是某种像狗一样的魔鬼吧，这魔鬼故意让我错认它是山羊，想来玷污我神圣的祭祀。天啊，一定是这样的，幸亏被我发现了。"他想到这里，连看都不愿再看肩上的动物一眼，扔下山羊掉头就跑。等那个婆罗门走了，那三个骗子这才笑嘻嘻地走出来，把山羊拖走吃掉了。

——根据（印度）泰戈尔《受骗的婆罗门》改编

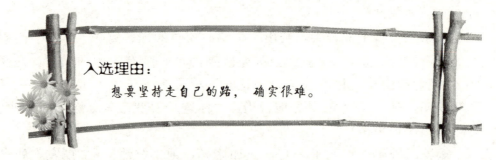

入选理由：

想要坚持走自己的路，确实很难。

燕垒生语：

三国时的绝世才人曹子建有一首《当墙欲高行》诗，其中有三句是这样的："众口可以铄金，谗言三至，慈母不亲。"用的是曾参杀人的典故。曾参是孔门高足，以才德闻名。后来鲁国有个也叫曾参的人杀了人，旁人听了去告诉曾母："曾参杀人了。"第一次曾母仍然若无其事地织布，后来连着又有两人来报告说曾参杀了人，曾母也惊得将梭子扔了，翻墙逃走。泰戈尔写下的这个故事，可以说就是曾母投杼的印度版，同样是三个人，同样是使得一个意志很坚定的人改变了初衷，只不过故事意味更强烈一些。

古印度有四大种姓：婆罗门、刹帝利、吠舍和首陀罗。除了这四大种姓，古印度还有一种被称为"不可接触者"的贱民，地位最低，连首陀罗都比不上。故事中的婆罗门属于第一种姓，地位最高。知道了这些，就可以理解故事中的婆罗门为什么会被骗了。三个骗子以貌似不相关的重复来强化对他的暗示，使得婆罗门认为自己背着的的确是一条狗。其实在现实中，我们也往往会因为外界的影响而改变最初的决定。还记得在中学时代，有一次老师让我们讲述自己最喜爱的名言，结果一大批人都表示，他们最喜爱但丁的"走自己的路，让别人说去吧"这句话。因为说的人太多了，语气又很悲愤慷慨，不知道的人乍一听还以为是一些失足少年正在交流失足经验。许多年时过去了，他们中有很大一部分人都只能在别人的评说中走上了与别人相同的路，但丁这句名言恐怕早就被他们丢到了爪哇国。

要我行我素，特立独行地走自己的路，是一件很难的事，远远不是我们当初想象的那样容易。但丁是诗人，所以可以这样说。而少年时不知天高地厚，更容易产生共鸣。但是实际上正因为我们不自觉地会受到外界的影响，也就容易在不知不觉中丧失自己的判断。他人的意见当然值得参考，但如果完全没有自我意识，只如墙头草般听从别人的意见，等到丧失了自我就是一件更可怕的事了。就如故事中的婆罗门，最终陷入了三个骗子的心理陷阱中不能自拔，扔下辛苦捕到的山羊落荒而逃。我们在海量的外界信息面前，假如不加甄别和选择，也会落得个无所适从的地步。所以，永远都保持清醒吧，不要一意孤行，也不要随波逐流。在一个个旋涡中，努力保持自己最初的方向。

谗言三至，众口铄金

不要放弃希望

从前有一个老寡妇，她和两个女儿一起住在一座茅屋里。她很穷，养了一些猪、牛，还要靠种菜来勉强糊口。她住的茅屋也非常狭小，屋子里被灶烟熏得一团乌黑。每到晚上，家里养的公鸡和母鸡就飞到房梁上栖息。在这些家禽中有一只大公鸡，很受全村人的欢迎。这只大公鸡长着鲜艳的鸡冠，长长的喙和乌木一样黑，羽毛又是如此绚丽，从来没有一只公鸡像它那样漂亮。何况，这只大公鸡还十分聪明，几乎可以说它是一位十分内行的天文学家。

每天早晨，当太阳刚从东边升起时，这只大公鸡就开始引吭高歌。不论寒暑，不论逢年过节或者别的什么日子，它从来就没有错过一次。老寡妇还养着六只母鸡，每天这些母鸡都跟着它打转，其中有一只最漂亮的母鸡名叫佩特洛，它是大公鸡的妻子，大公鸡很爱她。

有一天早晨，当佩特洛还在睡觉的时候，它突然被大公鸡的呻吟声惊醒了。它叫醒了大公鸡，道："你怎么了？我听你一直都在呻吟。"

大公鸡醒了过来，一边呻吟着，一边道："唉，愿上帝保佑我吧。刚才我做了一个噩梦，可怕极了，我这一辈子还不曾受过这样的惊吓。"

"你到底梦到了什么？"佩特洛是个好妻子。听到丈夫如此痛苦，她很不放心。

大公鸡长长地喘出一口气，道："我梦见了一只可怕的野兽。它就像狗那么大，身上是棕色的皮毛，耳朵尖尖地竖起，却是黑色的。它还长了一根长长的尾巴，尾巴的尖上也是黑的。我从来没有见过这么可怕的动物，在梦里它的眼睛就死死地盯着我，看得我浑身发抖。"

"啊，你可真不害臊！"佩特洛叫了起来，"你还算是男子汉么，居然做了一个梦都会害怕！亏你说得出来，我们女人尊敬的，都是勇敢的男人，可你像什么样子！何况梦本来就是算不得数的，怎么能当真？"

"我的梦肯定有预兆，不过看到你，也就忘得干净了。"大公鸡说着，"算了，不去想这些，我们还是出门去吧。"

大公鸡从房梁上飞下来，到了院子里。它在院子里踱来踱去，想忘掉那个噩梦，突然看到草丛中躲着一只动物。那是一只狐狸，它住在附近的森林里，今天钻过篱笆来到了院子里。大公鸡一看到它，就吓得往后一跳，因为这就是它在噩梦中所看见的那个东西。

狐狸从草丛里站了起来，很有礼貌地走上前去，道："不要害怕，我是出于善意来看你的。实际上，我是这户人家的朋友，当初你的父母都在我家里住过。我听说你的歌声非常美，你有一副美妙的嗓子，是不是哦？"

狐狸和蔼的笑容打消了大公鸡的疑虑，更何况它对自己的歌声如此赞美。它也有礼貌地答道："你好。请问你是如何知道我的歌声的？"

"我当初听你的父亲歌唱过，他的歌声实在令人难忘。"狐狸笑眯眯地道，"无疑你也得到了你父亲的遗传。我记得你父亲在唱歌时有种独特的姿势，是用一只脚站立，闭上眼睛，伸长了脖子。当他用这样的姿势开始歌唱的时候，那种歌声实在美妙得无法形容。只是，不知道你能不能和你父亲一样歌唱？"

大公鸡开心极了，它马上像狐狸说的那样，闭上了眼睛，伸长了脖子，正想唱一支它最拿手的歌。可是，当它的眼睛刚一合上，狐狸就猛地向前一扑，一口就叼住了它的脖子，将它甩到背上，背着大公鸡拼命向树林跑去。母鸡们都吓呆了，纷纷哭喊起来。那个寡妇和她的两个女儿听到声音，都从茅屋中走了出来，想看看到底发生了什么事情。这时邻居们也都走了出来，看到发生了这种事，纷纷叫道："快来人啊！快抓住那只狐狸！"可是他们叫得虽响，狐狸跑得却更快。很快就逃到了森

不要放弃希望

林里。

这时，被吓晕过去的大公鸡醒了过来。它一睁开眼，就发现自己已经身在森林里了。只要被狐狸带进森林里，那就再也无法逃生。"你啊你啊，"大公鸡心里想着，"明明上帝已经借一个梦来警告你了，可是你仍然上当。现在别人已经没办法救你，只有靠你自己救自己了，快镇定下来。"

大公鸡拼命地想着逃生的办法。现在最初的恐惧已经过去，它也是一只很聪明的大公鸡，知道惊吓无济于事，便故意道："朋友，原来你把我带到这里来了，不知道你有什么打算？"

狐狸没有说话。狐狸也知道，只要自己一开口，这只大公鸡马上就会飞走的。大公鸡见狐狸没有上当，便又说道："朋友，那些狗一直在追你呢，一路上还在狂吠着骂你。骂得真是难听，要是我啊，一准就要骂回它们。你的脾气可真是不错，居然能骂不还口。"

狐狸再也忍不住了，叫道："我怎么不想骂……"

它刚一开口，大公鸡猛地飞了起来，落到了一棵大树的树枝上。狐狸后悔死了，"下来吧，"它冲着大公鸡叫，"我不是要伤害你。你不是要知道我的打算么？请你快下来，我马上就把我的打算全都告诉你。"

"算了吧，"大公鸡在树枝上嘲笑它道，"你的打算我已很清楚了。我被骗过一次，不会接着被骗第二次，那也太多了，我再不会上你的当。"

狐狸见实在不能骗大公鸡下来，悻悻地道："以后我也不会在闭着嘴巴的时候说话了。"这时猎狗已经追近了，它只好趁早溜走。

——根据（英国）乔叟《坎特伯雷故事集》改编

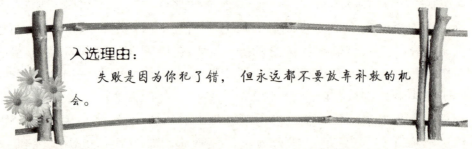

入选理由：

失败是因为你犯了错，但永远都不要放弃补救的机会。

燕垒生语：

　　胜利有很多种，有时平局就意味着胜利，有时为了避开强硬的对手，甚至要故意输掉一局。正如有名的田忌与齐王赛马的故事，田忌的三匹马都不及齐王，然而孙膑通过合理调整次序，以下等马对齐王的上等马，以上等马对齐王的中等马，再用中等马对齐王的下等马，以一局失利保证了两局胜利，从而赢得全局。不过，假如我们再看深一层，田忌赛马能够取胜，其实关键在于对手应对错误。如果齐王发现了田忌的意图，不同意这样比试，那么田忌势必三场都要输掉。所以有人说，所谓百战百胜的名将，其实质并非如何勇猛与精通兵法，而是比对手犯错误更少而已。

　　乔叟笔下的这只大公鸡犯下了一个生死攸关的大错，结果落到了狐狸嘴里。然而公鸡没有气馁，它抓住了最后一个机会，从狐狸口中逃了出来，并且马上揭破狐狸的第二个诡计，所以，公鸡是胜利者。不过，也许有人要问，大公鸡只不过是逃脱了性命，这样是否也能算是胜利？答案是肯定的。尽管公鸡只是逃脱死亡的威胁，但对于它来说，这就是胜利。我们经常会因为做错某件事而捶胸顿足，悔恨交加，觉得自己一无是处，根本比不上别人。其实我们不妨这样想一想，失败仅仅是由于多犯了些错误，我们的能力并不比别人差。失败不算什么，比失败更可怕的是失去自信。过分自信是自大，但失去自信，就会一蹶不振，堕入绝望的深渊，再也没有挽回的余地。只要生命还没有结束，那么不论事态如何，把"绝望"两字忘了吧。古人在失意的时候，总是说"船到桥头自然直"。这不仅是一句让人宽心的话，我们更应该这样理解，船还没撞上桥的时候，总还有直起来的机会。正如平时我们遭到了挫折，可以失望，可以痛苦，但不可以放弃。要知道，我们失败了一次，但对手同样也会犯错。公鸡在狐狸的嘴里时，一定也曾经发抖过，可能也会想："这次彻底完了。"事实却偏偏证明，它并没有完，机会仍然还在。

不要放弃希望

快乐的哲学

很久很久从前，在一个遥远的国家里，住着一个国王。这个国王得了忧郁症，病情很严重，每天都愁眉苦脸地坐在窗前，什么话都不说。宫廷的御医为国王会诊过好几次，但毫无效果，国王的病越发严重了，甚至有过自杀的念头。他们正在束手无策之时，突然有个御医道："要不，去民间寻找医术高明的神医来试试吧。"

御医都是名医，而凡是名医，大多脾气很大，看不起旁人的。另一个御医没好气地道："民间的医生有什么用？"

"总会有真才实学的医生的。多派些人去找，"那御医说道，"只要找的人够多，我想一定能够找到真有本领的人。"

这个主意倒是很有可行性，于是几百个侍卫都被派出去寻找神医了。那些侍卫一个个都很忠诚，为了达到目的不惜牺牲性命。派出去一个月后，侍卫先后回来了，可是带回的尽是些令人沮丧的消息。正当国王快要绝望的时候，有个侍卫回来报告，说他从外国带回了一位著名的医生，一定能治好国王的病。

国王听到这个消息，又惊又喜，立刻召见了外国名医。那位外国医生穿着黑色的大袍，拿着一根雕着蛇的棍子，据他说，他是希波克拉底的徒子徒孙。也许是继承了名医的风范，他的话一律都要重复两遍，意味着他出口的每一句话都沉甸甸的很有分量。在为国王看过了病情以后，医生十分严肃地道："陛下，您的病十分严重，您得了极为严重的病。"

国王道："请问医生，朕的病还有救么？"

"幸亏陛下遇到了敝人，"医生道，"十分幸运，敝人来为陛下看病。"

"那究竟要怎么治？"国王道，"医生，只要你能救我，无论你要什么都可以给你。"

医生摇了摇头，说道："确切地说，或者更准确地说，陛下，你的病不难治，很好治。您只需要找一件快乐人的衬衫，入睡时穿着那件衬衫睡上一夜，陛下，您的病就会好了。"他顿了顿，又接了一句道："您就会很快康复。"

国王于是赏赐了那位名医很多财宝，并马上派了两个最忠心的大臣，要他们用一个月的时间在国内找一个最快乐的人。国王命令他们，一旦找到了这个人，就把他的衬衫带回来。

这两个大臣都是很聪明的人。他们接到了这个命令，觉得应该很容易完成。因为他们觉得，有钱是件快乐的事，所以城里最富有的人，也肯定是最快乐的人。于是他们马上就找到了城里最富有的人，向他要衬衫。那个富翁虽然觉得这个要求十分奇特，但也立即答应了。等他们要走时，富翁问道："两位大人，请问你们要我的衬衫来做什么？"

大臣跟他说了外国医生为国王治病的事。听他们说完，富翁大笑起来，这时倒有点很快乐的样子。他说道："快乐？你们怎么会认为我最快乐？我每天待在家里，总是有发不完的愁，不是担心我的船队会不会在海上遇难，就是担心我的商团会不会遇到强盗，或者担心我家里会不会被小偷惦记着。你们要是找最不快乐的人的话，大概才算找对了。"

两个大臣都呆住了。他们这才发现，自己差点犯下一个大错。既然钱并不能给人带来快乐，那么权力一定可以了。整个国家，以国王的权力最大，其次就是宰相。于是，他们找到了宰相。不过这一次他们学了乖，先去问道："宰相大人，请问你是个快乐的人吗？"

"别胡扯了，"宰相说道，"我整天都在担惊受怕。外国会不会对我国发动侵略，政敌会不会要夺我的权，还有没钱人希望多点收入，有钱

快乐的哲学

人又想少缴些税。诸如此类的事情，够我从早到晚地操心了，你们想想看吧，我会是个快乐的人么？"

两个大臣在全国走来走去，找了很多人。然而，他们找到的人全都充满了忧愁和苦闷，没有哪个人是快乐的。渐渐的，他们的信心已经消磨殆尽，两个大臣又疲劳，又悲伤，终于绝望地准备回去接受国王的处罚。正当他们坐车走在路上时，突然从远处传来一阵笛子的声音。笛声欢快悦耳，让人听了就有一种说不出的喜悦。这两个大臣听到了，眼前登时一亮。能吹出如此愉快曲调的人，一定是个快乐的人。他们马上下了车，寻声而去，发现笛声是从一个牧羊人那里传来的。这个年轻的牧羊人衣衫褴褛，但脸上却是一副满足而快乐的神情。他们看了看，实在有点不敢相信眼前这个穷光蛋会是最快乐的人。过了半天，一个大臣问道："喂，牧羊人，你快乐么？"

牧羊人放下笛子，眨着一双亮闪闪的眼睛道："我么？当然，我非常快乐。每天只需要把羊赶到山坡上来吃草，我看着它们就行了。可以整天坐在软软的草地上吹我的笛子，回家后就能吃上饭，这样的日子多快乐啊。"

两个大臣高兴极了，简直都不敢相信自己的耳朵。他们立刻异口同声地叫道："天啦，朋友，快把你的衬衫给我们吧，不论要什么价都行！"

牧羊人却怔了怔，马上又带着他那种有趣的表情道："衬衫？真对不起，先生们，我可从来就没有衬衫啊。"

——根据（英国）无名氏《快乐人的衬衫》改编

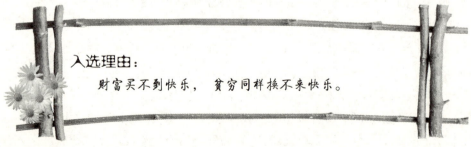

入选理由：
　　财富买不到快乐，贫穷同样换不来快乐。

燕垒生语：

　　快乐人的衬衫的故事，在中国流传也很广。很久以前，这个故事是被作为抨击封建统治者的残酷压迫而出现的，因为快乐的牧羊人穷得连一件衬衫都没有。可见即使是一个小小的故事，同样可以随着意识形态的变化而有不同的说法。其实这个故事颇有点禅宗意味，国王需要一件快乐人的衬衫，而王国中最快乐的人穷得连一件衬衫都没有，这样就形成了一个有趣的悖论，使得故事的意味也更深长了些。

　　不过，任何事物都有两面，要真正读懂一个故事，不能只从一面去了解，有时也要从反面去看看，这样才能有一个完备的认识。这个故事将财富、权力放在了快乐的对立面，给人一个强烈的对照。但快乐与财富、权力并没有绝对的关系。莎士比亚的戏剧《雅典的泰门》中，就有描述黄金神通广大的段落，主人公泰门有一段著名的独白，说黄金只要一点点，"就可以使黑的变成白的，丑的变成美的，错的变成对的，卑贱变成尊贵，老人变成少年，懦夫变成勇士"。在一个国家中最富有当然是国王了，但国王纵然有钱也买不到快乐，这当然可以给我们这些算不上富有的人一点安慰，可以说一些诸如"金钱能买到医药，却买不到健康"一类的话，而我们也常常被告知，金钱不是万能的。不过，正如有人开玩笑接了一句那样，金钱的确不是万能的，但没有金钱是万万不能的。也许是选择性失明，我们没有注意到有钱的确买不到健康，但没钱就不仅仅是买不到健康，连医药都买不到了。国王得了忧郁症，至少还能有寻找快乐人衬衫的实力，但如果是那个牧羊人得了忧郁症，恐怕就只能忧郁至死。所以将财富看成人生唯一的目标固然是错误的，但一味地视钱财如粪土同样不见得可取。这个道理其实谁都明白，只是很少有人承认而已。正如在这个故事里，我们除了读到了牧羊人的快乐与贫穷以外，同样可以读到国王的权势与富有，只不过因为财富在这种强烈的对照下被我们摆在了反面而被有意忽视了，故事的结局给我们留下一种快乐似乎只能与贫穷结缘的感觉。然而，所谓的快乐，更与一个人的性格有关，和他的地位、财富倒没什么关系。所以，快乐既不是用财富换来的，也不是用贫穷换来的，它是源于一个人内心深处的豁达、积极与乐观。

快乐的哲学

知足者无咎

古时候，有一个喜欢旅行的国王。他有一个心爱的奴隶，因为这个奴隶服侍自己非常周到细致，国王与他形影不离，无论到哪里都带着他。这一次国王准备出海到外国去，就也带着奴隶上了船。这奴隶从来没有见过海洋，也没有尝过坐船的辛苦，刚上船时还觉得很新鲜，一直都非常兴奋。可是，到了黄昏时，海上起了一阵风浪，船登时摇晃起来。等风浪平息下来，国王想把这个奴隶叫到身边，没想到左右禀报，说他已吓得不住地发抖，此刻正一个劲地躲在舱里哭哭啼啼。

这是第一次坐船的缘故吧。国王这样想看，也没有在意。可是这个奴隶不但一直躲在舱里不肯出来，还哭得更响了。国王被吵得不得安宁，终于失去了耐心。如果是旁人，那还好办一些，砍了头就是。但是国王很喜爱这个奴隶，不想就这样杀了他，所以一时间不知该怎么办。

"谁能安抚他，就可以得到我的赏赐。"国王这样说。于是那些属下都想来试试，可是这个奴隶惊吓过度，无论怎么劝都劝不好。正当所有人都要绝望的时候，角落里有个人低声道："陛下，假如您容许的话，请让我试试吧。"

那是陪伴国王的一个哲人。这个哲人很少说话，国王有时都要以为他是个哑巴了。国王看着他，有些不相信地道："夫子，你能让他安静下来么？"

"陛下，我想可以。"哲人缓缓地说道，"不过我不需要赏赐，因为

他打断了我的冥想。我只希望不论我做什么，您都不要干涉。"

国王点点头，道："好吧，只要你能让他闭嘴。"

哲人走到几个孔武有力的侍卫身边，低声说了几句什么。那几个侍卫脸上立即露出胆怯的神情，看了看国王，其中一个道："陛下，我们真要照夫子的话做么？"国王有些恼怒，道："我答应过，你们就照着他的话办！"

侍卫得到国王的允许，一下抓住了那个奴隶。可怜的奴隶还以为国王要杀他了，更是吓得怪叫起来。几个侍卫抬起他走到船舷边，忽然用力一抛，将他扔进了海里。奴隶不会游泳，在海里沉浮了好几次，拼命地哭喊。哲人见奴隶的力气快要用完了，眼看着就要沉下去，这才让水手过去，抓着那个奴隶的头发把他拖到船边。虽然喝了一肚子的水，但那个奴隶还没有死。人们把他拖到船上后，他马上跑到一个角落里呆呆地坐着，再也不出声了。国王赞许地点了点头，道："夫子，你果然让他闭嘴了。只是，你用的这方法究竟有什么奥妙？"

哲人还是平静地回答："不经历一番在水中灭顶的痛苦，就不会知道稳坐船上的可贵。陛下，正如一个人总要经历过许多磨难，方才明白安逸的价值。"

——根据（波斯）萨迪《蔷薇园》改编

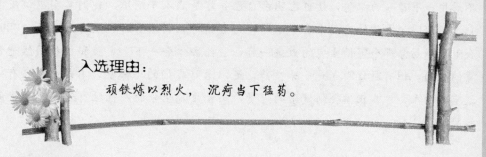

入选理由：

顽铁炼以烈火，沉疴当下猛药。

燕垒生语：

《蔷薇园》是波斯的一部古典名著，作者萨迪被称为波斯古典文学中最伟大的诗人。萨迪全称谢赫·穆斯列赫丁·阿布杜拉·萨迪，生于1208年，卒于1292

知足者无咎

年。他出生于波斯南方名城设拉子的一个下层神职人员家庭，出生时正值塞尔柱王朝被花剌子模人灭亡，后来他又亲眼见到了蒙古大军在1219年、1256年的两次入侵。后一年蒙古人更是占领了今天的伊朗全境，建立了伊尔汗国。而萨迪幼年丧父，在烽火中成长，他的前半生一直颠沛流离，因此他的作品不能完全作为宗教文学，还带着许多现实的俗世智慧。

古代的斯巴达人全民皆兵。凡是刚出生的孩子，全部要在雪地里过一夜，只有活下来的孩子才有资格长大，所以只要是斯巴达人，就是无畏的战士。据说狮子在教育子女时，是将小狮子从高处推下，让它自己爬上来。斯巴达人取法的，正是狮子的教子之方。在这个故事里，我们也看到了一个与斯巴达人的做法十分接近的，几乎可以说有点冷酷的情节。一个人害怕坐船，哲人的办法是将他推入水中，给这人一个更大的恐惧，让他明白现在的处境已经足够好，也就忘了之前的害怕。这种事想来便有点不寒而栗，然而事实上却相当有效。我们总说现实是残酷的，事实上，现实的残酷远远超过了我们的估计。那个害怕坐船的奴隶不是好言相劝便劝得好的，如果任由他这样下去，不但对自己有伤害，也损害了他人的利益。哲人的做法看似粗暴，但对那奴隶并没有肉体伤害，也使得他明白世间还有比坐船更痛苦的处境，从而不再哭闹。这样看来，哲人的所为其实倒是最为有效实用的做法。

我们有时也会处于某种困境无法解脱，这时常常会感叹自己何其不幸。其实不妨用一下哲人的智慧，让自己明白自己并非是陷入了绝境，我们其实应该庆幸自己不曾陷入更糟的局面中去。不过，光靠精神胜利法有时也没有用，那么有时我们也不妨像那个害怕坐船的奴隶一样，自己去体会一下。失败和挫折固然是带毒的烈酒，但有时毒酒也是一味良药，足以治好我们的恐惧症。不是么？只有得过重病的人，才真正体会到健康的可贵，而最热爱生命的人往往有过死里逃生的经验。

机会要及时争取

森林里有一只恶狼，现在已经很老了。它想道："我一辈子都在和牧羊人争斗，现在我已经上了年纪，还是和牧羊人友好相处吧。"在森林边，共有六个牧羊人。这天，恶狼起身离开洞穴，到了最近的一个牧羊人那里。见到牧羊人，老狼恭恭敬敬地行了个礼，温和地道："牧羊人，你一直认为我是个杀戮成性的强盗，其实我并不是这样的。我以前来抢你的羊，只是因为我饿得不行了。假如你能给我提供食物的话，我一定能比你所有的牧羊犬干得都要好，肯定会成为你见过的最温驯的动物。"

牧羊人看了看恶狼，冷冷地道："假如让你饱食终日的话，你可能会很温驯，不过你饿起来就会凶残无比。我怎么知道你什么时候又会饿？何况我就算养了你，你也是不知餍足的，所以还是请你滚远些吧。"

老狼被第一个牧羊人拒绝了，便又走到第二个牧羊人那里。它对这个牧羊人说道："牧羊人，这些年来我每年都要吃掉你十来只羊。现在我们做个交易吧，你只要每年给我六只羊，那我就可以来为你看守羊群，你只要放心睡觉就行了。这样好不好？不要犹豫了，到时你可以把牧羊狗都卖了，省下一大笔钱。"

牧羊人叫道："六只羊？这可是一大群了！"

"好吧，假如你嫌六只羊太多，那你给我五只也可以。"狼说道。

牧羊人摇了摇头，道："五只羊？你也真会开玩笑。要知道，我一年里祭献给牧神的也不过是五只羊，你难道是牧神么？"

狼有点失望，但它仍然不愿放弃，道："那就四只吧，行不行？"见牧羊人只是轻蔑地摇摇头，它又道："那么三只？或者两只？"

没等狼再砍价，牧羊人斩钉截铁地说道："滚吧，一只羊也不会给你。我可以用机智和警惕来保护自己的羊群，凭什么还要向敌人进贡？那真是犯傻了。"

两回都失败了，老狼仍不气馁。"事不过三，第三次一定能成。"它这样想着，到了第三个牧羊人面前，说道："牧羊人，我很遗憾你们总觉得我是天底下最残忍、最恶毒的野兽，现在我就要向你证明这一切都是不确切的。从现在起，你只要每年给我一只羊，那么你的羊群就可以自由自在地到树林里吃草去了，因为那里除了我就没有第二只狼了。想想吧，每年只消一只羊就够了，对你来说这是微不足道的。你每年向牧神献祭也得付出五只羊，现在只消付出一只就能保证羊群安全，我够慷慨了吧？"

它刚说完，却见牧羊人在微笑。它惊诧道："你笑什么？"

"我笑的是因为你的建议。朋友，你今年已经多大年纪了？"牧羊人问道。老狼有些生气，道："我的年纪大又与你何干，要知道我的牙锋利得仍然足以咬死你那群可爱的羊。"

"不用生气，老狼。我只是很抱歉，假如前几天你提出这个建议，我也许还会答应，只是现在也太晚了。你的尖牙如今也已残缺不全，你只是为了自己能得到一份安稳的美餐才装成如此慷慨的，我的牧羊犬已经不必再怕你什么了。"

老狼被激怒了，但看到牧羊人身边那几只高大健壮的牧羊犬，它勉强克制了自己。它又到了第四个牧羊人那里，这个牧羊人的狗前两天刚死去，老狼觉得这是个机会。它对这个牧羊人说道："兄弟，前一阵我和森林里的兄弟闹翻了，从此以后也不想跟他们和解。你还记得么？你以前多么怕它们来吃你的羊。现在你的牧羊犬刚死去，它们正准备来对你的羊群大干一场。不过要是你雇用我的话，我敢保证，它们再也不敢拿正眼看你的羊了。"

牧羊人看着老狼，慢吞吞地道："这么说来，你是准备充当牧羊犬，不让你那些森林里的弟兄们捕杀它们了？"

老狼说道："那是当然，我还会有什么企图？"

牧羊人淡淡地说道："你说的倒是不坏，不过，倘若我把你留在我的羊群里，那么请问谁能保证我那些可怜的羊不会被你吃掉呢？假如为了防备外贼而养一个家贼，对于我们来说这是……"

牧羊人没有说完，手已经伸向猎枪了。老狼见此情形，赶紧抽身逃跑。等确信自己安全了，它才停下来，咬牙切齿地说道："要是我没这么老就好了，省得这么麻烦。可惜，老了就是老了，不服老可不行。"于是，它还是到第五个牧羊人那里去了。一见到牧羊人，它便打招呼道："嗨，牧羊人，你认得我么？"

"我不认得你是哪一个，但总还知道你是狼。"牧羊人回答。

"我是狼？不，我的朋友，你想错了，我可不是普通的狼，我完全可以和你、和所有的牧羊人交上朋友。"

"你哪些地方不普通？"

老狼见牧羊人搭上话了，登时来了劲，道："我可是发过誓，这一辈子就算饿死了也不会再捕杀一只羊，吃一只活羊的。这难道还不值得你放心么？让我们成为朋友吧，允许我经常来拜访你的羊群。你可以看着，只要我……"

"住嘴！"不等老狼说完，牧羊人便打断了它的话，骂道，"你要是不吃羊，甚至连死羊也不吃，那我们才可以算是朋友。你是一只野兽，既然吃的是羊，那么你饿急的时候，哪管什么好羊病羊，活羊死羊。别打这种鬼主意了，快滚吧！"说着，牧羊人把老狼赶走了。

现在还剩最后一个牧羊人。这个牧羊人的脾气最为暴躁贪婪，老狼本来并不想找他，但现在已经没办法了。它还有最后一个主意，现在只能用这个主意来打动那牧羊人。它找到这第六个牧羊人，道："我的朋友，你觉得我身上这副皮毛如何？"

牧羊人看了看老狼，道："你的皮毛？不错，油光水滑的很漂亮，那些狗要是把你的皮毛抓破了，那可太可惜了。"

老狼打起精神，道："牧羊人，我想把我的皮毛送给你。现在我已经很老了，活不了多少时候，只消你喂养我，那么到我死后，就可以把我的皮毛剥下来换钱了。"

牧人笑了起来，道："你这个贪心鬼，又想出什么鬼主意？要养你可不成，养你到死，我非付出你这身皮毛七倍的代价不可。要是你真有诚意想送我这件礼物，那么现在就给我吧，我马上来剥。"说着牧羊人抓起棍子就向老狼打去，老狼见此情形，吓得立刻逃跑。

现在它的主意全都打完了，六个牧羊人却没有一个肯收留它。老狼气急了，骂道："这些铁硬心肠的人，连一点机会都不肯给我。那好吧，既然已经做不成朋友了，那么趁我还没有饿死，再去跟他们拼一场再说，就算死也要作为他们的敌人而死。"它一下冲进了牧羊人的家，想要咬死他们的孩子。牧羊人们早有防备，所以轻易地就把老狼打死了。看到老狼的尸体躺在地上，他们想不通老狼为什么会做出这么冒险的事。有个最聪明的牧羊人想了想，不由叹息道："唉，是我们把这个老强盗逼上了绝路。我们不给他一个改恶从善的机会——虽然它现在悔改太晚了，也并不是诚心的——可是，这还是太不公平了。"

——根据（德国）莱辛《老狼的故事》改编

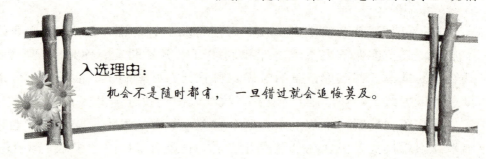

入选理由：
　机会不是随时都有，一旦错过就会追悔莫及。

燕垒生语：
莱辛是个剧作家，也写过不少寓言。《中国大百科全书》中对他的寓言的评价

是："超越了对一般人性弱点的鞭挞，抨击封建统治者的专横和教会的愚昧，有时矛头直指普鲁士宫廷。莱辛还用寓言讽刺当时文学创作中的不讲创新、只求模仿，以及华而不实、矫揉造作等现象。"这个故事所说的，就不仅仅是一般的人性的弱点了。

对弱者的同情是一种人性，然而人性也不是无条件地滥施于人。《伊索寓言》里有农夫与蛇的故事，中国也有中山狼的故事，说的都是对恶人不值得同情的道理。不过，莱辛的这个故事又有些不同，故事中的老狼是真心想要悔改，然而它得不到牧羊人的谅解，气急败坏之下才重新成为恶棍，想要咬死牧羊人的孩子，结果被牧羊人打死。所以，故事中那个最聪明的牧羊人也对老狼表示了几分同情，说对它太不公平了。不过，公平又是什么？俗话说种瓜得瓜，种豆得豆。老狼落得这个下场，原因早在它还年轻时就种下了。在它的牙齿还尖利的时候没有想到与牧羊人搞好关系，等到老得牙都掉了才想改邪归正，肯定是得不到牧羊人的谅解的。现实中的公平是相对的，尽管这样说有些残酷，却又不得不承认，失去了资本也就失去了要求公平的资格。我们平时也会遇到这样的情况，总是怪别人没有给自己一个好机会。其实，每个人从出生起，机会都是均等的，只不过由于个人的努力不同，造成了后来的相异。就如同一场长跑比赛，在开始时人人都站在同一条起跑线上，只是跑了几圈后距离才被拉开，我们当然不能因最后几圈有了差距，就以此为口实来指责这场赛跑不公平。这个故事中的老狼受到的不公平，正是因为它已经处在这一场长跑比赛的尾声阶段了。所以牧羊人固然可以同情它，但老狼却实在是咎由自取，它已经错过了与牧羊人修好的时机，结果在一个错误的时刻选择了一个错误的决定，而当它被六个牧羊人全都拒绝后，又作出一个更错误的选择，悲剧也就在所难免。联想到我们自身，不论什么时候，首先要对自己的情形有一个清醒的认识。所谓人贵有自知之明，也正是有了自知之明，我们才可以选择最符合实际的一条路：坚持、放弃，或者在条件允许的情况下重新开始。所以我们不必抱怨上天给我们的机会太少，无论什么时候我们同样有很多选择，如果最后结果仍不尽如人意，那么只能怪当初我们没有作出一个相对正确的选择。

机会要及时争取

看清对象再说话

深山里有一群猴子。在这座山里，瓜果遍地，也没有什么毒蛇猛兽，猴子们的日子过得十分幸福，美中不足的是——山里的冬天来得很早，持续的时间也很长。

这一年冬天又很早就来了，猴子们一个个蹲在洞穴里发抖。有只猴子站起来道："每年冬天我们都有不少兄弟姐妹被冻死，再这样下去可不成。"

另一只猴子打着寒战道："你说得轻松，天这么冷，又该怎么办？"

这只猴子道："人是我们的亲戚，我要去看看人是怎么过冬的，回来照着办就可以了。"

这个主意很好，猴子们一致表示同意，于是那只猴子就上路了。它走了很远，这一天果然看到了一个人。那是个上山砍柴的樵夫，猴子心想："这回好了，我可以看看人是怎么抵御严寒的。"它看着樵夫砍完一捆柴后，找了个背风的地方，将一些柴火堆在地上，从怀里摸出火石来点着了，生了一堆火。这樵夫围着火堆而坐，吃着干粮喝着酒，一点也不觉得冷了。猴子欣喜若狂，马上回到洞里，说道："兄弟姐妹们，我终于找到抵御严寒的方法了。"

猴子们一听，也都十分高兴，围上来道："好啊好啊，快教给我们吧。"

那只猴子说出自己看到的一切，道："只消找些柴草堆起来，大家

就不会感到冷了。大家快去找吧。"

猴子们听到这个方法，马上七手八脚地找到了不少柴草，在洞里堆成一堆。只是仍然感到冷，就问那只猴子道："我们还是没有感到暖和啊，是不是少做了什么事?"

那只猴子看着柴草，忽然一拍前额，叫道："对了，我还忘了一点，那人还在柴草上洒了一些亮亮的东西，然后柴草上就会生出火来，很是暖和，我们也要去找一些亮亮的东西回来才行。"

于是猴子们冒着严寒出去找那种发亮的东西了。其中一只猴子突然看到树丛里有一点正在飞动的亮光，就问道："是不是那个?"

那是一只在冬天里还幸存着的萤火虫。见过人生火的那只猴子看了看，觉得这点光非常像那个樵夫用火石敲出的火星，便道："是啊是啊，快把它捉来吧。"

猴子们登时动员起来了，将这片树林吵得沸沸扬扬。在这林子里有一只山雀，被猴子们吵醒了，飞出来问道："猴子先生，你们在做什么?"

"我们要用那点亮来让柴草生出火来。"猴子们回答。

听到猴子们的话，山雀笑了起来，道："得了吧，你们知道那是什么? 那只是一只会发光的小虫子啊，根本生不起火来的。"

那只猴子听了非常生气，骂道："你这小鸟，不要想骗我，我可是亲眼见到人用这种小亮点让柴草生出火来的，我们可要靠它来过冬呢。如果你再来胡说八道，小心我对你不客气!"

这时有一只猴子把萤火虫抓住了，那些猴子全都欢呼着向洞穴跑去，根本没有谁来注意山雀的话。山雀看着满山的猴子足迹，又是生气又是好笑。它回到窝里，对妻子说道："你看猴子们好不好笑，要用萤火虫来生火，要不去告诉它们，它们会一直徒劳无功地干下去，这样非冻死几个不可。"

山雀的妻子是一只十分睿智的小鸟，听了丈夫的话，它担忧地说道："我听说那些本来就不直的东西，再想把它弄直也是徒劳无功的，正如不正直的人，你想要让他端正也是不可能的。而有谁不想听从劝告的话，你再去劝它也是没有用的。就像硬得摔不破的石头，就不要用剑去砍了；弯曲不了的木头，也不要拿去做成射箭的弓。那些猴子自以为是，根本不相信你说的话，你又何必自寻烦恼呢？"

山雀却没有听从妻子的劝告，连夜飞到了猴子们住的洞里。在洞中，它看见那些猴子正把萤火虫放在柴草堆上，有只猴子鼓着嘴正往上吹着。它飞了过去，叫道："大家不要白忙了。要生火的话，必须要有火种，可是你们捉到的这个东西只是一个会发光的小虫子，并不是火种啊，你们再吹也点不起来的。"

猴子们吹了半天，仍然不见有火从柴草上生出来，正憋着一肚子的气。听得山雀这样说，那只看过人生火的猴子一把抓住了它，道："我亲眼见到人就是这样让柴草生出火来的，我们试了半天却没成功，一定是受了你的诅咒。"它狠狠地将山雀往地上一掷，可怜的山雀被砸在坚硬的地面上，登时就死了。

——根据（阿拉伯）《卡里来和笛木乃》改编

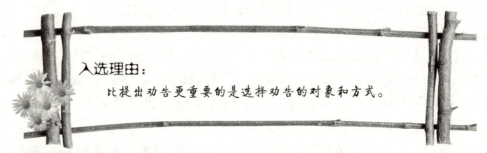

入选理由：
　　比提出劝告更重要的是选择劝告的对象和方式。

燕垒生语：

《卡里来和笛木乃》就是阿拉伯文的印度《五卷书》改译本，很多故事都是一样的，不过也有改译者的原创。类似《一千零一夜》中有山鲁佐德给国王讲故事这个贯穿整部作品的主线，《卡里来和笛木乃》也是用两只名叫卡里来和笛木乃的胡狼作为穿针引线的主脉，将一个个小故事联系起来的，这个山雀劝告猴子的故事就是其中的一个。山雀很聪明，它完全了解生火的原理，也没有秘而不宣，愿意向猴子说出自己所知道的一切，然而它却被猴子当成诅咒者打死了。

在寓言世界里，好心没好报的故事很多，不过侧重面各有不同。这个故事里的山雀受到过告诫，想要劝说一群没头脑的猴子，等于用剑去砍坚硬的石头，用不能弯曲的木头做弓，但山雀还是去了。这颇有点"虽千万人吾往矣"的精神，可结果却是白丢了性命，毫无意义。《史记》中曾记载张良说过一句"忠言逆耳利于行，良药苦口利于病"的话，但知道忠言逆耳的，总还是有听得忠言的可能。假如我们面对的是一个完全不能理解忠言，把你的好言相劝全当成耳边风的人，那又该怎么办？在故事中我们找不到答案，不过原书中，这个山雀的故事是卡里来说的。因为笛木乃向狮王进了谗言，挑拨狮王与黄牛打斗，卡里来十分愤慨，认为笛木乃很不正直，不愿再与它多说。在这个故事里，我们当然会将同情心放在山雀一方，然而猴子就真的该被指责么？向人进言，在我们看来总是一件好事，不过我们往往忽略了听者的心思。我们自认为十分宝贵的经验教训，在有些听者看来无异于诽谤，是一种挑衅行为。所以，当我们要向某个人提出建议时，更应该知道这个人是否能够听从。所谓良禽择木而栖，在你没有知人之明的前提下，也不必一味地责怪他人不能从善如流。要知道，选择听者有时甚至比提出宝贵的劝告更重要。就像我们拥有展翅翱翔的经验，可是如果宣讲的对象是常年在地底生活的鼹鼠，那这个听众就对我们毫无好感了。即使我们的对象是鸟类，但是鹰有鹰的飞行习惯，麻雀也有麻雀的飞行方式，不针对相应的对象，同样不会有好的结果。我们要做的，不仅仅是动嘴提出一个建议而已，更重要的是先擦亮眼睛，看看我们要面对的对象是谁，再选择好合适的方式，才能收到预期的效果。

看清对象再说话

智者的对决

　　森林里有一群鹌鹑。这群鹌鹑里，有一只从小就表现出了特别的聪明，加上它十分勇猛，所以它长大后就顺理成章地成为鹌鹑王，领着几千只鹌鹑在树林里繁衍生息，十分自在。在森林外，却有一户以捕鸟为业的人家，这家人几代都是以捕鸟为生，这一代的主人更是精通各种各样的捕鸟方法，被人们称为"捕鸟之王"。捕的鸟多了，自然各种各样的鸟全都见过，所以他能够针对鸟类的不同生活习性，用不同的方法捕捉它们。而鹌鹑向来是一种不太聪明的鸟类，又长得肥肥的，所以他每次捕鹌鹑，从来没有一次空手而归。每次他要捕鹌鹑时，总是先在身上插上树枝树叶伪装起来，然后躲到茂密的树木后面，学起鹌鹑的叫声。他学得非常像，鹌鹑听到了肯定会飞出来。等鹌鹑飞出树林，落在地上寻找食物的时候，他立刻向它们撒出罗网，将网口一收，鹌鹑便全被套住了。带回家后，将鹌鹑一只只从网兜里抓出来放入鸟笼，第二天就拿到集市上卖掉，赚到的钱物得以维持生计。因为这个捕鸟人捉鹌鹑的办法实在太巧妙了，鹌鹑王尽管屡次三番地告诫同伴不要上当，可是每天仍有不少的鹌鹑被捕鸟人捕走。

　　看到自己的眷属子孙们一天天地变少，鹌鹑王心急如焚。这一天，它叫齐了所有的鹌鹑，对它们说道："大家听着，捕鸟人已经捉走了我们的大量亲友。再这样下去，用不了多久我们这个族群就要灭亡了，森林里再也看不到一只鹌鹑。现在，我们必须想些对策才行。"那些鹌鹑纷纷议论道："我们怎么是捕鸟人的对手？他那么聪明，花样百出，我们对他简直一点办法也没有。"有一只老鹌鹑见多识广，它迟疑了一阵，道："别的都还好办，问题是捕鸟人撒下的那张网实在太厉害了。一旦被网罩住，那我们就根本跑不了，只能让那个捕鸟人抓去卖掉。要是能想个办法把他的网弄破，那我们就不用再害怕什么了。"

听了老鹌鹑的话，鹌鹑王突然有了主意，道："对了，我想到了一个办法，肯定可以成功的。从今天起，大家就不要单独外出，出去时一定要成群结队。一旦捕鸟人的罗网罩住我们，大家一定不要慌张，只消一齐把头伸出网眼，然后齐心协力带着网朝一个方向飞，就能把他的网都带走。等到了没人的地方，我们就落到荆棘林里，然后从荆棘下跑出来，这张罗网就被挂在荆棘上了。这样一来，我们不就冲出罗网了吗？"

鹌鹑们听了鹌鹑王的计划，都觉得对，纷纷表示同意。第二天，那个捕鸟人又和以前一样学鹌鹑叫，把鹌鹑们诱骗到地上寻找食物，他忽地从树后撒出罗网，把这些鹌鹑套住了。一下子居然套住了那么多鹌鹑，捕鸟人高兴坏了，正当他准备收网时，忽然发现网一下子飞了起来。原来鹌鹑们按照昨天鹌鹑王所教的方法，齐心协力地顶着罗网向上飞起。等到了一块荆棘林里，它们落了下来，照原定的计划从网下逃走，那张罗网就被扔在了荆棘林里。

再说捕鸟人，他根本没想到鹌鹑还有这种手段，还没等他明白过来是怎么一回事，罗网便被抢走了。他登时傻了眼。这张网是他活命的本钱，绝对不能丢掉，所以他只得顺着鹌鹑飞跑的方向追去。他翻山越岭地走了很久，才在荆棘林里找到了罗网，可里面连一只鹌鹑也没有。等他拿到网，天已黑了，身上也被荆棘刺得满是伤痕，却连一只鸟都没捕到，只得空着手懊恼地回家去。这样一连几天，他什么都没能捕到，还弄得很晚才能回家。他的妻子很是不满，这一天又见他空着双手回来，就大发脾气道："你这个懒虫，怎么每天都空着手回来，还弄得这么晚，一副没精打采的样子。说实话，这几天你到底做什么了？是不是到什么地方鬼混去了？"

　　捕鸟人道："我哪里是去鬼混，这几天我都是在想办法捉鹌鹑。"

　　他的妻子很是诧异，道："鹌鹑不是很好捉么？可这几天你连一只都没捉到。"

　　"唉，"捕鸟人叹了口气，"那些小鸟现在越来越狡猾了，现在别想捉到它们。"

　　妻子道："难道是那些鹌鹑不肯吃食了？不对，你每天都带走一口袋饵粮，这些饵料你可从来都没有拿回家来。"

　　捕鸟人道："每天我把饵料撒在地上，吹口哨引它们时，它们仍然飞来，照吃不误。可是等我把网撒出去，将它们一下套住时，没想到这些小鸟居然会齐心协力把网顶了起来，都朝一个方向飞去，飞过了几个山头后，它们就把网扔在一片荆棘里。等我赶到时，这些鹌鹑全都跑光了，我要把网拿回来还要挨一身的刺，所以这几天天天都回来得很晚。"

　　妻子一听，不由急了，说道："你既然捕不到鹌鹑了，为什么仍然要照老办法啊？要是以后都捕不到鸟，那我们的日子该怎么过呢？"

　　捕鸟人却一点也不惊慌，对妻子安慰道："放心吧，它们到底只是一些小鸟，不会有长性的。我现在每天都用同样的办法，再过几天，它们的警惕性小了，相互之间肯定会吵架的。它们现在能夺走我的网，纯粹是因为它们能万众一心。等它们心不齐了，那时候我一定能把它们一网打尽。要是我换了一种办法，那它们一定会想出新的对策来，有这个新鲜劲，它们又不会吵了。"

　　就这样过了好几天，鹌鹑们看捕鸟人不到森林里来了，慢慢地也就松懈下来，放心大胆地落在地上去啄蚂蚁小虫什么的。有几只特别勇敢的，甚至把鹌鹑王先前说的要集体行动的劝告都忘了，离开了群落独自去觅食。这时，有一只鹌鹑落下来时，一不小心，爪子在另一只鹌鹑的头上踩了一下。那只鹌鹑登时怒道："谁瞎了眼睛，踩到我头上来了。"先前那只鹌鹑道歉道："真对不起，是我落下来时不小心踩着了你。不过你没有受伤，应该没什么要紧。"

　　"不要紧？"被踩的鹌鹑发怒道，"那我也踩你一脚试试。"

242

　　就这样，两只鹌鹑吵了起来。一个说不要仗着自己力气大，没有别人帮忙，它力气再大也顶不起罗网；另一个说要没了它，别的鹌鹑肯定顶不起罗网来。两只鹌鹑越说越僵，又推又攘地便要动手。这时鹌鹑王看到了，心中很是不安，就过来劝解。但那两只鹌鹑正在气头上，哪里听得进鹌鹑王的劝，反而吵得越来越凶。鹌鹑王心想："我们能够齐心协力地战胜捕鸟人，抢走他的罗网，靠的是大家万众一心。可是现在亲族之间常常会发生矛盾，吵起来没完，恐怕祸事马上就会来到。今天就算劝了它们，明天另外的鹌鹑还是要吵的。现在这个群落已经很危险了，我一定要趁早离开，免得遭到不幸。"

　　鹌鹑王想着，就带了一批肯听从自己劝诫的子孙飞到很远很远的地方去了。而过了几天，捕鸟人又带了全套家伙来到森林里。他还是照老样子，在地上撒了饵料，往身上插满树叶树枝，隐身到大树后，学了几声鹌鹑的鸣叫，果然又有一群鹌鹑飞了过来，落到地上啄食。捕鸟人忽地跳了出来，将网猛地撒了出去，这群鹌鹑一个也没跑掉，全被套住了。刚被套上时，鹌鹑们还想按照当初鹌鹑王想出来的方法去做。可是当它们刚把脑袋伸出网眼，正要飞时，先前那两只吵架的鹌鹑又吵了起来。一个说道："上一次我在顶网时把头上的毛给伤了，这回你该多出点力了。"另一个却说："我在上次顶网时，两边翅膀上的毛都被擦破了，这回还是你去顶吧。"它们吵起来没完没了，别的鹌鹑根本没办法起飞，而这时捕鸟人却猛地拉紧了网绳，那些鹌鹑全被他套住了。这时，那些鹌鹑们再想齐心协力地往天上飞去，也已经不可能了。它们全被捕鸟人捉住，一个个关到鸟笼里去了。

——根据（古印度）《佛本生故事》改编

入选理由：
　　真正的智者，应该要有足够的耐心。

燕垒生语：

金庸先生在著名的武侠小说《射雕英雄传》中设计了这样一个情节：男主角郭靖与女主角黄蓉答应敌人欧阳锋要连放他三次，第一次以陷阱捉住了他。第二次要捉拿欧阳锋时，黄蓉出乎意料地仍然在原地设置了同样的陷阱，但稍作变化。因为欧阳锋不是等闲之辈，他一定会防着对手想出种种奇谋，却料不到在同样的地方会有同样的计谋，结果欧阳锋果然上当了。这段情节跟这个捕鸟人与鹌鹑的故事颇有近似之处。鹌鹑这种鸟类并不以聪明著称，据说捕捉鹌鹑有一种好笑的办法，只消在地上挖一些杯子一样的小深坑，在坑底放一些谷物。鹌鹑发现了食物，就会拼命探进头去啄，结果就一头栽进去动弹不得，人只需上前便可轻易拾得。而鹌鹑的另一个特性是好斗，《聊斋志异》中的《王成》一篇，说的就是王成靠一只善斗的鹌鹑发家致富。这两个特性在这个《佛本生故事》里也正好是鹌鹑的两个致命弱点。捕鸟人有精妙的捕鸟技艺，鹌鹑则有一个智商远远超出侪辈的鹌鹑王，这两个智者的角斗原本应该相持不下。然而当鹌鹑王有了万众一心的鹌鹑们帮助时，平衡就被打破了，捕鸟人完全不是鹌鹑的对手，罗网屡次被夺走。然而捕鸟人没有认输，他也认清了鹌鹑的这两个弱点：因为愚蠢，所以不会总能听从鹌鹑王的睿智建议；因为好斗，所以不能总如此团结。捕鸟人的应变措施就是以不变应万变，不惜多次失败，使得鹌鹑们大意，然后等着它们内讧。果然，捕鸟人的计划完全实现了。尽管有鹌鹑王的劝告，最终仍然无济于事，鹌鹑们吵作一团，先前的团结已经荡然无存。到了这时，纵然智慧如鹌鹑王，也唯有独善其身，远走高飞了。在这里，捕鸟人表面上并没有多做什么，但实际上他做了最正确的一步：等待。以前他采取同样的手法而招致的几次失败并非没有用处，而是埋下了鹌鹑间不团结的种子。鹌鹑正因为以前的小争执而彻底违背了鹌鹑王的正确意图，结果导致了被全体捕获的厄运。鹌鹑王自己在这场与捕鸟人的斗智中并没有输，但从鹌鹑一族来说，却是捕鸟人取得完全的胜利。

有时，我们也会遇到难以抉择的事，一时看不到曙光。这时，不妨静下心来耐心地等待吧。只要我们已经做好了前期的准备，那么只要你善用，等待也会是我们手中一件有力的武器。

失败者的感悟

  有一个茶壶，很是骄傲。它骄傲的地方有很多，为了组成身体的瓷，为了自己那长长的嘴巴，为了自己的宽把手。他的前面后面全都有东西；前边是一个壶嘴，后边则是把手。它不是炫耀壶嘴就是炫耀把手，却从来不提它的盖子。原来，它的盖子有一次摔在地上，被摔得粉碎，后来被人粘起来凑合着用，所以这算是一个缺陷，而一个人总是不乐意谈自己的缺陷的。不过虽然它自己不说，别人却总是要说的。和茶壶在一起的还有杯子、奶罐、糖罐什么的一整套茶具。比起记得茶壶那漂亮的壶嘴和讲究的把手来，它们更容易记得茶壶盖的脆弱。

  茶壶自己也明白这一点。"我知道他们，"它想着，"我当然也知道我的缺点，而且我也承认，这正是表现了我是一个多么谦虚的人啊。我们大家全都有缺点，不过大家也都各有自己的长处。相比起来，杯子只有一个把手，而糖罐只有一个盖子，唯有我，既有把手又有盖子，何况我前面还有一个他们绝不会有的东西：一个嘴巴，正是这个嘴巴使得我成了茶桌上的女王。不管怎么说，糖罐和奶罐所能负担的，仅仅是让茶的味道更美味而已，它们都只是一些女仆。只有我，茶是我倒出来的，我才是女主人。在我的体内，在那些煮开的水里泡着中国来的上好茶叶，正是有了我，口渴的人们才感到了幸福。"

  不过这些话还是很久以前，茶壶还完好的时候说的。有一次，在一张摆好茶具的桌上，一只最纤细美丽的手揭开了它的盖。不过这个长着一只最纤细美丽的手的人却很是笨拙，刚把茶壶拿起来，就掉在了地上，结果壶嘴也摔折了，壶把摔断了，至于盖子，本来就已经被修复过一次了，这一次更是被摔得支离破碎。现在茶壶躺在地上，滚水正从它的身体里流出来，它被摔得晕乎乎的。这一跤当然摔得很重，可是这还不是最糟的，更糟的是那些茶具都在取笑它，而不是取笑那只笨拙的手。

"这件事我永远都忘不了。"后来茶壶在谈起自己的生活经历时，这样说道，"从那时起我就被别人称为废物，被扔到了角落里。直到有一天，一个贫穷的老妇人来要饭的时候，我又被顺手送给了她。就这样，我到了一个赤贫者的家里。刚来时，我手足无措地站在那里，一连站了好几天。不过，就在我这样傻站着的时候，我的生活却开始有了转机。"

"是的，本来我只是一个破茶壶，但现在却有了另外一种用途，和以前完全不同：有人在我的身体里装满了泥土。对于茶壶来说，装了土那就是彻底结束了茶壶生涯，不过在土里还有一个球茎。这球茎是谁放进去的，我也不知道。现在它确实是代替了中国茶叶和滚开的水，代替了被摔断的壶把和壶嘴，成了我的唯一。这球茎躺在土里，躺在我的身体里，渐渐地变成了我的心脏。我以前从来没有过这样的心脏，它是活的，这样我就有了生命，有了力量，有了精神。渐渐地，球茎发了芽，很快又长得更大，开出了美丽的花来。看到它的美丽，我就忘了自己所处的环境，一心守护着它。要知道，当一个人愿意为别人而忘掉自己时，他就是幸福的。虽然它没有感谢我，也从来没有想到过我，可是在它被别人羡慕和夸赞的时候，我仍然非常高兴，我想它也一定很高兴。直到有一天，我听到有人说如此美丽的花该换一个更好的花盆，于是有人拿了根棍子来打我，将我打成碎片，我感到了异常的疼痛。等我明白过来，我已经成了一堆碎瓷片，被扔到了院子里，静静地躺在那里。可是，你看啊，花移植到了一个更好的花盆里了。所以，即使我碎了，已经被人忘了，但我却有了一笔最宝贵的财富——我的记忆。它是不会消失的，永远都会在我的心里。"

——根据（丹麦）安徒生《茶壶》改编

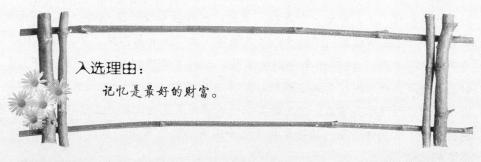

入选理由：

记忆是最好的财富。

燕垒生语：

安徒生的童话虽然被纳入儿童文学，但其中有很多篇章都写得感伤而温馨，是一种带泪的微笑，已经超越了儿童文学的范畴。所以小孩子总是喜欢读他前期那些冲突激烈的有趣故事，对他后期的那些优美篇章并不怎么有兴趣，不过当一个成年人回过头来重读这些作品时，却可以发现有很多小时候无法领略到的感慨。

茶壶原来是一套精美茶具的主角，即使壶盖曾经摔破过，也无损于它的主角地位，茶壶也很满意自己的这个角色，为泡在自己身体里的中国茶叶和沸水而得意，因为它有了骄矜的资本。可是，有一天，茶壶连赖以自豪的壶嘴和壶把也被打破了，更糟糕的是在它落到这种地步，别的茶具还在取笑它，而不是取笑打破它的那只主人的手。于是它被送给了一个来要饭的老太婆，在那幢破旧的小屋里它变成了一个花盆。茶壶有了自己新的目标，当看到从自己身体里开出美丽的花时，它也感到了另一种成就感。只是，连这点成就感也不长久，美丽的花要有一个更好的花盆，它被打成一堆碎片扔在了院子的角落里。这个短短的小故事，写的是一个茶壶的一生，但我们读到的，却正是一个失败者带着泪水的微笑。

然而，让我们感到诧异的是茶壶成为无可夸耀的碎片时，它却不再怨天尤人，因为它有了记忆。从某种角度来说，我们每个人都不够成功，真正能实现自己理想的人只是凤毛麟角。只是，有时过程比结果更值得重视，就像一场梦，做完后也就千篇一律地醒来，唯有梦中的一切才光怪陆离，令人回味。古人常说人生如梦，其实我们往往误解了这句话。这并不是一种消极悲观的情绪，而是经历了红尘中的纷扰后才有的感悟。有时我们会看到老年人回忆年轻时的事，尽管他们现在只是一些乏善可陈、安度晚年的寻常老人，但说起往昔时，他们的眼里却常常闪现出满足的光泽。对于一个年轻人来说，也许很难理解这样的心思。明代诗僧德祥有一首七绝《爱闲》："一生心事只求闲，求得闲来鬓已斑。更欲破除闲耳目，要听流水要看山。"这二十个字韵味很长，说的正是理想与现实之间的矛盾。有时，我们所追求的理想真正实现时，却往往发现它是那样索然无味。正如那个茶壶，在它经历过很多事后，才发现真正的美好并不是坐在茶几上泡一壶上好的茶，甚至连给了它生命的那一段花盆生涯也并不真的值得留恋，直正值得留恋的，只是它的记忆。

这样想来，即便我们的人生经过努力仍未能成功，也不用悲叹。当我们老来回忆时，想到曾经的努力，那么我们就不曾失败过，因为我们拥有了最值得骄傲的东西——回忆。

人生的价值

　　一枚银币刚从造币厂里出来，浑身闪亮，一敲就叮当直响。"太好了，我要去闯荡世界了。"它这样想着，就进了这个世界。

　　先是有孩子把它紧紧握在温暖的手里，后来则到了贪婪者那冰冷潮湿的掌心；老年人得到它时总是翻来覆去地看；年轻人则转眼就把它花掉了。这个硬币是纯银打的，几乎没有掺铜，它在这世界上转了整整一年，而这个世界也就是铸造它的那个国家。一年后，它到了一个旅行家的钱袋里，它要出国了。它是那位要去外国旅行的主人钱袋里的最后一枚本国钱，当他拿出它来以前，甚至不知道自己还剩下这么一枚银币。

　　"真有意思，我居然还有一枚家乡的银币。"旅行家说道，"现在我得带上它一起去外国旅行了。"当他把银币放回钱袋里，银币蹦跳着发出悦耳的叮当声。在那钱袋里，它和那些外国钱待在一起，只是那些伙伴总是来来去去，一个接一个地离开，又一个接一个地进来，只有从家乡带来的这枚银币一直守在里面。

　　就这样，几个星期过去了。现在银币到了自己压根儿不知道的一个地方，离自己的国家也不知有多远。它只听得别的钱币说着自己的国籍，有些是法国的，另一些则来自意大利。这一个说他们现在是在某个城市，另一个却说他们在其他一个城市，这一切都是这枚银币想象不出来的。是啊，假如你总是待在袋子里的话，那么你根本看不到外面的世界，这枚银币正是如此。可是，有一天它突然发现钱袋并没有扎紧，于是它悄悄爬到钱袋口，想朝外看。它真的不该这么做，这种好奇心很快就受到了惩罚——他滑出了钱袋，掉进裤子口袋里了。这天晚上，当钱袋被拿出来放在一边的时候，这枚银币留在裤兜里了。就在它和衣服一起被送到走廊里拿去清洗时，它滑出来落在了地上。谁也没有听到，也没人看见。就这样，第二天早上，当洗干净的衣服被送进来时，那位旅行家就穿上衣服走了，可是银币却没有跟着他离开。很快，它又被人捡走了，和另外三枚钱币一起用了出去。

"到这世界上到处转转倒也不错。"银币心想，"这样可以长些见识，看看其他地方的人文风俗。"可是，它突然听到有人叫道："这是什么钱啊，和我们国家的钱不一样，一定是伪币，不能用。"

就这样，银币讲述了它后来发生的故事。

"伪币，不能用！当我听到他们这样说，我吃了一惊。"银币这样说，"要知道，我可是用最上等的银子铸成的，声音也很纯正，面上铸就的印记同样也是真的。所以我觉得他们一定是弄错了，准不是在说我。可是我马上明白，他们说的正是我，正是说我是一枚伪币，不能用。'我得趁晚上用掉它。'拿到我的那个人说道，这样我就被他在一个晚上趁黑用掉了，可是第二天白天，又被得到我的那个人骂了一通：'伪币，不能用，只好想个办法用掉它了。'"就这样，银币每次被人拿在手中当成本国的钱币用掉时，它总是吓得浑身都在颤抖。

"我可是一枚多么可怜的银币啊！铸成我的银子，上面的印记，这些价值在这里没有半点意义，那它们对我又有什么用？只有当这个世界承认你时，你对这个世界才有意义。我并没有什么错，只是因为我的长相与众不同，就受到这样的待遇，让我的心不能安宁，只能偷偷摸摸地走上犯罪道路，太可怕了！每当得到我的人拿出我时，我总会在那些盯着我的眼睛面前感到惴惴不安。要知道，假如我被扔回桌上的话，那就如同我在撒谎骗人一样。"银币这样说，"直到有一天，我被一个贫穷的妇人得到了。她每天都在操劳，我是作为这一天的工资付给她的，可是我知道她根本没办法用掉我，因为没有人会要我的，我真为她感到不幸。"

"'这回，我只能拿它去骗人了，'妇人这样说着，'这样一枚假钱可以付给那个有钱的面包房老板，他准能承担这种损失。不过，我想这种做法还是不对的。'听到她这么说，我更觉得不安了，因为是我玷污了这个妇人的良心。"说到这里，银币叹息起来。

"可是那个面包房老板很会辨别市面上流通的各种钱币，当妇人把我付给他时，他并没有收下，而是一下子把我扔回到妇人的脸上。她因此没能用我买到面包，我则更为我成为一枚引起别人痛苦的钱币而感到内疚。是啊，在我年轻的时候，我是那么快乐，对我的价值深信不疑。现在，我变得忧郁起来了，要知道一枚没人要的银币有多忧郁，那我就有多忧郁。可是那个妇人没有扔掉我，而又将我带回家里。'我不再拿你去骗人了，'她温和而友善地看着我，对我说道，'这回我要在你身上打个眼，让大家一眼就知道你是一枚伪币。不过，我总觉得你也许是一枚幸运币吧。对，你一定是的！现在我在你身上钻一个眼，再穿上一根线，给邻居的孩子挂在脖子上当一枚幸运币吧。'于是她在我身上钻了一个眼。要知道，身上被钻了眼总不太好受，可是如果本意是好的，那么你就可以忍受。就这样，我被穿上了一根线，像一枚勋章一样挂在邻家那个孩子的脖子上。孩子笑嘻嘻地看着我，亲吻我，我则整日整夜都贴在孩子温暖的胸前。"

"第二天清晨，孩子的母亲发现了我。她把我拿在手上看了看，就用一把剪刀剪断了线，说道：'既然你是一枚幸运币，那就让我看看你有多幸运。'她将我放进了醋里，于是我就成了绿色的了。接着，她把我身上的洞补上，又擦了擦，趁天黑的时候去卖彩票的人那里买了一张彩票。那时我真的太痛苦了，不仅因为身上的疼痛，而且我也知道自己又会被说成是伪币，当着一大堆这个国家的银币、铜币的面被拣出来退回去。可是，那个卖彩票的人有许多顾客，他忙得根本没有细看，我被混在一些钱币中一块儿扔进了钱箱里。可是第二天我仍被人当作伪币挑了出来，再拿去骗人。即使我相信自己的品格，可是实际上却总在欺骗别人，那真叫我难受。接下来的整整一年里，我就这样从一只手转到另

人生的价值

一只手，从这家转到那家，每次都要被人骂上几句，总是被人另眼相看，这可真是一段艰难的日子啊，从来没有一个人相信我是真的，连我自己都快要不相信自己了，这个世界也无法再让我相信。最后有一天，我又落到了那个旅行家手上。当初我就是被他带到这个国家来的，只是他仍然以为我是一枚在这市面上流通的银币。可是当他要把我用出去的时候，我又听到有人叫道：'这是伪币，不能用！'

"'可我是把它当成真币收下来的！'旅行家这样说道，又仔细地打量着我。他的脸上马上浮起了笑容，我从来没有在得到我的主人脸上见到这种笑容。'真搞不懂这是怎么一回事，'他说道，'这可是我们自己国家的银币啊，是一枚真币，可是它却被人钻了一个眼，当成是伪币了，真是有意思，我得把它留起来，带回家乡去。'听到他的话，欢乐登时如电流一般传遍我的身体。我终于被人承认是真正的银币了，而且马上就要被人带回家去，在那里每个人都认得我，知道我是上等银子打造的，上面铸的印记也是真实的。我真想冒出些火花来表示我的快乐，可是你知道只有钢才能办到，我是银子打造的，做不到这点。"

"我被主人用一张白纸细心地包起来，省得又混在别的钱币中被用出去了。以后，我的一切苦难都结束了。要知道，我可是上等银子打造的，在我身上有着真正的铸印，想到快乐生涯即将重新开始，即使曾经被人看成是伪币，即使身上曾被钻了一个眼也就不那么痛苦了。只要你原本就不是假的，这一切都没什么关系。一个人，只要忍耐下去，总会得到公正的评价，这就是我的信念。"银币这样说道。

——根据（丹麦）安徒生《一枚银币》改编

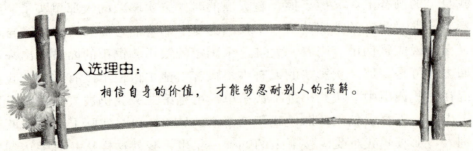

入选理由：

相信自身的价值，才能够忍耐别人的误解。

燕垒生语：

小学生在写读后感时，开篇总会有"掩卷长思，心情久久不能平静"一类的套话。不过，读完安徒生的这个故事，却让我们真的久久不能平静。故事中的银币，是一枚用上好的银子，从正规铸币厂铸造出来的真正钱币，可是被带到外国后，一直被当成了伪币，直到最终回到故乡，才重新得到承认。这样一个简单的故事，却令人有一种难以言传的感慨。

从我们走出校门，踏上社会的那一天起，能够总一帆风顺的人几乎是不存在的，我们会遇到种种挫折。然而，面对挫折的态度却因人而异。如同那枚银币，我们可能被误解，被臭骂，被排挤，但有些人仍然保持旺盛的斗志，有些人却从此一蹶不振。如果我们审视一下安徒生自己的经历，也许可以在他身上看到这枚银币的影子。安徒生出生于贫民窟，是一个穷苦鞋匠的儿子，一生未婚，所有的感情经历都以悲剧告终。三十岁时出版第一部童话集，却被人评为毫无创作童话的天分，建议他放弃。然而，正如故事中的银币所坚持的信念，安徒生也坚信自己有创作童话的才能，到了今天，他几乎成为"童话"的代名词了。

怀才不遇的感觉，人人都会有。事实上我们每个人都确实具有自己的才能，所以这并不都是自高自大，只是能坚持下去的人却不多。可是我们还要看到另一点，故事中的银币最终回到了故乡，得到了旁人的承认，但假如它仍然流落异国，被当成一个伪币呢？任何一个大团圆的结局都经不起这种煞风景的假设。然而真的要刨根问底去较真，安徒生也无法给我们一个完美的答案。他能告诉我们的只是忍耐，因为公正的评价总会到来。但这种回答无异于画饼充饥，现实并不是一个童话故事，很多时候我们都要忍耐一生。这样的先例有很多，爱伦·坡、凡·高、卡夫卡，这些人死后名满天下，生前却穷困潦倒。就连安徒生自己，当荣誉终于到来时，他也已经垂垂老矣，来不及享受成功的喜悦了。他们的坚持难道毫无意义么？当然不是，咬牙坚持下去的人总是值得我们尊敬的。就如同故事里的银币，永不放弃自己的信念，因为它清楚地知道，自己是用上好的银子铸就的。

人生的价值

自大是可笑的

　　有人来到一个诗人的家中，在他的房间里看到桌子上摆着一个墨水瓶，就说了这样的话："真是古怪，在这样一个墨水瓶里居然会生出这么些句子，真不知接下来又会有些什么。"

　　"是啊，"墨水瓶说道，"真感到有点不可思议，我也常常这么觉得。"它对一边的羽毛笔说道，其实也是对放在桌子上的其他所有能听到的东西说："从我的身体里居然会产生出那么多优美的诗句，听起来都让人不敢相信。我自己也真的不知道，当人们的笔尖蘸到我身体里时，接下来又会做什么。只消一滴墨水就够写满半张纸了，而这半页纸有什么不可以写啊，我实在是太神奇了！要是没有我，诗人们的作品又如何能产生？也只有我，才能表现出那么多让人们觉得似曾相识的活生生的人物，以及与他们心灵相通的感受，那些动人的感情，那些秀美的风光描写。其实我都不知道我是怎么写出来的，因为我对自然风光并不熟悉，我只知道那就在我的身体里。看啊，正是因为我才能出现那么一些口耳相传的人物，那些美人，那些骑着骏马的骑手，还有皮尔·杜佛和基尔斯腾·基默！（这是丹麦东部西兰岛的罗斯基勒大教堂里著名的大钟上的两个机械人形。）是啊，连我自己都想不出来，不知道为什么能够写出这些来。"

　　"你说得很对，"羽毛笔挖苦道，"你根本就没有思想，所以你就不可能知道。要是你有思想的话，那么你就该明白你不过是提供了一些墨水而已。由你来提供墨水，如此我才能够写出来，把我心中所有的一切写到纸上。是我写下来的！你要知道，写字可是笔的工作。谁都不会怀疑，大多数人熟悉诗就和熟悉一个老墨水瓶一样。"

"你根本就没什么经验！"墨水瓶叫道，"用不了一个星期，你就已经磨得差不多了。难道你以为你自己就是诗人么？你只不过是个佣人而已。当初你还没来的时候，你这样的货色我见了不知有多少。有些是用鹅毛做的，有些还是英国制造！什么羽毛笔，什么钢笔，我全打过交道，它们都曾为我服务过。当那个人——那个为我写东西的人回来的时候，一定还会有更多的笔的。他写的一切都是从我身体里出来的，我现在倒很想知道，他这回会先从我身上取出什么东西来。"

"一摊墨水罢了。"羽毛笔说道。

这一天很晚的时候，诗人才回家。他去参加了一个音乐会，听了一位十分杰出的小提琴家的精彩演出，他被音乐家那优美的乐曲深深迷住了。小提琴家在他的乐器上奏出了令人惊异的多变乐曲，有时像是水珠在滚动，有时又像啾啾唧唧和鸣的小鸟，有时又像穿过枞树林的一阵大风。听着乐曲，诗人仿佛听到了自己的心在哭泣，那是如同女子的优美语调一般和谐的声音。而且，不仅仅是琴弦在发出声音，连弦桥、弦梢以及共鸣箱也都在歌唱。这简直太不可思议了！虽然演奏是极其困难的，但琴弓像是在琴弦上来回轻快地跑动，简直如同游戏一般，人们看了几乎以为连自己也会拉了一样。小提琴就如同是自己在发出声音，而琴弓也好像是自己在动，所有这一切似乎就是由这两样奏出来的，人们全都忘记了是那位音乐家给了它们生命与灵魂，并且掌握着它们。人们全都忘了这位音乐家，但诗人却记得他，在纸上写下他的名字，也写下了他的想法：

"假如琴和弓都只会吹嘘自己的成绩，那有多么蠢啊！可是我们人类——诗人、艺术家、科学家，还有将军，却常会做这种蠢事。我们只会自吹自擂，却不知道我们自己只不过是上帝所演奏的乐器罢了。光荣只属于他！我们自己没有什么东西可以值得夸耀。"

自大是可笑的

是的，诗人写下这些，成为一个寓言，并且为之取名为《艺术家和乐器》。

"夫人，这可都是讲给你听的。"当没有旁人的时候，羽毛笔这样对墨水瓶说道，"你应该听到了他高声念的那些由我写下来的东西了吧？"

"是啊，这些就是由我给你、让你写下来的东西，"墨水瓶说道，"这些正是讽刺你的自高自大！你居然听不出来别人是在挖苦你，那是我对你发自内心的讥刺，当然我是怀着恶意的。"

"装着黑水的一个破罐子！"羽毛笔骂道。

"一根乱画的小杆子。"墨水瓶也骂道。

它们都觉得自己骂得很好，回答得很漂亮，所以心里也大为愉快。心情愉快的时候，睡觉也能睡得安稳些了，所以它们也就睡着了。可是那位诗人却没有睡，他的心里不断涌出灵感来，如同曲调涌出提琴，像滚动着的珠子，像是吹过森林的风。他在这些思想中触摸到了自己的内心，看到了永恒的造物主的一丝光芒。

光荣应该属于他！

——根据（丹麦）安徒生《羽毛笔与墨水瓶》改编

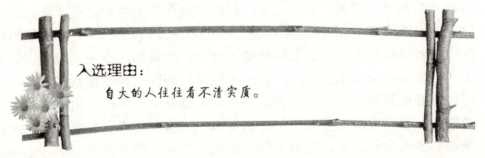

入选理由：

自大的人往往看不清实质。

燕垒生语：

在安徒生的日记中，他提到了写这篇故事的原委，是听了奥地利音乐家埃纳斯特和比利时音乐家奈翁纳德的演奏。在这个短短的故事里，墨水瓶和羽毛笔发生了一次争执，争论的内容是诗人写出来的东西到底是谁的功劳。虽然直到故事的结尾，墨水瓶与羽毛笔的争论仍然没有结果，但是其实不用安徒生点题，我们也同样能知道答案。

墨水瓶与羽毛笔当然可笑。它们只是两件工具，不曾握在人的手中，那就什么都写不出来。然而道理虽然简单，事实上我们却常常会犯这种毛病。每当取得什么成绩时，首先想到的就是自己肯定起了关键性的作用。这样，一旦得到的回报不尽如人意，心理便会不平衡。现代诗人鲁藜有一首四行短诗《泥土》："老是把自己当作珍珠，/就时时有被埋没的痛苦。/把自己当作泥土吧，/让众人把你踩成一条道路。"不少人一直认为这几句诗是要人甘当平凡的劳动者，是教育人要甘于平凡，甘于牺牲，甘于奉献。然而仔细玩味这几句诗的意思后方可解作者的本意，他说的是只有自认为是珍珠，才会觉得自己被埋没。而"当作"这两个字，更透露出诗人的本意，其实他并不是让我们甘当泥土，而是说，即使已经是珍珠了，也不妨觉得自己是泥土。在珍珠与泥土之间，诗人选择的仍然是珍珠，只不过让我们不要总认为自己是珍珠罢了。

理想不妨远大，但自我评价则不如低一些，即使低到并不符合实际。平时我们常说那些做不成事的人是"高不成，低不就"，似乎一无是处。其实这句话也承认了这些做不成事的人纵然达不到一个高处，却也不低，问题在于"低不就"，也就是态度的问题。他们不是不会做低层次的事，而是自认高端，不愿去做。正因为他们把自己评价得太高了，可选择的余地也少了许多，做事的难度无形中就增加了许多。正如墨水瓶与羽毛笔，这二者是诗人写诗时不可或缺的工具，作用固然很大，然而也只是工具而已。自大的时候，就看不清这一点，看到的仅是成绩而不是真实的自己。所以，退后一步吧，当墨水瓶只把自己看成是一个装满墨水的小瓶子，羽毛笔也明白自己只是一根削过的鹅毛的时候，那么痛苦也就会少一些，而我们可以选择的余地也会更多一些。

自大是可笑的

要看清的不仅是周围

在一只狗身上，生活着一只跳蚤。它每天吸着狗的血，虽然生活没有问题，但它总是觉得厌倦。这只狗已经很老了，身上的毛稀稀疏疏，而且还每天在身上搔痒。"要是能够换换口味就好了。"它想着，"住哪儿也比住在这条狗身上要好。"作为一只跳蚤，它也有自己的梦。它的梦就是找到一个地方，不用担心什么，而每天只消一低头，就能吸到浓厚香醇的鲜血。

有一天，跳蚤正在睡觉的时候，突然闻到一股很重的膻味。它一下子跳了起来，叫道："这是什么味道？这么好闻。"

这股味道让跳蚤越闻越觉得馋涎欲滴，它再也忍不住了，跳起来向外看去。只见那条狗的旁边有一块雪白的毛皮，那股浓重的膻味正是从这块毛皮上散发出来的。跳蚤心想："我一定要看看这是什么地方。树挪死，人挪活，在这条狗身上实在住厌了，到了那里，一定可以整天享用美味大餐。"它想着，猛地一跳，就从狗身上跳了出来，到了那块毛皮上。那只狗正趴在那儿睡觉，它全然没有发觉身上少了点什么。当然，这对于跳蚤来说没什么损失，它也根本没指望这只老狗会一把眼泪一把鼻涕地说些挽留的话来欢送自己。一落到那张毛皮上，那股甜美的膻味就更浓了，浓得简直要把它溶化掉。跳蚤翻了个身，紧紧抓住一根毛发，心中想道："真是妙极了，这儿才是我梦里的家园。"

它在那根雪白的毛上荡了两下，仍然没发现有什么异样，更是高兴，心想："这毛皮可真厚实，软得连我都能陷进去。更主要的是，我待在这儿可安全多了。当初待在那老狗身上，时时刻刻都要担心那只狗爪子会突然搔过来，那个没有教养的家伙还时不时地把嘴巴塞到毛里乱咬。在这儿可就安全了，真好，我拿定主意了，再也不回到那老狗身上去了，就待在这里吧。"

跳蚤原本还多少有点忐忑，但现在再也没有顾虑了，一头就往那些厚厚的毛发里钻了进去。这毛皮上的毛发比狗身上的要长得多，浓密得多，它钻了两下，觉得十分费力。看来，要钻到毛根处并不是一件容易的事。

"有志者，事竟成，做什么事都要有耐心。"跳蚤这样安慰着自己，毕竟，美好的前景就在眼前了，现在可不能放弃。它试了一次又一次，这头进不去，便从那头进，它拼命拉开一根根又粗又长的毛，也不知花了多少时间。终于，它钻到了毛根处。

"太好了，我终于来到我的理想国度了！人说坚持就是胜利，这话果然不假。"跳蚤高兴地叫了起来。

在这里，一根根粗大的毛发长得密不透风，就像一片树木长得太多的森林，在毛根处，连一点光都透不进来。跳蚤虽然闷得连气都快喘不上来了，可是它仍然兴致勃勃地想要尝一尝。毕竟花了那么大的力气，总该有个回报了。它把口器猛地刺入身下的皮肤，可是，让它意外的是，这皮厚得根本刺不透，好容易才刺进去，吸进来的也根本不是它想象中的那种滚热鲜甜、充满了膻味的鲜血，而只是一些皮肤的细小渣滓而已。跳蚤还以为自己找错了地方，又换个地方试试，可是直到它累得精疲力竭，仍然什么都没尝到。它垂头丧气地想："原来这地方并没有我想象的好。算了，还是回去吧。"

可是，它从狗身上跳过来时很容易，现在要回去却难了。等它再费尽九牛二虎之力爬回到毛尖上，才发现眼前已是空空荡荡，哪里还有那条狗的影子。这个打击对跳蚤来说实在太大了，它痛哭了好几天，后悔当初的轻率，现在只盼着那条老狗能再次回来。如今那条老狗身上腥臭的血它也不觉得难吃了，至于狗爪子搔上来，狗嘴往皮毛上咬，也像是一种娱乐了。可是等了好几天，它仍然不见老狗的踪影。可怜的跳蚤，它不知道那狗是趴在了一块羊皮上，被人发现后将羊皮收了起来，狗也赶开了。现在跳蚤是待在一块厚厚的羊皮上，撑了几天，找不到吃的，终于饿死了。

所以，在你下一个决心以前，应该多了解一下事物周围的情况。如果和跳蚤一般轻率，到时后悔就已经太晚了。

——根据（意大利）达·芬奇《跳蚤和绵羊》改编

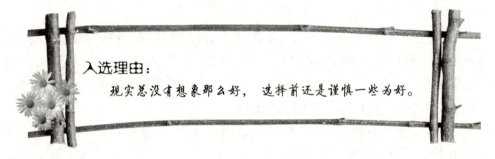

入选理由：

现实总没有想象那么好，选择前还是谨慎一些为好。

燕垒生语：

达·芬奇对中国人来说，最著名的逸事就是他小时候画蛋的故事了。达·芬奇是人类历史上少有的全才，不论哪方面都有相当的造诣，最著名的还是绘画。除了绘画，他的寓言也相当出色。虽然其作品不多，但他从来不像别的作家那样套用已有的素材，全都是原创。这里所讲的后悔的跳蚤的故事，就是前人不曾说过的。

钱钟书先生在他的名著《围城》里，有一句很精辟的话，说有一座被围困的城，城外的人想进去，城里的人想出来。婚姻、工作，乃至一切，大多如此。俗话里也有"一山望着一山高"这一类的话，其实这一山与那一山并没有什么不同，不同的只是在我们眼里的影子。我们时常会遇到这一类选择，总觉得我们不曾得到的要比我们所拥有的好得多，也总觉得得不到的东西才是最好。可是，当我们费尽心力得到的时候，现实往往又令我们失望，结果是我们曾经拥有过的也失去了。所以有人会说只有白痴最快乐，因为只有白痴才不需要面对选择的苦恼。可是，我们毕竟不是白痴，也总会遇到两难的选择，究竟应该怎么办？在故事结尾，达·芬奇也给了我们答案。他告诉我们，下决心前需要多了解一下情况，省得事后再来后悔。

只是，仅仅是这样一个答案，总还不够的。据说跳蚤是自然界中能跳过自己身高比例最多的一种动物，最高时能跳过身高的数十倍。换一句话说，跳蚤具备了选择栖息地的能力，然而正是它的这个能力成了它的取祸之由。与此类似，假如有两个人，一个能力强一些，另一个能力要弱得多。当一个选择同时降临到两人面前时，往往是那个能力更强的人会在事后追悔莫及，埋怨自己当初选择错误，以至埋没了才能。可是他却没有想到，正因为他在过高地估计了自己能力的同时又过低地估计了环境的恶劣程度，才会得到这样一个结果。所以，在作出选择之前，我们在了解客观情况的同时，更应该了解的是自己。艺高人胆大，这句话应该是别人口中的评价，而不是你的武器，在作出选择时，不妨胆小一些。盲目胆大的结果，往往不是什么好结果。胆小虽然可能会失去一些机会，但永远不会让你锥心刺骨地悔恨。所以古人常会说：凡事三思而后行。

要看清的不仅是周围

永不放弃

　　在一个水沟里，住着两只青蛙。她们——当然，她们是两只母蛙——是一对密友，不过，她们中间有一个来自于森林，是不折不扣的纯种林蛙，胆子大，力气也大，总是精神十足。另一只呢，恰好相反，胆子很小，还特别懒，整天打瞌睡。虽然也是林蛙，只是她也不知是从哪个城市花园里生出来的，从来就没有见过森林。虽说她们的差距很大，可是她们的关系却很亲密。

　　有一天晚上，她们一同出去散步。正在林荫道上走着，忽然看到前面有一幢房子。那幢房子带了个地窖，从里面正散发出一股怪好闻的味道——带着点潮湿发霉的味道，混合着一股苔藓和蘑菇的气味。对于人来说，这味道不见得好，可是对于青蛙来说，那可具有难以抗拒的诱惑力。她们顾不得一切，就拼命地又跑又跳，一头钻进地窖去了。可是运气也真糟，她们冒冒失失地一头跳进去，却不知道靠近地窖口处放着一罐酸奶油。当她们跳进地窖门时，不偏不倚，正好摔在那个罐子里，登时沉了下去。

　　虽说酸奶油的滋味不错，但对于青蛙来说，却是要被呛死的。等死当然不甘心，两只青蛙拼命爬动四肢想要从罐里出来。可是那个罐子是陶制的，内壁又光又滑，里面的酸奶油也不是多到齐罐口，她们忙活了半天也没办法从里面逃出来，好在她们还能游动，嘴还能露出酸奶油外，现在还不至于被呛死。

那只懒青蛙游了一会儿，眼见根本没指望跳出去，就对另一只青蛙道："完了，要这样折腾，我们根本不知道哪年哪月才出得去，再怎么努力也是白费劲。算了，要死就早点死了吧，我不想再折腾下去了。"

可是另一只青蛙却不这么想。她见那只懒青蛙不想动了，急得叫道："不要啊，你如果想死的话，什么时候都来得及，可是要想活下去，就非不停地动不可。快游吧，机会总会有的，别放弃。"

"哪里还能有机会，"那只懒青蛙颓丧地回答，"这里离罐口那么远，壁上又那么滑，我们根本跳不出去。你再游下去，也只是白忙乎，多受罪而已。我看到死神了，死神现在就飘在这罐口上面，我不想再动了，让死神早些来找我吧。"她说着，四肢都不再动了，身体登时沉了下去。只过了一会儿，她就被酸奶油呛死了。

那另一只青蛙见到同伴死了，心里很悲伤。罐子里少了一只青蛙，显得更加空旷了。看着光滑的内壁，她也知道自己逃出去的几率很小。然而她想道："不成，我可不想放弃。现在我还有点劲，就得撑下去。至少我现在还活着，而要想活下去，就得拼命。谁知道机会会不会来，就算真的没机会了，我也不会放弃。"

这只勇敢的青蛙，虽然已经精疲力竭了，可是她仍然在努力，在用最后的力气跟逐渐靠近她的死神搏斗。不过，不论她怎么试，却总也爬不出去。慢慢地，她的力气越来越小，四肢也觉得越来越沉重，身体在不停地沉下去了。但是就算后肢快要蹬到罐底，她仍然没有服输，还在拼命地划动。

"生命去了，就永远不再回来。我决不会那么轻易就放弃的，只要活着，我就一定会划下去，能多活一刻也好。"

虽然这样想着，但力气毕竟快用完了，她也知道自己已经到了最后的时刻，可是求生的欲望使得她继续本能地蹬着四肢。本来也没什么指望，可是这一次一蹬，她突然发现自己蹬在了一块固体上，仿佛又回到了泥浆里。青蛙惊呆了，掉过头来看了看，却发现脚后并不是酸奶，而是一块硬邦邦的黄油。黄油很厚，使得她有了立足点，现在她完全可以站在这块黄油上跳出瓦罐了。青蛙没有多想，马上使出最后的力气用力一跳，一下跳出了罐口。可是，这块黄油到底是从哪里来的，她却仍然不清楚。她站在罐口仔细地看了看，只见那罐酸奶油已经结了厚厚的一层黄油了，到这时她才算明白为什么自己会越划越觉得吃力。

"原来是这么回事啊，"青蛙想着，"因为我一直不停地在酸奶油里搅拌，结果凝出这些黄油来。"

她看着那瓦罐，那只懒青蛙就只能永远留在瓦罐里了，再也不能蹦蹦跳跳，再也不能呱呱地叫。这只青蛙悲哀地想道："你说我只是在白忙，看看吧，正是我拼了命不停地划动，才得到这个逃生的机会的。"

她歇了一阵，就独自跳着回到森林里去了。

——根据（苏联）列昂尼德·潘捷列耶夫《两只青蛙》改编

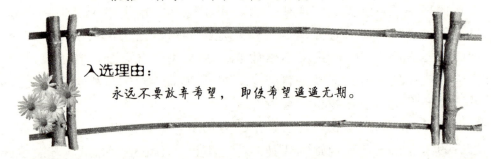

入选理由：

　　永远不要放弃希望，即使希望遥遥无期。

燕垒生语：

　　潘捷列耶夫是苏联作家，他最著名的作品就是鲁迅先生早在20世纪30年代就翻译过的小说《表》。除了这部带有自传色彩的作品，他还写过不少童话和寓言，都很有特色。这个故事以两只青蛙在相同的境遇下的不同的结果，形成了强烈的对照，非常生动形象。故事里写到的酸奶油，是牛奶加了乳酸菌发酵后形成的浓稠的液体，而酸奶油经过搅拌提炼，就成为黄油。德国有一部极其荒诞的古典小说《敏希豪森男爵历险记》，里面有一个情节就是敏希豪森男爵这个吹牛大王某次因为又饥又渴，到一个农妇家喝了一大桶酸奶，结果反胃了，吐出来的却是一块块上好的黄油，连压制成形都免了。后来农妇把这种黄油卖给女王，女王尝了后大加赞赏。这个拿王室开玩笑的促狭情节居然出现在向来以一本正经著称的德国人笔下，颇有点出人意料。

潘捷列耶夫笔下的黄油当然没有敏希豪森男爵故事里那么令人作呕。两只青蛙同时掉进了一罐酸奶油里，有一只早早放弃，结果被呛死了。另一只则不懈地划动，最终酸奶油变成了黄油，青蛙得以立足其上，跳出瓦罐。逃生的青蛙在努力划动时并不知道自己这样做能有什么结果，然而最终它却逃脱了厄运。潘捷列耶夫告诉我们的，是一个朴素的道理：不管落到什么处境，都不要放弃希望。这个道理看似简单，但假如我们仔细想想，却会发现，几乎没有人能够真正做到。很多时候我们都会因为功亏一篑而扼腕叹息，然而回头想想，很多时候失败的唯一原因只因为我们不能坚持。成功可能离我们仅仅一步之遥，但这最后一步往往又是最关键的一步。毕竟，我们平时遇到的事情，有痛苦，也有欢欣，然而真正让我们绝望的事情却是少之又少，很多时候都是由于我们自己的放弃，这才导致失败。固然放弃也需要勇气，也许有时放弃才是最好的选择，可是我们大概没有想过，放弃与坚持其实并不矛盾，假如没有坚持，那么也就不会有放弃的机会。只有当我们发现了更好的选择时，那么放弃才有意义。而我们即使放弃了努力，却依然不能放弃希望。也许我们的坚持并不会有什么结果，但只有坚持下去，才有可能得到意外的机会。所以在没有更好的选择时，还是像那只最终逃脱的青蛙一样，即使知道会绝望，也不要放弃，坚持下去吧，咬紧牙关，不要多想什么，只是坚持下去。

永不放弃

沉默是金

在一个村子里曾经有那么一个人，村子里人人都喜欢他，因为他能够讲故事给大家听。每天早晨，他就离开村子，谁也不知道他去了哪里，直到傍晚他才会回来。当他回来的时候，全村的人已经忙了整整一天，都在家里休息。看到他回来，便都过来围着他道："你给我们讲个故事吧，告诉我们你今天看到了些什么。"

"我走过林子，看到了牧神潘坐在一个树墩上吹着他的苇笛，在他的面前是一群小小的仙子正在跳舞。"这个人说道。

人们觉得很好奇，就叫了起来，说道："天啊，快些讲下去，你到底还看见了什么？"

"我还走过一个海滩，"那人这样说，"在那里我看到了三个美人鱼坐在海边的礁石上，她们正对着海浪，用黄金的梳子梳着她们绿色的长头发。"

村里的人太喜欢他了，因为他总能给他们讲一些新鲜的故事。

有一天，当早晨来临时，这个人又像往常一样离开了村子。他先从海边走过，在海滩的礁石上他看到了三个美人鱼正坐在那里用黄金的梳子梳理她们的绿色长发。他又走过树林，在林中的空地上看到了牧神潘正对着一群小仙子吹奏苇笛，那些小仙子在潘的面前跳着舞。

这天晚上，当他回到村子里的时候，人们和以前一样围上来，对他说道："今天再给我们讲个故事吧，说说你今天看见了些什么。"

这个人却只是低下头，慢慢地回答道："我什么都没有看见。"

——根据（英国）王尔德《讲故事的人》改编

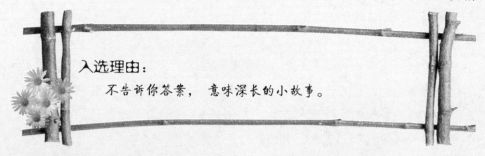

入选理由：

　　不告诉你答案，　意味深长的小故事。

燕垒生语：

　　奥斯卡·王尔德，这个引领着19世纪英国唯美主义文学思潮的代表作家，一生都沉浸在充满了幻想色彩的美丽之中。由于他是个同性恋者，在维多利亚时代这就是犯罪，结果被判入狱两年。直到20世纪末，同性恋不再成为人们眼里的异端，王尔德的雕像才第一次出现在伦敦的阿德莱德街，像上刻着他的一句名言："我们都身处深渊之中，但有些人却仍在仰望着星空。"

　　王尔德的作品，以辞藻华丽、思想深刻著称。《讲故事的人》是一首散文诗，也是一篇可以让你回味无穷的寓言。那个耽于幻想的人分明就是王尔德自己的化身，为缺乏想象的村民们讲述牧神潘与仙子们舞蹈的故事，以及美人鱼在海边用黄金梳子梳理绿色长发的故事，但当他发现他的幻想其实都是现实时，他却沉默了。我们可以理解成这个幻想者为自己的幻想未能摆脱现实的樊篱而悲哀得不愿说话，也可以理解成他不愿把事实说给别人听。总之，我们不必总在渴求这个主人公告诉了我们什么，只需要问问自己理解了什么。其实无论怎么理解都可以，只要你体会到了这个故事里的美，那就足够了。

　　也许我们真的都身处深渊之中，但在仰望星空的那些人眼里，看到的星空也并不是一样的。

沉默是金